엘러리 퀸 Ellery Que

20세기 미스터리를 대표하는 거장. 작가 활동 외에도 미스터리 연구가, 장서가, 잡지 발행인으로 잘 알려져 있다. 또한 '엘러리 퀸'은 그의 작품 속에 등장하는 탐정 이름이기도 한데, 셜록 홈스와 명성을 나란히 하는 금세기 최고의 명탐정이다.

엘러리 퀸은 한 사람의 이름이 아니라 만프레드 리(Manfred Bennington Lee, 1905~1971)와 프레데릭 다네이(Frederic Dannay, 1905~1982), 이 두 사촌 형제의 필명이다. 둘은 뉴욕 브루클린 출신으로 각각 광고 회사와 영화사에서 일하던 중, 당시 최고 인기 작가였던 밴 다인(S. S. Van Dine)의 성공에 자극받아 미스터리 소설에 도전하기로 마음먹는다. 그들의 계획을 현실로 만든 것은 〈맥클루어스〉 잡지사의 소설 공모였다. 탐정의 이름만 기억될 뿐 작가의 이름은 쉽게 잊힌다고 생각한 그들은, '엘러리 퀸'이라는 공동 필명을 탐정의 이름으로 삼았다. 그들이 응모한 작품은 1등으로 당선됐으나, 공교롭게도 잡지사가 파산하고 상속인이 바뀌어 수상이 무산된다. 하지만 스토크스 출판사에 의해 작품은 빛을 보게 되는데, 이것이 바로 엘러리 퀸의 역사적인 첫 작품 《로마 모자 미스터리》(1929)였다.

이후 엘러리 퀸은 논리와 기교를 중시하는 초기작부터 인간의 본성을 꿰뚫는 후기작까지, 미스터리 장르의 발전을 이끌며 역사에 길이 남을 걸작들을 생산해냈다. 대표작은 셀 수 없을 정도이나, 그가 바너비 로스 명의로 발표한 《Y의 비극》(1932)은 '세계 3대 미스터리'로 불릴 만큼 높은 평가를 받고 있으며 중편 〈신의 등불〉(1935)은 '세계 최고의 중편'이라는 별칭을 가지고 있다. 이외 《그리스 관 미스터리》(1932), 《이집트 십자가 미스터리》(1932), 《X의 비극》(1932), 《재앙의 거리》(1942), 《열흘간의 불가사의》(1948) 등은 미스터리 장르에서 언제나 거론되는 걸작들이다. '독자에의 도전'을 비롯해 그가 작품에서 보여준 형식과 아이디어는 거의 모든 후대 작가들에게 영향을 미쳤으며 특히 일본의 본격, 신본격 미스터리의 기반이 됐다.

작품 외에도 엘러리 퀸은 미스터리 장르의 전 영역에 걸쳐 두각을 나타냈다. 비평서, 범죄 논픽션, 영화 시나리오, 라디오 드라마 등에서도 활동했으며, 미국미스터리작가협회 회장을 역임했다. 또 현재에도 발간 중인 〈EQMM 엘러리 퀸 미스터리 매거진〉(1941년 시작됨)을 발간해 앤솔러지 등을 출간하며 수많은 후배 작가를 발굴하기도 했다. 미국미스터리작가협회는 이런 엘러리 퀸의 공을 기려 1969년 '《로마 모자 미스터리》 발간 40주년 기념 부문'을 제정하기도 했으며, 1983년부터는 미스터리 분야에서 두각을 나타낸 공동 작업에 '엘러리 퀸 상'을 수여하고 있다.

SIGONGSA *design* 윤석진
photo © *Eric Schaal*

퀸 수사국

퀸 수사국
Queen's
Bureau of
Investigation
엘러리 퀸 지음 | 배지은 옮김

검은숲

메모

퀸 수사국 이곳저곳에 비치된 종결 사건 기록들 가운데에는 '특수'라는 이름으로 분류된 파일들이 있다. 이런 파일에는 이를테면 단서가 특이하다거나, 범인이 인상적이거나, 상황 자체가 놀랍거나 하는 식으로 특별히 흥미를 끄는 사건들이 담겨 있다.

이러한 사건들 대부분은 본부의 살인, 강도, 협박, 마약, 횡령, 유괴 부서 등으로 이관되었다. 그러나 일부 희귀 사건은 수사국의 해당 부서에서 관리하는데, 예를 들면 다잉메시지 부서, 보물찾기 부서, 마술 부서, 그리고 최고층 사무실에서 기밀로 관리하는 불가능 범죄 부서 등이 있다.

여기에 담긴 열여덟 편의 모험은 이러한 수사의 결과물이다.

엘러리 퀸

Ellery Queen

차례

협박 부서

돈이 말한다

협박은 자신만의 기이한 언어를 갖고 있지만, 다른 언어에 비해 확실히 유리한 측면이 있다. 협박은 만국 공통의 언어이며, 누구나 이해할 수 있기 때문이다.

시칠리아인도 예외는 아니다. 알프레도 부인은 협박의 섬뜩한 악센트에 눈물을 흘렸다.

엘러리는 이렇게 피해자처럼 보이지 않는 피해자를 지금껏 만나본 적이 없었다. 알프레도 부인은 이탈리아식 만두처럼 펑퍼짐한 체구를 가졌고, 세월이 아로새겨진 피부는 파르메산 치즈처럼 누르스름했으며, 손은 고된 노동에 절어 적포도주 빛깔을 띠었다. 웨스트 50번가 근처에서 수수한 하숙집을 운영한다고 했는데, 꽤 큰 액수의 담보대출을 끼고 있는 것 같았다. 이런 사람한테 도대체 무슨 협박을?

그러나 곧 부인의 딸 루치아와 그녀가 부르는 〈토스카〉*에 관한 얘기를 듣고, 메트로폴리탄 오페라 팬들이 루치아의 〈노래에 살고 사랑에 살고〉를 얼마나 격찬하는지를 알게 된 후, 엘러리도 부인과 마찬가지로 뱀처럼 사악한 협박의 쉭쉭거리는 숨

이탈리아 작곡가 푸치니의 오페라. 전 3막으로 이루어져 있으며 〈미묘한 조화〉, 〈노래에 살고 사랑에 살고〉 등의 아리아가 유명하다.

소리를 감지했다.

루치아의 앞날이 위험에 처해 있었다.

"협박의 배경이 뭡니까, 알프레도 부인?"

배경은 외국에서 있었던 사건이었다. 젊은 시절, 요리사였던 알프레도 부인은 어느 여름에 주인을 따라 영국으로 건너갔고, 그곳에서 영국 남자를 만나 결혼했다. 아, 못 믿을 영국 남자여! 남편 앨프리드는 결혼하고 한 달도 지나지 않아 그녀가 평생 모은 돈을 들고 홀연히 사라졌다. 불행 중 다행으로 돈은 나중에 대부분 되찾았지만, 곧 이보다 더 나쁜 일이 일어났다. 매력이 철철 넘치는 앨프리드의 원래 부인이라고 주장하는 여자가 나타난 것이다. 설상가상으로 최악의 일이 발생했으니, 운명의 격랑에 휘말린 이 가엾은 여인이 앨프리드의 아기를 가졌다는 사실을 깨닫게 된 것이었다. 그녀는 스스로를 알프레도 부인이라 칭하며 블룸즈버리로 달아났고, 그곳을 제2의 고향으로 삼아 과부 행세를 하며 살았다. 중혼의 비밀은 딸 루치아 외에는 아무에게도 얘기하지 않았다. 그리고 과부의 보잘것없는 돈으로도 집을 살 수 있었던 옛날 옛적에, 뉴욕 웨스트 50번가 인근의 낡은 집을 한 채 사서 하숙집을 운영하며 지금까지 생계를 유지하고 있었다. 그녀는 오페라 가수로서의 루치아의 미래에 희망을 걸고 있었다.

"오래전부터 나는 루치아의 비밀이 알려질까 봐 무서웠어요."

알프레도 부인은 흐느끼며 엘러리에게 매달렸다.

"그런데 블룸즈버리에 사는 친구가 앨프리드가 죽었다고 편지를 보냈어요. 그래서 루치아와 나는 우리의 과거를 완전히 잊고 있었죠. 지금까지는요, 시뇨르. 이제 그 비밀이 세상 밖으로 나오려고 해요. 내가 돈을 안 주면 말이에요."

누군가가 투박한 글씨로 쓴 협박장을 부인의 방문 아래 틈새로 밀어 넣었다고 했다. 딸이 사생아라는 비밀을 지켜주는 대가로 5천 달러를 요구하는 내용이었다.

"어떻게 알았을까요, 시뇨르 퀸? 우리는 아무한테도 말하지 않았어요. 아무한테도!"

협박 편지에는 돈을 하숙집 2층으로 올라가는 층계참 기둥 중에 헐거운 기둥 아래 놓아두라고 쓰여 있었다.

"하숙생은……. 하숙집의 손님은 몇 명이나 있습니까, 알프레도 부인?"

엘러리가 진지하게 물었다.

"셋이에요. 콜린스 씨하고……."

"5천 달러는 갖고 계십니까?"

"네. 대출금을 갚지 않았어요. 루치아의 성악 레슨 때문에 저금을 해요. 하지만 이제 그 돈을 협박범한테 줘야 한다면, 마에스트로 재기오르가 루치아에게 더 이상 레슨을 해주지 않을 거예요! 그리고 돈을 안 주면, 나에 대해서 루치아에 대해서 세상 모두가 알게 될 거예요. 루치아의 마음이 무너질 거예요, 시뇨르. 딸애의 앞길도 망치고요. 이미 그 애는 이 일 때문에 울고 또 울고 있어요."

"젊은 영혼은 어떠한 고난도 감당할 수 있습니다. 그리고 진정한 재능의 소유자라면 장래도 그리 쉽게 망가질 리 없고요. 제 충고를 들으세요, 알프레도 부인. 돈을 주지 마십시오."

"안 줄게요."

알프레도 부인이 교활한 표정으로 고개를 끄덕였다.

"시뇨르 퀸이 그놈을 금방 잡아줄 테니까요. 맞죠?"

다음 날 아침, 알프레도 부인의 새로운 하숙생은 깃털 침대에서 황홀한 기분으로 잠에서 깨어 아침을 맞이했다.

"어느 갠 날, 바다 저편에……."*

초초가 노래하고 있었다. 피아노 소리는 핑커턴 중위가 탄 군함 에이브러햄 링컨 호의 갑판 위에서 연주하는 것처럼 들렸지만, 낡은 벽을 통해 들려오는 목소리는 달콤하면서도 갓 만든 동전처럼 반짝거렸다. 엘러리는 자리에서 일어나 캔자스시티에서 갓 상경한 고뇌하는 작가 스타일로 옷을 차려입은 후 루치아를 위기에서 구해주기로 결심하며 아래층 식당으로 향했다.

아침 식사가 차려진 식탁에서 그는 루치아를 만났다. 그녀는 아름다웠다. 그리고 세 하숙생들도 만났다. 그들은 아름답지 않았다. 아널드는 키가 작고 마르고 깐깐한 남자로 마치 중고 서점 직원 같은 인상을 풍겼는데, 알고 보니 실제로 중고 서점의 직원이었다. 보르들로는 중간 키에 뚱뚱하고 수다스러운 것이 프랑스 와인 판매원처럼 생겼는데, 알고 보니 실제로 프랑스 와인 판매원이었다. 콜린스는 힘이 세고 덩치도 크고 입이 거칠었다. 콜린스가 택시 기사가 아니라면 엘러리는 명예 경찰 배지를 반납할 생각이었다. 이 세 남자는 서로 사이좋게 루치아에게 추파를 던지거나 알프레도 부인의 파프리카를 곁들인 달걀 요리를 칭찬하며 아침을 들었다. 식사를 마치고 세 사람은 집을 나섰다. 아널드는 쿠퍼 스퀘어 서점으로, 보르들로는

* 푸치니의 오페라 〈나비부인〉 중 여주인공 초초가 부르는 아리아의 가사.

와인 가게로, 콜린스는 그의 낡은 택시로 향했다. 모두들 협박과는 거리가 먼 순수한 모습이었다.

그다음 사흘은 별일 없이 흘러갔다. 엘러리는 아널드와 보르들로와 콜린스의 방을 뒤집어엎었다. 아침저녁 식사 시간에는 아널드와 책에 관해 토론하고, 보르들로와는 와인 이야기를 나누고, 콜린스와는 시시껄렁한 여자 얘기나 농담을 주고받으며 자신의 연구 대상인 ABC*를 집중 탐구 했다. 그러면서 동시에 낙담한 루치아를 다독였다. 엘러리의 계획 중에는 경찰의 도움이 필요한 부분이 있었기 때문에 경찰에 신고하자고 알프레도 부인을 열심히 설득했지만, 부인은 경찰 소리만 듣고도 히스테리를 일으켰다. 결국 엘러리는 돈을 마련하는 데 며칠 걸릴 거라고 쪽지에 적어 약속한 장소인 2층 헐거운 기둥에 놓아두라고 부인에게 조언했다. 이 말에는 부인도 고개를 끄덕였다. 엘러리는 그날 밤 몰려오는 잠을 간신히 참으며 외부로부터 침입자가 들어온 흔적이 있는지를 밤새 확인했다. 다음 날 아침, 쪽지는 사라졌다. 그러나 외부에서 침입한 흔적은 없었다…….

엘러리는 이런 유의 사건을 맡았을 때 해야 할 일은 모두 다 했지만, 그렇게 애써서 얻은 단서라고는 서점 직원 아널드, 와인 판매원 보르들로, 택시 기사 콜린스 중 하나가 협박범이라는 것뿐이었다. 사실 이것은 처음부터 알고 있던 것이었다.

나흘째 되던 날 아침, 충격적인 일이 벌어졌다. 알프레도 부인이 울부짖으며 엘러리의 방문을 격하게 두드렸다.

"우리 루치아가! 그 애가 안에서 방문을 잠갔어요! 대답도 안 해요! 죽었나 봐요!"

* *아널드(Arnold), 보르들로(Bordelaux), 콜린스(Collins)의 머리글자.*

엘러리는 미친 듯이 울부짖는 부인을 달래며 서둘러 복도로 뛰어나갔다. 세 개의 문에서 세 개의 머리가 불쑥 튀어나왔다.

"뭐가 잘못됐어요?"

아널드가 외쳤다.

"불이라도 났어요?"

보르들로가 외쳤다.

"무슨 일이야?"

콜린스가 낮게 중얼거렸다.

엘러리는 루치아의 방문 손잡이를 돌려보았다. 문은 안에서 잠겨 있었다. 그는 노크를 했다. 답이 없었다. 엘러리는 방문에 귀를 갖다 댔다. 아무 소리도 들리지 않았다.

"의사를! 산텔리 선생님을 불러야겠어요!"

알프레도 부인이 신음했다.

"네, 그러세요. 콜린스, 이리 와서 같이 문을 부숩시다."

엘러리가 외쳤다.

"비켜봐요."

힘센 콜린스가 다가왔다.

그러나 낡은 문은 강철처럼 꿈쩍도 하지 않았다.

"벽난로에 도끼가 있어요."

보르들로가 외쳤다. 그는 알프레도 부인의 뒤를 따라 슬리퍼를 철떡거리며 계단을 달려 내려갔다.

"자, 여기요."

아널드가 의자를 들고 숨을 헐떡이며 나타났다.

"저 문 위 채광창을 통해 안을 봅시다."

그는 의자 위로 올라가 문 위 가로대 너머를 들여다보았다.

"루치아가 침대 위에 있어요. 아파 보이는데……. 그냥 누워만 있어요."

"피 같은 게 보여요, 아널드?"

엘러리가 다급히 물었다.

"아뇨……. 저기 단것이 든 상자가 있고. 무슨 양철통도 보이고……."

"맙소사. 캔의 라벨이 보여요?"

엘러리가 신음하며 물었다.

아널드의 울대뼈가 문 위의 작은 직사각형 창문 앞에서 오르내렸다.

"저건…… 쥐약 깡통 같은데요."

이 말이 떨어지기가 무섭게 보르들로가 손도끼를 들고 나타났다. 알프레도 부인은 내의 차림에 잔뜩 긴장한, 아르투로 토스카니니*처럼 생긴 신사를 데리고 달려왔다. 문이 열리자 그들은 모두 한데 뒤엉켜 방 안으로 쏟아지듯 들어갔다. 루치아는 쥐약을 넣은 초콜릿을 삼켜 자살을 시도한 것이었다.

"진정들 하세요."

산텔리 선생이 이탈리아어로 말했다.

"다행히 먹은 걸 다 토했군요. 다들 나가요!"

곧 의사는 알프레도 부인과 엘러리만 따로 불러들인 후 루치아를 깨웠다.

"루치아. 애야. 눈 좀 떠봐라."

"엄마."

루치아의 목소리가 떨렸다.

* *이탈리아의 명지휘자.*

"아가."

알프레도 부인은 흐느껴 울었다.

그때 엘러리가 단호하게 부인을 옆으로 밀쳤다.

"루치아. 메트로폴리탄이 당신을 원하고 있어요. 내 말 믿어요! 다시는 이런 바보 같은 짓 하지 말아요. 하긴, 이젠 그럴 필요도 없죠. 세 하숙생 중 누가 어머니를 협박했는지 알아냈으니까요. 분명히 말하지만 그자가 앞으로 다시는 그런 짓을 못하게 하겠습니다."

상황이 정리된 후, 엘러리는 여행 가방을 들고 말없이 서 있는 남자에게 말했다.

"제 의뢰인은 당신이 비밀만 지킨다면 고소는 하지 않겠다고 하십니다. 하지만 떠나기 전에 한 가지, 협박범으로 성공하기엔 당신은 지나치게 경솔한 사람이라는 걸 알려주고 싶군요."

"경솔하다고요?"

여행 가방을 든 남자가 시무룩하게 말했다.

"아, 범죄의 관점에서 볼 때 말이죠. 알프레도 부인과 루치아는 앨프리드 씨의 중혼에 관해 아무에게도 말한 적이 없습니다. 따라서 협박범은 이 이야기를 중혼을 한 당사자인 그 남자에게서 직접 들었을 겁니다. 그런데 앨프리드 씨는 영국에서 태어나 영국에서 죽은 영국인이니까, 협박범 역시 영국인일 가능성이 크죠.

고향을 감추기 위해 무척이나 노력했을 겁니다. 그러나 오늘 아침의 그 소란스러운 사건 때문에 정신이 팔린 나머지 큰 실수를 했어요. 문 위의 네모난 가로대를 '채광창(fanlight)'이라고 부르는 건 영국인뿐입니다. 그리고 영국인들만이 초콜릿을 '단

것(sweets)'이라고, 캔을 '양철통(tin)'이라고 부르죠. 그러니 앞으로 책 파는 일을 접고 이런 짓거리를 또다시 벌이고 싶은 유혹을 느낀다면…… 말조심하세요, 아널드 씨!"

담합 부서

대리인들의 문제

챔피언과 빌리 (더 키드) 볼로의 경기가 있던 폭풍우 몰아치던 그 밤에, 링 위에서 무슨 일이 있었는지 기억해내기 위해 굳이 권투 전문가가 될 필요는 없다. 지금도 권투 팬들은 그 경기로 인해 콜로라도 주의 소도시인 위키업의 위상이 얼마나 높아졌는지를 얘기하곤 한다. 그러나 그날 밤 경기가 아예 열리지 못했을 수도 있었다는 사실은 영영 모르고 지나칠 가능성이 크다.

애초에 그 경기의 개최지가 어떻게 위키업으로 결정되었는지는 다들 기억할 것이다. 어느 날, 백만장자 목장주 샘 퓨가 이끄는 위키업 상공회의소 사절단이 뉴욕 프로모터의 사무실로 무리 지어 쳐들어가서는, 7만5천 명을 수용할 수 있는 위키업의 신설 야외 원형 경기장의 좌석 배치도와 보증금으로 현찰 25만 달러가 든 가방을 던져주고 계약서를 하나 받아 들고 돌아왔다. 이후 이 계약은 권투 역사상 최초로 시카고 서부 지역에서 TV, 라디오, 기록 필름의 시청자들을 포함해 총 1백만 관중을 동원한 경기로 기록되었다.

스포츠 투자 쪽으로는 충분한 값어치가 있는, 진짜 빅 이벤트가 될 경기였다. 두 선수 모두 거칠고 난폭한 데다 끈질긴 근

성의 소유자였고, 둘 다 오른손잡이로 오서독스 스타일의 선수였다. 이런 점들을 감안하면 연장전 말고는 그 어떤 일이 일어나도 놀랍지 않을 터였다. 1라운드 KO로 끝나든 병원의 2인용 병실에서 마무리되든, 무슨 일이라도 충분히 일어날 수 있었다.

챔피언은 위키업 컨트리클럽을, 빌리 더 키드는 거대한 퓨 목장을 훈련 장소로 삼았다. 경기 전날 밤, 원형 경기장을 중심으로 반경 480킬로미터 안의 모든 호텔, 모텔, 트레일러 캠핑촌, 텐트촌에는 '빈방 없음' 간판이 내걸렸다. 위키업은 미국 전역에서 자금 동원이 가능한 모든 권투 팬, 스포츠 기자, 도박꾼과 사기꾼들에게 있어 엘도라도 같은 존재가 되었다.

엘러리는 샘 퓨의 초대를 받아 경기를 보러 위키업에 와 있었다. 언젠가 샘 퓨가 엘러리에게 크게 신세를 진 적이 있었는데, 이 이야기는 지금 크게 상관이 없으니 넘어가기로 하자.

경기 시간은 산악 시간으로 8시였고, 동부 시간으로는 10시에 TV로 동부 팬들에게 생중계될 예정이었다. 엘러리가 무언가 잘못되었다는 소식을 접한 것은 경기가 열리기 정확히 한 시간 반 전이었다.

엘러리는 레드먼 호텔의 코만치 바에서 시간을 죽이며 샘 퓨를 기다리고 있었다. 곧 퓨와 함께 그의 차로 원형 경기장에 갈 예정이었다. 그때 벨보이가 그를 찾아왔다.

"퀸 씨이십니까? 스위트룸 101호로 오시라는 퓨 씨의 전갈입니다. 급한 일이랍니다."

엘러리의 노크에 목장주가 직접 문을 열어주었다. 퓨의 자줏빛 얼굴에 불만이 가득해 보였다.

"들어오게!"

스위트룸 안에는 주립 권투 위원회장, 위키업의 지역 유지 아홉 명, 그리고 빌리 더 키드의 매니저인 투시 코건이 있었다. 왜소한 체구에 대머리인 투시는 울고 있었고, 나머지 남자들도 투시를 따라 울음을 터뜨리기 직전이었다.

"무슨 일입니까?"

엘러리가 물었다.

"키드가 유괴됐어."

샘 퓨가 낮게 중얼거렸다.

"납치당한 거죠."

코건이 흐느끼며 말했다.

"3시에 퓨 씨의 목장으로 살짝 익힌 스테이크를 가져가서 키드에게 먹이고 낮잠을 좀 자라고 일러두었어요. 그러고 나서 챔피언의 매니저인 칙 크라우스를 만나러 갔어요. 마지막으로 경기 규칙에 관해 얘기를 해보려고요. 제가 거기 가 있는 동안에……."

"총으로 무장한 복면 차림의 남자 네 명이 키드를 납치해 갔어."

목장주가 말했다.

"지금까지 전화로 그들과 협상하고 있었네. 몸값으로 10만 달러를 요구하더군."

"아니면 경기는 꿈도 꾸지 말라는 거요. 이 시카고 갱단 녀석들!"

권투 위원회장이 쏘아붙였다.

"우린 망했어."

지역 유지 중 한 사람이 끙끙 앓는 소리를 냈다.

"마을의 사업자들이 25만 달러를 보증금으로 내놨단 말이오. 이제 법정 다툼은 말할 것도 없고……."

"무슨 일인지 알 것 같습니다."

엘러리가 말했다.

"90분 후에 경기가 치러지지 않으면 위키업을 만방에 자랑할 기회도 없어지는 거죠. 몸값을 지불하시려는 거겠죠?"

"우리끼리 어찌해서 돈은 모았어."

늙은 목장주의 시선이 테이블 위에 놓인 빵빵한 서류 가방으로 향했다.

"엘러리, 이 돈은 자네를 통해 전달하겠다고 그놈들에게 말했네. 해주겠나?"

"제가 할 거라는 걸 아시잖아요, 샘."

엘러리가 말했다.

"동시에 그자들에 관한 정보를 좀 캐낼 수도 있을 것이고……."

"아니, 그랬다간 일을 망치게 돼요!"

키드의 매니저가 비명을 질렀다.

"그냥 빌리만 데려와요. 링에 올라갈 수 있는 상태로요!"

"정보 같은 건 어차피 캘 수 없어. 놈들은 그 더러운 낯짝을 드러내지 않을 테니까."

샘 퓨의 목소리는 쉬어 있었다.

"그쪽에서도 중립적인 인물을 지명했어. 그리고 그 사람도 납치범들을 위해 움직이겠다고 동의했고."

"대리인들끼리의 문제가 되는 건가요? 그 사람이 누굽니까, 샘?"

"사임 잭맨이라고 아나? 스포츠 기자인데."

"웨스트코스트 스포츠 기자 협회장 말씀입니까? 명성만 들어 알고 있죠. 기자로서는 최고라던데요. 아마 잭맨과 내가 힘을 합치면……."

"사임도 비밀을 지키겠다고 강제로 약속을 해야 했어요."

권투 위원회장이 말했다.

"난 그 사람을 40년 동안이나 알고 지냈소. 젠장. 그 사람은 어떤 경우에도 자기 말을 지키는 사람이오. 탐정 노릇은 잊어요, 퀸 씨. 그냥 빌리 볼로를 제시간에 데려올 생각만 하라고요."

"알겠습니다."

엘러리가 한숨을 쉬었다.

"샘, 제가 뭘 하면 되죠?"

"7시 정각에 웨스턴 호텔에 있는 사임 잭맨의 방으로 가는 거야. 442호지. 그럼 잭맨은 납치범들과 약속한 방법으로 자네가 몸값을 가지고 왔다는 걸 알려줄 거고, 빌리 볼로는 풀려날 거야. 놈들은 7시 15분이 되면 키드가 이 방으로 걸어 들어올 거라고 약속했네. 털끝 하나 다치지 않은 상태로, 링에 곧장 올라갈 수 있게 말이야. 우리가 약속만 지킨다면."

"그쪽이 약속을 지킬 거라는 건 어떻게 알죠?"

"내가 잭맨의 방으로 전화를 걸어서 키드가 안전하게 돌아왔다고 알려줄 거야. 그 전까지는 돈을 잭맨에게 건네지 말게."

"그럼 암호를 정하는 게 좋겠어요, 샘. 목소리는 변조하기 쉬우니까요. 제 귀에만 대고 말하세요……. 다른 분들은 언짢아하지 않으시겠죠?"

다부진 체격에 열정적인 푸른 눈을 가진 백발의 남자가 엘러리의 날카로운 노크를 듣고 웨스턴 호텔 442호의 문을 열었다.

"퀸 씨이겠군요. 들어오세요. 나는 사임 잭맨입니다."

엘러리가 방을 둘러보는 동안 신문기자는 문을 닫았다. 테이블 위에는 전화기와 낡은 휴대용 타자기, 스카치위스키 병이 놓여 있었다. 방 안에 다른 사람은 없었다.

"먼저 신분을 확인해야 할 것 같은데요."

엘러리가 말했다.

백발의 남자는 엘러리를 쳐다보았다. 그러더니 씩 웃으며 주머니를 뒤져 주섬주섬 물건을 꺼냈다.

"자, 이게 운전 면허증이고…… 이건 기자 출입증…… 이건 국립 스포츠 기자 연합에서 제작한 기념 시계인데, 뒷면에 내 이름이 새겨져 있죠."

"좋습니다."

엘러리는 서류 가방을 열고 돈뭉치를 침대 위에 던졌다. 지폐를 묶은 끈 위에는 은행 직인과 천 달러라는 표시가 찍혀 있었다. 지폐는 10달러, 20달러, 50달러짜리가 섞여 있었다.

"돈을 셀 시간을 드릴까요?"

"아뇨. 젠장, 나도 오늘 밤 경기를 보고 싶다고요!"

스포츠 기자는 창문 앞에 섰다.

"듣기로는 납치범들에게 연락을 하실 거라던데……."

"지금 하는 중입니다."

잭맨은 여러 차례 빠른 속도로 창문 가리개를 올렸다 내리기를 반복했다.

"그 벌레 같은 놈들이 나한테 전화하라고 번호라도 가르쳐줬을 것 같습니까? 이게 내가 그자들에게 주기로 한 신호입니다. 저쪽에서 내 방 창문을 지켜보는 놈이 있겠죠. 아마 그자가 놈들에게 전화로 연락할 겁니다. 자, 이제 됐어요."

"놈들을 실제로 보신 적이 있습니까?"

엘러리가 물었다.

"살살 좀 해요, 퀸."

신문기자가 씩 웃었다.

"나는 어떤 질문에도 대답하지 않겠다고 약속했습니다. 자, 이제 우리가 할 일은 샘 퓨의 전화를 기다리는 것뿐이군요. 같이 한잔할까요?"

"다음번을 기약하도록 하죠."

엘러리는 침대 위 돈뭉치 옆에 걸터앉았다.

"이제 다음 절차는 뭡니까, 잭맨? 이 돈을 그자들에게 어떻게 전달하죠?"

그러나 백발의 기자는 말없이 자기 잔을 채우며 중얼거렸다.

"분명 멋진 경기가 될 겁니다."

"제가 졌네요."

엘러리가 아쉬워하며 말했다.

"네, 물론 그렇겠죠. 볼로의 승률을 어떻게 보십니까? 이런 일을 겪고 나면 신경이 파이크 산 정상보다도 더 높이 곤두설 텐데요."

"키드가? 그는 신경 같은 건 아예 태어날 때부터 가지고 있질 않았어요. 그리고 키드가 진짜로 화가 나면 당장이라도……."

"그럼 키드가 챔피언을 꺾을 가능성이 있다고 생각하세요?"

"납치범들이 키드를 건드리지만 않았다면, 키드가 KO로 이길 거라고 봅니다."

"선생은 전문가니까요. 그럼 황소 같은 챔피언을 때려눕힐 만한 펀치가 빌리에게 있다고 보시는 거죠?"

"키드의 지난번 경기 보셨습니까?"

스포츠 기자는 미소를 지었다.

"상대인 아티 스타는 결코 수월한 상대가 아니었어요. 그런데도 볼로는 엄청난 속도로 라이트훅을 세 방 먹였죠. 첫 번째 펀치를 맞고 쓰러지는 스타의 턱에 두 번째와 세 번째 훅이 제대로 꽂혀 치명타를 입혔어요. 스태프들이 스타를 링 밖으로 데리고 나오는 데에만 10분이 걸렸고……."

전화벨이 울리자 두 남자는 놀라서 펄쩍 뛰었다.

"키드를 풀어준 모양이군요!"

엘러리가 말했다.

"당신이 받는 게 낫겠어요."

엘러리가 전화기로 달려갔다.

"퀸입니다. 누구십니까?"

"나일세, 샘이야!"

샘 퓨의 목소리가 낮게 울렸다.

"이봐, 엘러리……."

"잠깐만요. 암호는?"

"아! 솔라 플럭서스(solar plexus)."

엘러리는 안심하며 고개를 끄덕였다.

"키드가 돌아왔어, 엘러리."

목장주는 기뻐 어쩔 줄을 몰랐다.

“지금 잔뜩 열을 받았어. 링에 오르겠다며 고래고래 소리를 지르고 있어. 몸값은 넘겨주게. 경기장에서 보자고!”

딸깍 소리를 내며 전화가 끊겼다.

“됐습니까?”

백발의 남자가 미소를 지었다.

“네.”

엘러리도 미소를 지어 보였다.

“그럼 이제 돈을 넘겨드리죠.”

엘러리는 수화기를 휘둘러 남자의 왼쪽 귀 위쪽을 정확하게 가격했다. 그러고는 백발의 남자가 카펫 위에 채 쓰러지기도 전에 옷장으로 달려가 문을 열어젖혔다.

“이자가 당신을 옷장에 가뒀군요.”

엘러리는 재갈을 물고 밧줄에 묶인 채로 옷장 바닥에 누워 있던 남자에게 쾌활하게 말했다.

“자, 줄은 금방 풀어드리겠습니다, 잭맨 씨. 그러고 나서 이 엉망진창으로 꼬인 이중 납치 사건을 정리해보죠!”

엘러리가 돈뭉치를 다시 서류 가방에 쑤셔 넣는 동안 진짜 사임 잭맨은 바닥에 쓰러진 남자를 내려다보고 있었다.

“납치범인가요?”

잭맨은 아무 감정도 실리지 않은 목소리로 물었다.

“아닐 겁니다.”

엘러리가 말했다.

“이 남자가 신호를 보내자마자 갱단이 키드를 풀어주었으니 납치범일 수는 없죠. 아마 그들과 한패였을 겁니다. 놈들에게 내가 대리인으로 올 거라는 말을 듣고, 나를 모른다고 얘기하셨던 거죠? 그러셨을 거라고 생각합니다. 그 말을 듣고 이 남자가 이런 작전을 짠 겁니다. 이 방에서 당신인 척 나를 속이고, 내가 몸값을 내주면 그걸 들고 동료들을 배신하고 달아날 생각이었던 겁니다."

"하지만 어떻게…… 어떻게 이 사람이 내가 아니라는 걸 알았습니까?"

스포츠 기자가 물었다.

"아까 이 남자는 키드가 스타와의 경기에서 라이트훅 세 방으로 스타를 때려눕혔다고 말했습니다. 오서독스 스타일의 권투 선수가 라이트훅으로 치명타를 날릴 수 없다는 것도 모르면서 웨스트코스트 스포츠 기자 협회장에 국내 최고의 권투 전문가가 될 수는 없었겠죠. 오른손잡이 상대의 레프트훅에 맞설 수 있는 무기는 라이트 크로스니까요."

"이런 얼간이 같으니."

진짜 잭맨이 쏘아붙였다. 바닥에 쓰러져 있던 남자가 몸을 꿈틀거리자 잭맨은 총을 새롭게 고쳐 잡았다.

"그런데 이 몸값 말입니다, 퀸. 이걸 어떻게 해야 좋을지 모르겠군요. 아무튼 납치범들은 약속대로 키드를 돌려보냈어요. 나도 내가 한 약속을 지켜서 이 돈을 그들에게 전해야 할까요? 아니면 이 바보 같은 놈이 벌인 이중 배신으로 인해 약속을 지킬 의무가 사라진 걸까요?"

"흠. 참으로 미묘한 윤리 문제인데요."

엘러리는 시계를 흘깃 쳐다보고는 눈살을 찌푸렸다.

"서두르지 않으면 경기에 늦겠어요! 이렇게 하죠, 사임."

"어떻게요?"

"이 책임을 높은 사람들에게 전가하는 겁니다."

엘러리는 씩 웃으며 부서진 수화기를 들었다.

"데스크죠? 여기 감시를 설 경찰 두 명만 불러주세요. 그리고 가장 가까운 FBI 사무소로 갈 수 있게 택시도 불러주시고요. 빨리요!"

불가능 범죄 부서

세 과부

일반적인 미각의 소유자들에게 살인의 맛은 불쾌하다. 그러나 엘러리는 이쪽 분야의 미식가이고, 그가 맡았던 사건 중 어떤 것은 분명 혀끝에 오래도록 남는 맛을 가지고 있었다. 그런 위험하면서도 미묘한 사건 중에서 그는 세 과부 사건을 가장 높이 평가한다.

세 과부 중 둘은 자매였다. 퍼넬러피는 돈을 하찮게 여겼다. 리라에게는 돈이 인생의 전부였다. 따라서 둘 다 돈이 많이 필요했다. 자매는 젊은 나이에 낭비벽 심한 남편들을 저세상으로 떠나보냈고, 아버지가 계신 머리힐의 저택으로 돌아왔다. 늙은 시어도어 후드는 부자인 데다 언제나 딸들에게 관대한 아버지였기 때문에, 자매는 마음을 놓을 수 있었다. 그러나 퍼넬러피와 리라가 처녀 때 쓰던 방을 다시 차지하고 얼마 지나지 않아 시어도어 후드는 두 번째 아내를 맞아들였다. 성채 같은 체구에 엄청나게 힘이 센 여인이었다. 놀란 자매는 새어머니에게 도전장을 던졌고 새어머니도 단호한 결의로 전쟁에 뛰어들었다. 세 여자의 십자포화에 갇힌 늙은 시어도어는 오직 평화만을 갈구했다. 결국 그는 대저택에 세 과부를 남겨두고 자신만의 평화를 찾았다.

아버지가 세상을 떠나고 얼마 지나지 않은 어느 날 밤, 통통한 퍼넬러피와 비쩍 마른 리라는 하인의 전갈에 따라 후드 저택의 응접실에 모였다. 집안의 변호사인 스트레이크가 두 사람을 기다리고 있었다.

평소의 스트레이크는 지극히 평범한 내용도 선고문을 읊는 판사처럼 진중하게 말하곤 했다. 그러나 오늘 밤 "두 분 자리에 앉으세요"라고 말하는 그의 목소리는 너무도 불길해서 마치 두 사람에게 교수형이라도 선고하려는 것 같았다. 자매는 시선을 교환하고는 위축된 모습으로 자리에 앉았다.

잠시 후 빅토리아 스타일의 벽에 난 높은 문이 끼익 소리를 내며 열리고, 세라 후드 부인이 집안의 주치의인 베네딕트 박사의 팔에 힘없이 매달려 안으로 들어왔다.

후드 부인은 의붓딸들을 경멸의 눈초리로 훑어보며 조금 불안정하게 고개를 저었다. 잠시 후 부인이 입을 열었다.

"베네딕트 선생님과 스트레이크 씨가 할 말이 있을 거다. 그 얘기가 끝나면 내가 말하마."

"지난주에."

베네딕트 박사가 운을 떼었다.

"두 분의 새어머니께서 6개월에 한 번씩 받으시는 건강검진 때문에 제 진료실에 오셨습니다. 저는 늘 하듯 검진을 했고요. 연세를 고려하면 부인은 놀라울 정도로 건강 상태가 좋습니다. 그런데 바로 다음 날, 부인께서 몸이 불편하다면서 다시 찾아오셨습니다. 8년 만에 처음 있는 일이었지요. 그때는 단순히 장염에 걸렸을 거라고 생각했습니다만, 후드 부인은 제 소견과 다소 거리가 있는 병명을 내놓았습니다. 저는 말도 안 된다고 생각했지요. 그러나 부인은 저에게 검사를 해달라고 끈질기게 요구했습니다. 저는 검사를 했고, 부인 생각이 옳았습니다. 부인은 독극물에 중독되었던 겁니다."

퍼넬러피의 통통한 볼이 서서히 분홍빛으로 물들었고, 리라의 여윈 뺨은 점점 창백하게 질려갔다.

베네딕트 박사는 두 자매의 정확히 가운데 지점을 바라보며 말을 이었다.

"저는 지금부터 두 분의 새어머니를 매일 검진할 겁니다. 왜 두 분께 이런 경고를 해야 하는지 두 분은 이해할 거라고 믿습니다."

"스트레이크 씨, 말씀하세요."

후드 부인이 미소를 지으며 말했다.

"돌아가신 부친의 유언장에 따라."

스트레이크 역시 두 자매의 가운데 지점을 노려보며 불쑥 입을 열었다.

"두 분 모두 부친의 재산 수익으로부터 소액의 용돈을 받고 있습니다. 수익의 대부분은 새어머니가 생존한 동안에는 새어머니의 소유입니다. 그러나 후드 부인이 사망할 경우 두 분은 약 2백만 달러의 재산을 나눠 받게 됩니다. 다시 말해 두 분은 이 세상에서 새어머니의 사망으로 인해 이익을 보는 유일한 사람들이란 겁니다. 후드 부인과 베네딕트 박사에게는 이미 말했지만, 이 악랄한 살인 기도가 실패로 끝난 것은 두 분께는 엄청난 행운이었습니다. 이런 경고를 받고도 정신을 차리지 않는다면, 저는 두 분이 법이 허용하는 최대 형량으로 처벌받는 걸 보는 그날까지 제 여생을 전부 바칠 겁니다. 사실 저는 즉시 경찰을 부르자고 조언했었지요."

"그럼 어디 당장 불러봐요!"

퍼넬러피가 외쳤다.

리라는 아무 말도 하지 않았다.

"지금이라도 부를 수 있어, 페니."

후드 부인은 여전히 희미한 미소를 짓고 있었다.

"그렇지만 너희 둘은 무척이나 영리해서 그 정도로는 아무것도 해결되지 않을 거야. 나 자신을 보호하기 위한 가장 강력한 조치는 너희 둘을 이 집에서 내쫓는 것이겠지. 하지만 불행하게도 너희 아버지 유언 때문에 그렇게는 못 해. 아, 너희가 날 없애고 싶어서 얼마나 안달이 나 있는지 잘 알아. 내 검소한 생활 방식 때문에 너희 둘의 사치스런 취향을 만족시키지 못하고 살고 있으니까. 너희는 둘 다 재혼하고 싶어 하지. 돈이 있으면 두 번째 남편을 살 수 있을 테고."

노부인은 몸을 조금 앞으로 기울였다.

"하지만 너희에게 안 좋은 소식이 있어. 내 어머니는 아흔아홉에 돌아가셨고, 아버지는 백세 살에 세상을 뜨셨지. 베네딕트 선생님은 나도 앞으로 30년은 거뜬히 더 살 수 있을 거라고 하셨어. 그리고 나는 꼭 그럴 생각이야."

부인은 여전히 미소 띤 얼굴로 힘겹게 일어섰다.

"그리고 그러기 위해 특별한 예방 조치를 취하고 있지."

그녀는 이 말을 남기고 방을 나갔다.

그로부터 정확히 일주일 후, 엘러리는 후드 부인의 기둥 달린 거대한 마호가니 침대 옆에 앉아 있었다. 그의 옆에는 베네딕트 박사와 스트레이크가 근심스러운 눈빛으로 서 있었다.

부인은 또 독을 먹은 것이다. 베네딕트 박사가 제때 발견해서 다행이었다.

엘러리는 산 사람이라기보다는 석고 조각상 같은 노부인의 얼굴 위로 몸을 굽혔다.

“이런 예방 조치들은 말입니다, 후드 부인…….”

“말씀드렸지만…….”

부인이 속삭였다.

“그건 불가능한 일이었어요.”

“그렇지만 가능했잖아요.”

엘러리는 쾌활하게 말했다.

“그러니 처음부터 다시 살펴보죠. 부인은 방 창문에 전부 쇠창살을 댔고 문에는 새 자물쇠를 달았어요. 하나뿐인 열쇠는 부인이 항상 몸에 지니고 있지요. 부인이 드실 음식 재료는 부인이 직접 구입하시고, 이 방 안에서 직접 요리를 해서 혼자 식사를 하시죠. 그렇다면 분명히 재료 준비 과정에서도, 조리 중에도, 식사 중에도, 음식에 독이 들어갈 수 없었을 겁니다. 뿐만 아니라 부인께서는 그릇들도 전부 새것으로 사서 이곳에 두고 오로지 부인께서만 그릇을 다룬다고 말씀해주셨죠. 결과적으로 조리 도구, 도자기, 유리그릇, 포크나 나이프에도 독이 묻을 수가 없습니다. 그렇다면 어떻게 독을 삼키게 된 걸까요?”

“그게 문젭니다.”

베네딕트 박사가 외쳤다.

“그게 문제예요, 퀸 씨.”

스트레이크가 중얼거렸다.

“그래서 제 생각에는, 물론 베네딕트 박사도 동의했지만, 이건 경찰보다는 퀸 씨의 소관일 것 같았습니다.”

“흠, 제 소관의 일은 항상 단순하지요.”

엘러리가 대답했다.

“이제 보시면 알 겁니다. 후드 부인, 지금부터 제가 질문을 엄청나게 많이 할 겁니다. 그래도 괜찮을까요, 의사 선생님?”

베네딕트 박사는 노부인의 맥박을 확인하고는 고개를 끄덕였다. 엘러리는 질문을 시작했다. 부인은 힘없이 속삭이긴 했지만 또렷하게 대답했다. 그녀는 혼자 나가서 새 칫솔과 치약을 샀다. 치아는 틀니가 아닌 본인의 이였다. 그녀는 약 먹는 것을 극도로 싫어해서 약이든 진통제든 전혀 먹지 않았다. 물 말고 다른 액체는 아무것도 마시지 않았다. 담배도 피우지 않고, 초콜릿도 먹지 않고, 껌도 씹지 않고, 화장품도 쓰지 않았다……. 질문은 끝없이 계속되었다. 엘러리는 생각나는 것은 모두 물어보았고, 질문을 더 생각해내기 위해 머리를 쥐어짰다.

마침내, 그는 후드 부인에게 감사의 인사를 남기고 손등을 토닥인 뒤, 베네딕트 박사와 스트레이크와 함께 방을 나왔다.

“어떻게 진단하시겠습니까, 퀸 씨?”

베네딕트 박사가 물었다.

“어떤 판결을 내리시겠습니까?”

스트레이크도 물었다.

엘러리가 대답했다.

“부인 방 화장실에 있는 수도관과 수도꼭지를 검사했을 때 누군가 손을 댄 흔적은 발견할 수 없었습니다. 따라서 식수가 오염되었을 마지막 가능성이 배제된 겁니다.”

“그렇지만 독은 입을 통해 삼킨 거라고요.”

베네딕트 박사가 쏘아붙였다.

“그게 제가 발견한 것이고 제가 내린 신중한 의학적 결론입니다.”

“만일 그것이 사실이라면, 오직 하나의 설명만이 가능하게 됩니다.”

엘러리가 말했다.

“그게 뭡니까?”

“후드 부인 스스로 독을 삼킨 거지요. 저라면 정신과 의사를 부르겠습니다. 그럼 안녕히 계십시오!”

열흘 후 엘러리는 세라 후드의 침실을 다시 찾았다. 노부인은 죽었다. 세 번째 독극물 공격에 결국 무릎을 꿇은 것이다.

이 소식을 전해 듣자마자 엘러리는 아버지인 퀸 경감에게 말했다.

“자살이에요.”

그러나 자살이 아니었다. 경찰은 과학수사연구소의 모든 자원을 총동원해 엄청난 공을 들여 조사를 진행했지만, 후드 부인의 침실과 욕실에서 독이나 독이 든 용기, 독극물이 투입될 수 있는 그 밖의 경로를 찾는 데 실패했다. 엘러리는 비웃음의 미소를 머금고 직접 조사에 나섰다. 미소는 곧 사라졌다. 그 역시 노부인의 이전 진술이나 전문가의 조사 결과를 반박할 만한 근거는 하나도 찾지 못했다. 그는 하인들을 들들 볶았다. 그저 울기만 하는 퍼넬러피와 코웃음만 치는 리라를 지칠 줄 모르는 열정으로 심문했다. 그리고 마침내, 그는 손을 들었다.

이것은 몸이 아무리 저항을 하더라도 머리가 절대 놔주지 못하는 그런 문제였다. 마흔여섯 시간 동안 그는 그의 머릿속에서 살았고, 먹지도 자지도 않은 채 쳇바퀴 돌듯 아파트 거실 바닥 위만 끝없이 돌았다. 그렇게 마흔일곱 시간째가 되자 퀸 경감은 엘러리의 팔을 강제로 잡아끌어 억지로 침대에 눕혔다.

"그럴 줄 알았다."

경감이 말했다.

"열이 38도를 넘잖니. 어디가 아픈 거냐, 아들아?"

"제 존재 전체가요."

엘러리가 웅얼거렸다. 그는 아스피린과 얼음주머니와 버터에 살짝 익힌 스테이크를 순순히 받아들였다.

그러나 스테이크를 먹다 말고 그는 미친 사람처럼 소리를 지르며 전화기로 달려갔다.

"스트레이크 씨? 엘러리 퀸입니다! 후드 저택에서 지금 당장 만나시죠! ……네, 베네딕트 박사에게도 연락해주세요……. 이제 후드 부인이 어떻게 독살당했는지 알았습니다!"

사람들이 후드 저택의 응접실에 모두 모이자 엘러리는 통통한 퍼넬러피와 깡마른 리라를 노려보며 쏘아붙였다.

"베네딕트 박사와 결혼하기로 한 건 둘 중 누굽니까?"

엘러리는 계속 말했다.

"아, 그래요. 그렇게 되어야만 하는 겁니다. 계모를 살해하면 퍼넬러피와 리라만이 이익을 보지만, 이 살인을 실제로 저지를 수 있는 사람은 베네딕트 박사뿐이죠……. 어떻게 그럴 수 있냐고요, 박사님?"

엘러리는 정중하게 말했다.

“아주 간단합니다. 후드 부인은 6개월에 한 번씩 하는 정기검진 이후에 첫 번째 독극물 중독 증세를 보였습니다. 정기검진은 베네딕트 박사가 진행했죠. 그리고 그 후, 박사는 본인이 직접 후드 부인을 매일 진찰하겠다고 선언했어요. 의사들이 환자를 진찰할 때 항상 행하는 고전적인 예비 검사가 있잖습니까.”

엘러리는 미소를 지었다.

“당신은 부인의 체온을 잴 때 입에 넣는 체온계에 독을 바른 겁니다!”

희귀 서적 부서

"괴상한 학장!"

엘러리의 하버드 시절 은사이자 현재 뉴욕 대학교 인문학부 학장인 매슈 아널드 호프 교수는 특이함에 있어서는 그야말로 전설적인 존재였다.

일례로, 호프 교수의 셰익스피어 강의를 처음 듣고 당황한 학생들의 이야기가 전설처럼 떠돌고 있다.

"리처드 2세가 폰트프랙트에서 평화롭게 세상을 떠났다는 사실은 역사를 통해 잘 알려져 있습니다. 아마도 폐렴에 걸리거나 해서 죽었겠죠."

이 대목에서 호프 교수는 매섭게 꾸짖는다.

"그러나 셰익스피어가 5막 5장에서 뭐라고 썼습니까? 엑스턴이 리처드 2세를 가격하죠."

그리고 엘리자베스 시대 문학의 저명한 권위자는 다음에 나올 말을 강조하기 위해 잠시 숨을 고르다가 결정타를 날린다.

"얼굴을 붉히는 까마귀로(blushing crow)!"

상상력 풍부한 2학년생들은 그 장면이 머릿속에 떠올라 밤마다 악몽을 꾸며 괴로워했다고 전해진다. 그러나 선배들은 현명하게 고개를 끄덕일 뿐이다. 그들은 호프 교수가 설명한 진짜 의미가, 그리고 실제로 교수 자신이 말하고자 했던 내용이, '치명적인 일격(crushing blow)'이라는 것을 잘 알고 있기 때문이다.

파커 양과 골드윈 씨가 늘 말하다시피, 이 선량한 학장님의 무의식적인 두음 전환* 어록은 이른바 골수팬들에 의해 경건하게 보존되고 있으며, 그중에서도 엘러리는 스스로를 팬클럽의 창립 멤버쯤으로 여기고 있었다. 영어 작문 시간에 신입생들에게 던진 호프 교수의 불멸의 공지 사항을 후세를 위해 기록한 사람도 바로 엘러리였다.

"과제물에 올바르지 않은 은어나 기타 저속한 표현을 남발하는 학생들에게 마지막으로 경고하겠는데, 정제된 문장으로 과제를 작성하지 않는다면 다른 멸종된 불가리아인들(vanished Bulgarians)과 함께 이 강의실에서 퇴출시키겠어요!"**

그러나 호프 학장의 어록 중 가장 위대한 작품이 될 실수는 얼마 전 뉴욕 대학교의 교수 식당에서부터 시작되었다. 학장의 초대를 받고 달려온 엘러리가 식당에 들어서니, 학장은 커다란 원형 테이블에 다른 영문과 교수들 세 명과 함께 앉아 조바심을 내며 기다리고 있었다.

"이쪽은 애그니스 러벌 박사, 오즈월드 고먼 교수, 모건 네이즈비 씨."

학장이 서둘러 사람들을 소개했다.

"앉게, 엘러리. 어이, 웨이터. 여기 퀸 씨에게는 귀여운 프록테일(cute frocktail)***과 뿔 달린 쇠고기 현찰(horned beef cash)****을 갖

* 단어들의 머리글자를 실수로 맞바꿔 말하는 것.

** vanished Bulgarians는 banished vulgarians를 잘못 발음한 것으로, 본래의 뜻은 저속한 표현을 쓴 다른 학생들과 함께 쫓아내겠다는 것이다.

*** 프루트칵테일(fruit cocktail)의 실수.

**** 소금에 절인 다진 쇠고기(corned beef hash)의 실수.

다 주게. 오늘의 메뉴 가운데 안전하게 먹을 수 있는 건 이것뿐이야, 엘러리. 자, 어서 가서 가져와, 웨이터! 지금 강의실에 앉아 있는 꿈이라도 꾸는 건가?"

신입 아르바이트생은 어쩔 줄 몰라 하며 허둥지둥 자리를 떴다. 호프 교수는 엄숙하게 입을 열었다.

"자, 벗들이여, 놀랄 준비를 하시지요."

이 말에 러벌 박사가 장난스럽게 대답했다. 여자치고는 덩치가 큰 러벌 박사는 몸에 꼭 맞는 옷을 입고 있었다.

"잠깐만요, 매슈! 내가 맞춰볼게요. 로맨스?"

"그렇다면 과연 누가 걸어 다니는 색인과 결혼할 것인가? 매콜리의 불멸의 명언을 빌어 말하자면 말이죠."

고먼 교수가 녹슨 윈치처럼 끽끽거리는 목소리로 한마디 던졌다. 그는 키가 컸고 얼굴에 주근깨가 많이 나 있으며 불그스름한 눈썹에 턱이 다부지게 생긴 남자였다.

"정말 놀랄 일이라면 우리 과 월급이 오른다는 소식이 아닐까요, 호프 교수님?"

"그거야말로 최고의 성취겠죠."

고먼 교수의 말에 네이즈비가 잽싸게 대꾸를 하더니 금세 얼굴이 빨개졌다. 열정적 태도의 뚱뚱한 젊은이인 네이즈비는 학과의 막내인 모양이었다.

"잠시 주목해주시겠습니까?"

호프 학장은 조심스럽게 주위를 둘러보고는 떨리는 목소리로 말을 이었다.

"제가 하려는 말은…… 오늘 밤 이후로 셰익스피어 희곡의 진짜 작가가 프랜시스 베이컨이라는 말도 안 되는 불쾌한 가설에 치명타를 날릴 수 있게 되었다는 것입니다. 다시 말하지만 치명타를 말입니다!"

두 사람이 놀라 숨을 들이켜는 소리, 한 사람의 코웃음 소리, 또 다른 한 사람의 의심에 찬 흠, 하는 소리가 들렸다.

"매슈! 당신, 유명해질 거예요!"

러벌 박사가 환호성을 질렀다.

"불사신이 되시겠네요, 호프 학장님."

네이즈비의 목소리에는 숭배의 감정이 담겨 있었다.

"사기꾼한테 속으신 거죠."

코웃음을 쳤던 고먼 교수였다.

"무지몽매한 베이컨 학파 사람들도 말로*의 열성 팬과 마찬가지로 제대로 아는 게 없어요."

"아, 하지만 제아무리 광신도라 할지라도 이 증거의 본질 앞에서는 굴복할 수밖에 없을 겁니다."

학장이 외쳤다.

"흥미로운 이야기인데요, 교수님. 그 증거란 게 뭡니까?"

엘러리가 물었다.

"오늘 아침 누가 내 사무실을 찾아왔어, 엘러리. 런던에서 희귀 서적을 취급하는 상인이라며 신분증을 내밀었지. 이름은 앨프리드 밈스라고 하네. 그 사람 말이 자기한테 1613년 판본의 《왕가의 일반 변호사인 기사 프랜시스 베이컨 경의 에세이》 사본이 있다는 거야. 보통은 4, 5백 달러 정도 하는 책이지. 하지만 그 남자는 자기가 가진 사본이 이 세상에 유일무이한 것이라고 주장하고 있어. 표지에 베이컨의 필체로 '윌 셰익스피어'

* 영국의 극작가 겸 시인.

에게 남긴 글이 쓰여 있다는 거야."

경탄과 환호 소리를 간신히 뚫고, 엘러리가 물었다.

"뭐라고 쓰여 있는데요?"

"찬사의 글이지."

호프 학장이 떨리는 목소리로 말했다.

"셰익스피어에 대한 베이컨의 존경과 찬사를 담은 글이라더군. 정확히 인용하자면 '당신의 멋진 재치와 능력이 빚어낸 최고의 희곡에 찬사를!'이라네."

"자, 이제 어쩔 테냐!"

네이즈비가 눈앞에 보이지 않는 베이컨 학파에게 말했다.

"그 정도면 충분해요."

러벌 박사가 숨을 몰아쉬었다.

"충분하겠죠. 다만……."

고먼 교수가 말했다.

"그 책을 직접 보셨습니까, 교수님?"

엘러리가 물었다.

"그 사람이 내게 표지를 복사한 사진을 보여주었어. 오늘 밤에 내 사무실로 원본을 가져와 보여주기로 했네."

"밈스가 부른 가격은……?"

"1만 달러."

"그게 위조품이라는 증거예요. 너무 싸잖아요."

고먼 교수가 퉁명스럽게 말했다.

"오즈월드, 너무 툴툴거리는 거 아네요?"

러벌 박사가 씩씩거렸다.

"아니, 고먼 말이 맞아요."

호프 교수가 말했다.

"그 친필 글이 진짜라면 터무니없는 가격이죠. 나도 밈스에게 그 점을 지적했어요. 그렇지만 그 사람 설명은 이래요. 책 주인은 따로 있고 자기는 주인의 지시에 따르고 있다는 거죠. 원래 주인은 영국 귀족인데 세금 문제로 허덕이고 있다더군요. 오늘 밤 내가 그 책을 사겠다고 결정하면 주인의 이름을 밝히겠답니다. 그 영국 귀족은 200년쯤 전에 판자로 막아놓고 까맣게 잊어버리고 있던 자기 성의 어떤 방 안에서 이 책을 찾았다는데, 비밀리에 판매할 수 있는 미국인 구매자를 선호한다고 했습니다. 세금 문제 때문이라고 밈스가 슬쩍 귀띔을 하더군요. 그러나 책 주인이 교양 있는 사람이라 무식한 졸부보다는 학자가 이 책을 사 가기를 바라고 있답니다. 그런 까닭에 상대적으로 가격이 저렴한 것이죠."

"멋져요. 대단히 영국적이기도 하고요."

네이즈비의 얼굴이 빛났다.

"그러게 말입니다."

고먼 교수가 말했다.

"구매 조건은 물론 현찰이겠죠? 현장에서 바로 지불하기로 했습니까? 오늘 밤에?"

"음, 그래요."

늙은 학장은 안주머니에서 불룩한 봉투를 꺼내더니 슬픈 눈빛으로 바라보았다. 그러고는 한숨을 쉬면서 봉투를 다시 주머니에 집어넣었다.

"평생 동안 모은 저금 액수에 맞먹습니다……. 하지만 나도 완전히 노망이 난 것은 아니에요."

호프 교수는 웃었다.

"엘러리, 자네와 퀸 경감님이 그 자리에 입회해주었으면 하는데. 나는 저녁때까지 내 사무실에서 행정 업무를 처리할 거야. 밈스는 8시까지 오기로 했네."

"아버지와 함께 7시 30분까지 가겠습니다."

엘러리가 말했다.

"그런데 교수님, 주머니에 넣고 다니기에는 돈의 액수가 좀 크군요. 이 일에 대해서 누구 다른 사람에게 말씀하신 적은 없습니까?"

"전혀 없네."

"앞으로도 하지 마십시오. 그럼 문을 잠그고 기다리시라고 제안해도 될까요? 저와 제 아버지가 도착할 때까지 밈스건 누구건, 교수님께서 신뢰하지 않는 사람은 아무도 방 안에 들이지 마십시오. 아무래도 저 역시 고먼 교수님의 회의적인 태도에 옮은 것 같습니다."

"아, 그건 나도 마찬가지야."

학장이 중얼거렸다.

"십중팔구 사기극일 가능성이 크니까. 그래도 이런 생각이 드는 건 어쩔 수 없지……. 혹시라도 사기가 아니라면?"

퀸 부자가 인문관 건물에 들어선 것은 거의 7시 30분이 다 되어서였다. 위층 창문 중에서 야간 강의가 있는 강의실에 불이 들어와 있었고, 학장의 사무실에도 불이 켜져 있었다. 그 밖의 방들은 모두 캄캄했다.

3층에 도착한 자동 엘리베이터의 문이 열렸을 때, 어두운 복도에서 엘러리가 맨 먼저 본 것은…… 활짝 열린 호프 학장의 사무실 문이었다.

퀸 부자는 학장실 문 바로 안쪽 바닥에 노학자가 쓰러져 있는 것을 발견했다. 그의 백발에서 붉은 피가 방울져 떨어지고 있었다.

"그 사기꾼이 일찍 다녀갔군."

퀸 경감이 으르렁거렸다.

"학장님의 손목시계를 확인해봐라, 엘러리. 바닥에 쓰러지면서 7시 15분에 깨졌어."

"문을 꼭 잠가두시라고 경고했는데."

엘러리는 흐느껴 울다 말고 갑자기 외쳤다.

"숨을 쉬어요! 구급차를 불러요!"

그는 노쇠한 학장의 몸을 사무실 안쪽 소파로 옮기고는 종이컵에 담긴 물로 푸르스름한 입술을 부드럽게 적셔주었다. 그때 경감이 전화를 끊고 돌아왔다.

학장의 눈이 파르르 떨리더니 힘겹게 떠졌다.

"엘러리……."

"교수님, 무슨 일이 있었나요?"

"책…… 가져갔어……."

목소리는 중얼거리다가 차츰 잦아들었다.

"책을 가져갔다고?"

경감이 미심쩍다는 듯 되물었다.

"그 말은 밈스가 일찍 이곳에 왔을 뿐만 아니라, 호프 교수가 그 책이 진품이라는 걸 확인했다는 거네! 돈이 아직 있나?"

엘러리는 학장의 주머니와 사무실, 응접실을 살펴보았다.

"없어요."

"그럼 그 책을 샀군. 그러고 나서 누군가 들어와서 학장의 머리를 내리치고 책을 들고 간 거지."

"교수님!"

엘러리는 노인의 위로 다시 몸을 굽혔다.

"교수님. 누가 교수님을 때렸습니까? 누군지 보셨어요?"

"응…… 고먼……."

그러더니 머리가 힘없이 한쪽으로 떨어지고 호프 교수는 의식을 잃었다.

"고먼? 고먼이 누구냐, 엘러리?"

"오즈월드 고먼 교수요."

엘러리는 이를 악물고 말했다.

"오늘 같이 점심을 먹은 영문학과 교수 중 한 사람이에요. 체포하세요."

퀸 경감이 불안해하는 고먼 교수의 팔꿈치를 잡고 학장실로 돌아왔을 때, 엘러리는 책상 위의 꽃병이 버넘 숲의 나뭇가지* 이기라도 한 것처럼 그 뒤에 숨어 기다리고 있었다.

소파는 비어 있었다.

"구급차 의사가 뭐라고 하던?"

"뇌진탕이래요. 얼마나 심한지는 자기들도 아직 모르겠다고 하네요."

엘러리는 맥베스를 공격하는 맥더프의 눈빛으로 고먼 교수를 노려보며 일어섰다.

* 《맥베스》에서 맥더프가 맥베스의 성을 공격할 때 버넘 숲의 나뭇가지를 베어 몸을 숨겼다.

"이 비열한 학자는 어디에서 찾으셨나요?"

"7층 강의실에서. 성경 수업을 하고 있더구나."

"제 강의의 제목은요, 퀸 경감님, '성서가 영국문학에 미친 영향'입니다."

고먼이 격분해서 말했다.

"알리바이를 꾸미던 중이었나요?"

"그게 말이다."

퀸 경감이 난처한 목소리로 말했다.

"그냥 꾸미는 수준이 아니야. 실제로 알리바이가 성립된다."

"알리바이가 성립된다고요?"

엘러리가 외쳤다.

"6시부터 8시까지, 두 시간짜리 세미나였어. 이 남자의 알리바이는 오후 6시부터 단 1초도 비는 순간 없이 열두 명의 수강생에 의해 입증되는 셈이지. 수강생들 중에는 목사도 있고 신부도 있고 랍비도 있다. 게다가."

경감은 생각에 잠겨 말했다.

"학장의 깨진 시계가 가리키는 7시 15분이 속임수였다고 해도, 고먼 교수는 너와 함께 점심을 들고 일어선 후 지금까지 뭘 했는지 전부 입증할 수 있어. 엘러리, 지금 뉴욕 카운티 안에 누군가 썩은 놈이 있는 거야."

"실례합니다."

응접실 쪽에서 영국 억양의 말투가 들려왔다.

"여기서 8시에 호프 교수님을 만나기로 했는데요."

엘러리는 고개를 홱 돌리더니, 한달음에 목소리의 주인을 덮쳤다. 그는 창백하고 비쩍 마른 남자였는데, 중절모 차림에 팔

아래 작은 보따리를 끼고 있었다.

"당신이 앨프리드 밈스고 지금 베이컨 책을 가지고 왔다고는 말하지 말아요!"

"저, 그게…… 제가 나중에 오겠습니다."

방문객은 말을 더듬으며 가지고 온 보따리를 도로 빼앗으려 애썼다. 그러나 주도권 싸움에서 이긴 것은 엘러리였다. 엘러리가 포장지를 찢자 창백한 남자는 그 길로 돌아서서 밖으로 달아나려 했다.

그러나 문 앞에는 퀸 경감이 권총을 겨누고 있었다.

"앨프리드 밈스라고?"

경감의 목소리가 상냥했다.

"내 기억이 맞는다면 지난번에는 챌머스턴 경이었을 텐데. 기억나나, 딩크. 일전에 오이스터 베이의 백만장자에게 셰익스피어의 1623년판 퍼스트 폴리오 위조품을 팔다가 감옥에 갔던 거? 엘러리, 이 친구는 플랫부시의 딩크 챌머스라고, 희귀 서적 사기범 중에서는 제일 영리한 놈에 속한다."

경감의 상냥함은 곧 사라졌다.

"그렇지만, 이번 건 평소보다 훨씬 더 지저분한데."

"아녜요, 아버지. 덕분에 지저분한 게 말끔해졌어요."

경감의 표정을 보면 전혀 그렇지 않았다.

"제가 호프 교수님에게 무슨 일이 있었냐고 물었을 때, 교수님이 뭐라고 대답하셨는지 기억하세요?"

엘러리가 말했다.

"교수님은 '책을 가져갔다(book taken)'라고 하셨죠. 하지만 보시다시피 책은 없어지지 않았어요. 책은 이 방에 있었던 적이 없었죠. 따라서 교수님은 책을 누가 가져갔다는 뜻으로 말한 게 아니었어요. 고먼 교수님, 교수님도 매슈 아널드 호프 교수님의 두음 전환 어록의 팬이시죠. 호프 교수님이 하시려던 말씀은 무엇이었을까요?"

"베이컨을…… 가져갔다(took Bacon)!"

고먼 교수가 외쳤다.

"그렇다 해도 여전히 말이 안 되죠. 다만 교수님의 의식이 꺼져가고 있었다는 걸 감안해야 합니다. 만일 교수님이 할 말이 더 있었는데 못 했다면요? 그렇다면 그건 어떤 말이었을까요? 그 말은 '돈'이었습니다. '베이컨을 살 돈을 가져갔다(took Bacon money).' 베이컨 책은 애초에 여기에 없었고, 책값으로 지불하려고 호프 교수님이 하루 종일 몸에 지니고 있던 1만 달러는 있었으니까요.

그렇다면 누가 베이컨 책을 살 돈을 가져갔을까요? 그자는 7시 조금 넘어서 학장실 문을 노크하고 들여보내달라고 요청했습니다. 그 말은 그자가 학장님이 잘 알고 신뢰하는 사람이었다는 것을 의미하죠. 그자는 들어오자마자 학장님의 머리에 곤봉을 휘두르고 평생 모은 돈을 들고 달아났습니다."

"하지만 네가 학장에게 누가 그랬냐고 물었을 때 '고먼'이라고 대답하지 않았니?"

경감이 따졌다.

"그것 역시 똑바로 얘기한 게 아니었을 거예요. 고먼 교수님의 알리바이는 바위처럼 단단하니까요. 따라서……."

"또 두음 전환이로군!"

고먼 교수가 외쳤다.

"그랬을 겁니다. 그리고 '고먼'이라는 이름에서 가능한 두음 전환은 '모건'뿐이니까, 박봉의 영문학 강사 모건 네이즈비를 체포하세요, 아버지. 학장님을 해친 범인과 1만 달러를 동시에 찾을 수 있을 거예요."

나중에 벨뷰 병원에서, 불멸의 엘리자베스 문학 권위자는 젊은 퀸의 손을 힘없이 잡았다. 대화는 금지되었지만 선량한 학자이자 두음 전환 애호가는 간신히 힘을 짜내어 속삭였다.

"괴상한 학장님(My queer dean)……."*

* My queer dean은 My dear Queen(친애하는 퀸)의 두음 전환에 의한 실수다.

살인 부서

운전석

원래 브라더스 형제들은 모두 네 명이었다. 맏형 데이브가 세상을 뜨자 형제는 셋이 되었다. 데이브가 세상을 뜬 날은 그들 모두에게 최악의 날이었다. 데이브가 운전석에 앉아 있을 때, 형제는 어디로 가든 전혀 의문을 품지 않았다. 모두를 이끌어 주던 힘센 팔을 잃은 아치볼드, 에버렛, 찰턴 브라더스는 자신의 코에 의지한 채 냄새로 방향을 잡아야 했다. 그들은 이르든 늦든 언젠가 도랑에 빠질 운명이었다. 데이브의 미망인은 그 일이 조만간 일어나리라는 것을 알았다…….

이야기는 이렇게 진행되었다.

6개월에 한 번 열리는 포브라더스 광업회사 이사회가 열리는 오후였다. 미망인은 비공개 회사*인 광업회사의 주식 중 남편의 보유 지분을 물려받았고, 이사회에서 데이브의 거대한 좌석을 차지하고 앉아 있었다. 이번 이사회는 그녀가 네 번째로 참석하는 회의였다. 미망인 데이지 브라더스는 그 커다란 의자를 거의 가득 채우고 있었다. 그녀는 당당한 체격에 긴 다리와 타고난 금발을 지닌 젊은 백인 여성이었고, 프랑스 페이스트리처럼 풍만하고 화려한 몸매를 자랑했다.

* 주식을 일반에 공개하지 않는 회사.

세 형제는 그런 형수의 모습에 크게 거부감이 없었다. 그녀의 존재는 따분한 의무에 불과했던 이사회에서 활력소가 되고 있었다. 아니, 적어도 아치볼드와 에버렛은 신경 쓰지 않는 것이 확실했고, 찰턴은 이렇다 말하기가 어려웠다. 그는 미라 같은 굳은 얼굴에 벽에 걸어놓은 말린 빨간 고추처럼 소화불량에 걸린 표정을 하고 있어 속내를 도통 알 수가 없었다. 아치볼드는 머리카락과 수염을 뗀 산타클로스처럼 홀쭉하고 불그스름한 얼굴에 중저음의 목소리의 소유자였고, 옷 사이로 슬쩍 보이는 등에 붙인 찜질 팩이 어젯밤의 다리 긴 금발머리와의 추억을 상기시키고 있었다. 그는 회의실 탁자 맞은편에 앉은 형수가 자기 집 2층 하녀이고 아내는 뉴포트로 여행을 떠나 집을 비웠다고 상상하면서, 자신의 재능인 매력적인 눈빛을 한껏 발산하며 이 상황을 즐기고 있었다. 에버렛은 미소를 머금은 표정으로 형수를 말없이 바라보며 농락하고 있었다. 에버렛 브라더스의 미소는 입가에만 머물러 있었고, 차가운 잿빛 피부에 둔한 눈빛을 지니고 있었다.

그러나 데이지 브라더스는 아치볼드에게도 에버렛에게도 눈길을 주지 않았다. 회의를 주재하는 찰턴의 심술궂은 말투에도 귀 기울이지 않는 것 같았다.

찰턴이 무뚝뚝한 말투로 말했다.

"새로운 안건이 더 없으면, 다음 제안으로 넘어가겠습니다……."

그때 데이지 브라더스가 찰턴의 숱 없는 머리카락 너머 빅 데이브의 유화 초상화에서 시선을 떼고는 입을 열었다.

"안건이 있어요."

아치볼드는 형수를 훑어보던 시선을 멈췄고, 에버렛의 무미건조한 미소는 흥미를 띤 미소로 바뀌었다. 찰턴의 거칠거칠한 이마가 위로 치켜지는 소리가 들릴 정도였다. 세 형제는 눈앞의 매끄러운 탁자가 말을 한 것처럼 놀라 서로 시선을 주고받았고, 동시에 데이지 브라더스를 바라보았다.

"포브라더스 광업회사는 최초 100주의 주식으로 조직된 회사로, 주식은 현재 4등분으로 배분되어 있습니다."

빅 데이브의 미망인이 말했다.

"그 말은 여러분과 데이브가 각자 25주씩 보유하고 있다는 뜻이죠. 가치는 2만5천 달러에 달하고요. 현재 회사의 자산 가치는 원래 투자 금액의 100배에 달합니다."

"옳소!"

아치볼드가 낮게 중얼거렸다.

"네, 그래요, 데이지."

찰턴이 툴툴거리며 자리에서 일어서려 했다.

그러나 여전히 입가에 미소를 머금은 에버렛이 형제들의 뻣뻣한 팔을 잡았다.

"데이브가 세상을 뜬 이후로……."

젊은 과부는 말을 이었다.

"당신들 삼형제는 그야말로 막 나갔어요. 거부할 수 없는 매력을 지닌 아치볼드는 예쁜 여자들한테 돈을 어마어마하게 뜯겼죠. 에버렛, 당신은 마권업자와 도박꾼들에게 엄청난 액수의 돈을 저당 잡혔고요. 그리고 찰턴, 당신은 카지노 때문에 골머리를 앓고 있어요. 데이브가 이래라저래라 하지 않았다면 당신들은 주식 시장에서 속옷까지 몽땅 잃었을 거예요. 여러분이 아무 생각 없이 사는 동안 여러분의 아내들은 우리 회사가 석탄 대신 다이아몬드를 땅에서 파내는 것처럼 돈을 여기저기 뿌려댔고요.

그래서 한동안 여러분은 구덩이에 매몰된 상태였어요. 그리고 한동안 여러분은 여러분이 보유한 포브라더스 광업회사의 주식 지분을 팔아 스스로를 구하려고 발버둥을 쳤고요."

형제들은 찍소리도 내지 못했다.

데이지 브라더스는 가방을 열고는 서류를 꺼내 들여다보았다.

"위대한 바람둥이 아치볼드, 당신은 25주 중 9주를 팔았습니다. 빅 브레인 에버렛, 당신은 25주 중 7주를 팔았고요. 그리고 작은 나폴레옹 찰턴, 당신은 10주를 팔았군요."

침묵이 흘렀다. 잠시 후 아치볼드가 웃었다.

"이렇게 줄줄이 나올 줄은 몰랐네."

에버렛은 말이 없었지만, 입가의 미소에 생각이 담겨 있었다.

"그러니까 나만 그런 게 아니었군요."

찰턴이 쉰 목소리로 말했다. 그는 형제들을 노려보았다.

"데이지, 그래서 요점이 뭡니까?"

"맨 처음 여러분과 데이브가 모두 서명한 합의서에는 이런 일을 방지하기 위해 마련한 조항이 있어요. 그 조항을 보면 회사의 주주 중 지분을 통제할 권한이 있는 사람은 파트너의 지분을 원래 액면가로 사들일 수 있습니다."

미망인은 또렷한 목소리로 말했다.

형제들은 몸이 굳었다.

찰턴이 날카로운 이를 드러냈다.

"그게 뭐 어쨌다고? 회사의 지분을 통제할 권한 같은 건 누구에게도 없어요."

"틀렸어요, 도련님."

형수가 말했다.

"여러분 세 사람이 판 주식은 대리인을 통해서 제가 샀으니까요. 찰턴이 10주. 에버렛이 7주. 그리고 아치볼드가 9주. 그렇게 26주를 여러분 세 사람에게서 산 겁니다. 그리고 저에겐 데이브에게 물려받은 25주가 있어요. 더해보세요. 전부 51이 되죠. 따라서 저에겐 법적인 통제권이 있어요. 그리고, 저는 합의에 따라 저의 권한을 행사하려고 해요."

데이지는 가방을 뒤지며 무척이나 부드러운 목소리로 말을 이었다.

"자, 여기에 지급 보증 수표 세 장이 있어요. 아치볼드, 당신이 가진 주식에 대한 1만6천 달러짜리 수표고요. 이 1만8천 달러짜리 수표는 에버렛의 18주, 그리고 1만5천 달러 수표는 찰턴의 15주에 대한 값이에요. 이제 주식을 주세요."

아치볼드가 간신히 말을 할 수 있게 되자, 고함이 터져 나왔다.

"1만6천! 뭐가 어째요? 내 주식 16주는 150만 달러 이상의 가치가 있다고! 그걸 100분의 1밖에 안 되는 돈으로 살 수 있을 거라 생각해요?"

"그 질문에는 변호사를 통해 답하겠어요."

찰턴 브라더스는 귀 끝까지 붉어졌다. 그는 식식거리며 말했다.

"에버렛 형. 저런 합의서 같은 게 있어? 이게⋯⋯ 저 여자 말이 맞아?"

에버렛은 고개를 끄덕였다. 그의 시선은 미망인에게 꽂혀 있었다.

찰턴이 낮게 위협적인 신음 소리를 냈다. 창백한 입술이 뒤틀리자 그는 흥분한 채소 같아 보였다.

"이런, 이 저급한……! 네가 이러고도 무사할 것 같아?"

"입 다물어, 찰턴."

아치볼드는 탁자를 돌아 데이지 브라더스에게 다가가더니 어깨에 슬쩍 팔을 걸쳤다.

"형수님, 저랑 어디 다른 데 가서…… 같이 이 일을 논의해 보는 게 어때요?"

데이지가 벌떡 일어서는 바람에 잘생긴 아치볼드는 균형을 잃고 넘어질 뻔했다.

"당신들 세 사람에게 정확히 일주일을 주겠어요. 그동안 여러분의 변호사가 이 합의 조항을 법정에서 깨려고 시도하는 건 미친 짓이라는 걸 알려줄 거예요. 어차피 변호사가 가망이 없다고 말해줄 테지만, 그래도 저에게 직접 듣고 싶을 거라고 생각했어요."

그녀는 세 장의 수표를 가방 안에 떨어뜨리고는 방을 나서기 위해 돌아섰다.

그때 에버렛이 자리에서 일어섰다. 그리고 처음으로 입을 열었다.

"질문이 있어요, 데이지."

"네?"

"왜 이러는 겁니까?"

데이지 브라더스는 탁자에 기대섰다. 반짝이는 탁자 표면에 그녀의 승리감이, 그리고 동시에 씁쓸함이 반사되었다.

"빅 데이브는 붐붐 클럽의 스트립 무대에서 나를 건져내주었어요. 그이는 훌륭한 사업가였죠. 네, 데이브는 그랬어요. 그이는 물건을 볼 줄 알았고, 제대로 흥정하는 법을 알았어요. 그는 2달러짜리 허가증과 5달러 지폐를 J. P.에게 지불하고 나를 샀어요. 그리고 언제나 나를 얻은 것이 자기가 했던 거래 중 최고였다고 말하곤 했죠. 그이 말이 옳았어요. 그이는 언제나 나를 존중해주었고, 나는 그이의 인생에서 가장 행복한 10년을 선사해주었죠.

그리고 나도, 당신들 삼형제와 그 화사한 귀부인들만 아니었다면 행복했을지도 몰라요. 여러분과 부인들이 나를 대한 태도만 놓고 보면, 사람들은 데이브가 무슨 죽은 고래랑 결혼한 걸로 생각했을 거예요. 하층민이고, 포크 종류도 모르고, 학사 학위는 화류계에서, 석사 학위는 술 취한 건달들 앞에서 옷 벗고 춤추는 걸로 따고. 내가 그런 걸 신경 쓰지 않은 건 아니에요. 나는 노력했어요. 열심히. 여러분을 부끄럽게 하지 않으려고 노력했어요. 심지어는 방에 들어오면서 저절로 지퍼에 손을 가져가지 않는 법까지 과외를 받았다고요. 하지만 나는 여러분한테는 독이었어요……. 그냥 머저리 삼형제만의 문제였다면 그렇게 신경 쓰지 않았을 거예요. 하지만 여러분의 상류층 부인들은 정말로 나를 호되게 들볶았고, 그건 참을 수 없었어요. 데이브 때문에 참을 수가 없었어요. 나는 그의 아내였고, 그의 아내는 그의 집안에서 숙녀 대우를 받을 자격이 있었던 거예요. 진짜 숙녀가 아니라고 해도요. 그래서 결심했죠. 언젠가 당신들에게 갚아줄 기회가 생기기만 하면……."

빅 데이브의 미망인은 똑바로 일어서서, 달리기를 하는 것처럼 숨을 몰아쉬었다. 그러나 다시 입을 열었을 때, 그녀의 목소리는 고압전선처럼 평온했다.

"오늘부터 일주일 후 오후 2시에서 3시 사이에 여러분 세 사람은 내 집에 와 있어야 할 거예요. 주식을 들고 말이죠."

엘러리가 이스트 강변의 데이비드 브라더스 저택에 도착했을 때 퀸 경감은 밖에 서 있었다. 아침부터 내린 비로 진입로 곳곳에 물웅덩이가 생겨, 엘러리는 현관 지붕 아래 서 있는 경감에게 다가가기 위해 웅덩이 사이로 이리저리 피해 걸어가야 했다.

"제가 꼭 올 필요가 있었나요?"

엘러리가 모자에서 빗물을 털어내며 투덜거렸다.

"그리고 올 필요가 있었다면, 왜 택시를 정문에서 막은 거죠?"

진입로 곳곳에는 현장 보존을 위한 줄이 쳐져 있었다.

"바퀴 자국 때문이야."

퀸 경감이 말했다.

"너도 와서 보고 싶을 거라 생각했는데, 엘러리. 살인 사건이야. 아주 고약한. 그리고…… 나도 모르겠다."

엘러리는 의욕을 보이며 바퀴 자국을 들여다보았다.

"누가, 어떻게, 언제, 왜? 그리고 그 밖의 내용은요?"

"데이지 브라더스 부인. 전직 스트립 댄서. 오늘 오후 2시에서 3시 사이에 세 명의 시동생 중 하나에게 칼을 맞아 숨졌다. 변호사에게 전말을 들었어."

그리고 경감은 지난주에 열린 포브라더스 광업회사의 이사회와 빅 데이브의 미망인이 일으킨 주식 쿠데타에 관한 이야기를 엘러리에게 들려주었다.

"그래서 형제들은 법정에서 이겨본답시고 덤벼봤자 시간 낭비, 돈 낭비일 뿐이라는 부인 말이 사실이란 걸 알게 되었겠지. 그 결과 부인은 자기 서재에서 저렇게 죽은 거야. 지급 보증 수표 세 장과 함께. 완전히 숨이 끊어졌어. 부인은 집에서 혼자 살고 있었어. 하인들은 남편이 세상을 떴을 때 모두 내보냈고, 그 이후로 은둔자처럼 살고 있었지. 집안일도 모두 혼자 했고."

"바퀴 자국은 뭐예요?"

"차 석 대가 한 번에 한 대씩 이곳을 지나갔다."

퀸 경감은 한숨을 쉬었다.

"각각 캐딜락, 롤스로이스, 쉐보레 차종의 바퀴 자국으로 확인됐어. 바퀴 자국이 겹친 것으로 보아 이 순서로 들어온 거고. 캐딜락은 1951년형 타운카로 금융회사 법인 소유다. 그러니까 찰턴 브라더스의 차란 뜻이야. 롤스로이스는 중고차인데 에버렛 브라더스가 작년에 런던에서 싸게 들여온 거라고 하더구나. 쉐보레는 아치볼드 브라더스가 여자 친구 집을 방문할 때나 비열한 기자들의 눈에 띄고 싶지 않을 때 주로 모는 차다.

삼형제를 따로 심문했는데, 이 세 사람은 오늘 오후 2시에서 3시 사이에 이곳에 도착한 사실을 인정했어. 따로따로 혼자서. 약 15분에서 20분가량 시간 간격을 두고."

"뭐라고 하던가요?"

엘러리가 웅얼거렸다.

"똑같은 얘기야. 물론 입을 맞춘 거겠지. 셋은 이미 경찰을 맞이할 준비가 되어 있었던 거야. 아마 제비뽑기를 하고, 제비를 뽑은 사람을 다른 두 형제가 보호해주고 있는 거겠지. 자기가 도착했을 때 부인이 이미 죽어 있었고, 자기는 놀라서 달아났다고 말하고 있어."

"그렇게 말할 수밖에 없죠."

엘러리는 생각에 잠겼다.

"그렇지 않으면 자기들 주식을 부인에게 넘겨주지 않은 걸 설명할 수 없을 테니까요. 부인을 살펴보도록 하죠."

빅 데이브의 미망인은 엉망진창이었다. 형제 중 누군가가 빅 데이브의 책상 위에 놓여 있던 수렵용 칼 모양의 편지 봉투 칼로 부인을 찌른 것이다. 누가 그랬는지는 몰라도, 세련된 기술 같은 건 전혀 없이 그저 무작정 거듭해서 찔러대기만 한 모양이었다.

"하지만 기술 면에서는 아주 서툰 것만도 아니었어. 돈 때문에 이런 짓까지 하다니!"

"이건 뭐죠?"

엘러리는 연필 끝에 달린 지우개로 남성용 레인코트를 조심스럽게 들어 올렸다. 레인코트는 살짝 젖어 있었는데, 오른쪽 소매 끝이 빗물에 푹 젖어 있었고 앞면에는 빗물과 불그스름한 얼룩이 지저분하게 번져 있었다. 사이즈는 중간 정도였고 새 옷은 아니었다.

"저기 가죽의자 아래 뭉쳐져 있던 걸 찾았다."

경감이 말했다.

"부인은 살기 위해 끝까지 싸웠고, 그 통에 범인은 부인의 피를 온통 뒤집어썼지. 이런 상태의 옷을 입고 붙잡히거나 눈에 띌 위험을 감수하기보다, 옷을 벗어서 여기 버려두고 간 거야."

"최악의 실수로군요."

"과연 그럴까? 옷에는 범인의 정체를 확인할 만한 표시가 전혀 없어. 주머니는 깨끗이 비웠고 보풀도 먼지도 없다. 세 형제 모두 한때 이런 레인코트를 가지고 있었다고 했어. 사이즈는 전부 중간 사이즈고. 세 사람 다 이 옷은 자기 것이 아니고, 자기 옷은 예전에 버렸기 때문에 보여줄 수 없다고 주장하고 있지. 그러니 이걸 가지고 누구도 배제할 수 없는 상황이야."

"다른 방법이 있어요."

"그래."

경감은 어깨를 으쓱했다.

"심문을 하고, 머리카락과 먼지를 분석해야지. 하지만 그런 것들이 항상 결정적인 것은 아니야. 나에겐 육감이 있다, 아들아. 이 레인코트나 지문 없는 칼이나, 알아낼 게 없는 건 마찬가지야."

"그 말엔 동의 못 해요."

"혹시 내가 놓친 뭔가를 본 거냐? 그 레인코트에서?"

퀸 경감이 외쳤다.

"네, 아버지. 이 코트를 보면 누가 빅 데이브의 미망인을 죽였는지 정확히 알 수 있어요. 제 소매 끝에는 아무것도 숨긴 게 없지만."

엘러리는 씩 웃으며 말했다.

"범인의 코트 소맷자락에는 분명 뭔가가 숨겨져 있죠. 코트를 보세요. 빗물에 살짝 젖어 있는 정도예요. 하지만 오른쪽 소매의 끝자락은 푹 젖었어요. 나머지 부분은 살짝 젖은 정도인데 어떻게 소매 끝자락만 이렇게 완전히 젖었을까요?

형제들은 이곳에 따로따로, 각자 다른 시간에, 자기 차를 타고 도착했어요. 비는 오늘 하루 종일 왔고요. 따라서 이 코트를 입은 사람은 빗속에 차를 몰고 여기 온 거예요. 비 오는 날, 특히 도심지를 운전하면서 습관적으로 하는 행동 중에 이렇게 코트 소맷자락을 적실 수 있는 행동이 뭐가 있을까요?"

"정지할 때와 방향을 틀 때 팔로 수신호를 보내면……!"

그러나 퀸 경감의 표정은 혼란스러워 보였다.

"하지만 신호는 항상 왼팔로 보내잖니. 그리고 이 코트에서 빗물에 젖은 건 오른쪽 소매 아니냐."

"결론. 이 운전자는 오른팔로 신호를 보낸 겁니다."

"하지만 그게 가능하려면……."

경감은 말을 멈췄다. 그러다가 그는 천천히 말했다.

"그 차는 운전석이 오른쪽에 있는 거구나."

"찰턴의 캐딜락과 아치볼드의 쉐보레는 미국 자동차 회사 제품이니 운전석이 왼쪽에 있죠."

엘러리가 고개를 끄덕이며 말했다.

"하지만 롤스로이스는 영국 차예요. 게다가 그 롤스로이스는 런던에서 중고로 산 거라고 했어요. 그러니 운전석도 오른쪽에 있어야겠죠. 범인은 롤스로이스의 주인인 에버렛 브라더스입니다.

그건 그렇고, 아버지. 그 사람은 어떻게 생겼어요?"

공원 순찰 부서

각설탕

기마 순찰 경관 윌킨스가 파크 식당 옆으로 지나는 승마도로를 따라 새벽 순찰을 돌고 있지 않았다면 셰익스 쿠니 살인 사건은 해결되지 못했을 것이다. 엘러리도 이 점은 흔쾌히 인정한다. 그에게는 그럴 만한 아량이 있다. 난장판이나 다름없던 그 사건에 일반 상식을 끌어들인 것은 엘러리 퀸이었기 때문이다.

전날 밤, 화끈한 데이트를 앞두고 있던 웨이터는 식당 문을 닫을 시간에 바깥 테라스 테이블 중 하나의 식탁보를 벗기는 걸 잊고 퇴근했다. 그로 인해 의문이 생겼다. 다음 날 아침 6시에 쿠니의 심장을 조각낸 사람은 누구인가? 논리적으로 따지자면 거의 8백만에 가까운 뉴욕 시민들 모두가 그럴 가능성이 있었다. 법을 준수하는 선량한 시민들은 누구나 셰익스 쿠니의 끈질긴 존재감에 진절머리를 냈기 때문이다. 그러나 마침 중요한 순간에 기마 순찰 경관 윌킨스가 현장에 있었고, 공교롭게도 인적 드문 시간에 쿠니의 시체가 놓여 있던 문 닫힌 식당 근처에서 어슬렁거리던 세 남자의 덜미를 잡은 것 역시 윌킨스였다.

덜미를 잡힌 이들은 모두 높은 사람들이었다. 경찰 본부의 리처드 퀸 경감이 이들을 인계받았고, 그는 양털 장갑을 끼고

귀중품을 다루듯 용의자들을 조심스럽게 다루었다. 강력계에서 정치인, 금융계 거물, 정부 고위 관리를 한꺼번에 심문하는 것은 퀸 경감으로서도 매일 아침 겪는 일이 아니었다. 그러나 노련한 경감은 임기응변으로 잘 대처해나갔다.

크레그 상원의원은 반대 성향의 신문사 기자를 대하듯 고상하게 대답했다.

피어스 디 밀라드는 개미투자자를 대하듯 건성으로 대답했다.

공직자인 스티븐스는 지역구 노동자를 대하듯 싹싹하게 대답했다.

고상하게, 건성으로, 또는 싹싹하게. 승마복을 입은 세 명의 고귀한 용의자의 진술은 극히 일부만 일치했다. 진술에 따르면 그들은 공원의 승마도로에서 구보를 하기 위해 아침 일찍 나왔고, 기마경찰에게 체포당하기 전까지는 다른 사람을 만난 적도 말을 건 적도 없었다. 셰익스 쿠니의 삶과 죽음은 그들에겐 아무런 의미도 없었다. 그리고 윌킨스가 그들을 구금한 것은 "전체주의 국가에서나 볼 법한 짓"(크레그 상원의원)이며 "무분별하고"(금융업자 밀라드) "바보 같은 실책"(정치가 스티븐스)이라는 것이었다.

퀸 경감은 우아한 태도를 지키며 관련성이 있을 만한 이야기를 끄집어냈다. 소문을 듣자 하니 국내 정치판의 숲에서 크레그 (전) 상원의원은 가지를 넓게 드리운 거대한 참나무로 평가되고 있으며, 그 목재로는 대통령까지도 능히 만들어낼 수 있을 거라 한다. 금융계 거물인 피어스 디 밀라드는 크레그 의원의 건축가이며, 이미 그의 황금 펜촉으로 청사진을 그리기 시작했다는 소문이 파다하다. 비열한 호사가들 사이에서는 스티븐스가 이 프로젝트의 영업 매니저로 올라 있다는 말이 떠돌고 있다. 경감은 잠시 기침을 하고는 이야기를 이어갔다. 자, 그럼 이런 상황에서, 마권업자이자 암표상이자 도박사이자 지하 세계의 민달팽이 같은 놈이자 사교계의 아첨꾼이자 어치의 본능과 도굴범의 윤리 개념의 소유자인 셰익스 쿠니가 무언가 더러운 것이 파묻힌 장소를 알게 되었다면, 그리고 그걸 파내서 세상에 공개하면 상원의원의 명성이 바닥으로 추락하고 나뭇가지를 넓게 뻗어 숲을 장악하려는 그의 고귀한 욕망이 시들어버릴 위험이 있다고 어느 불손한 사람이 귀띔해주었다면 어떨까? 여기에서 한 걸음 더 나아가 추측해볼 수도 있다고 경감은 미안해하는 말투로 덧붙였다. 쿠니가 그것을 그 자리에 그대로 두는 대가로 부른 액수가 너무 터무니없어서 제안을 받은 누군가가 완전히 제정신을 잃어버렸을 가능성도 있다는 것이었다. 자, 이쯤에서 신사 분들께서는 하실 말씀이 없는지?

상원의원은 차마 지면에 기록할 수 없는 말로 감사 인사를 남기고는 격해진 감정으로 나가버렸다. 그다음으로 휘청거리며 일어선 금융업자 밀라드는 한참을 말없이 생각에 잠겨 있다가 제국을 무너뜨린 결정적 한 방 같은 질문을 불쑥 던졌다.

"그래서, 퀸 경감님, 뉴욕 경찰 본부에서 얼마나 오래 일했다고 했죠?"

뒤이어 정치가 스티븐스도 침방울을 조금 튀기며 열변을 토하다가 잠시 후 자리를 떴다.

엘러리가 경찰서에 도착했을 때 그의 아버지는 깊은 생각에 잠긴 것 같았지만 기분은 괜찮아 보였다. 경감의 말은 이랬다. 셰익스는 범인을 향해 손가락을 뻗었다. 문제는, 그 손가락이 누구를 가리키고 있는가 하는 것이다. 셰익스 쿠니는 곱게 누워서 살해당할 사람은 아니었다. 식당 테라스에 남겨진 증거를 보면, 쿠니는 자신을 공격한 자가 떠나고 난 뒤 식당 스테이크 칼을 가슴에 맞아 유혈이 낭자한 상태로 몸부림을 치며 네 발로 기어서(그렇게 기를 쓰고 살아 있을 수 있던 원동력은 순수한 비열함의 기운일 거라고 경감은 주장했다), 데이트에 정신이 팔린 웨이터가 전날 밤 치우는 걸 잊어버린 테이블로 다가갔다. 그러고는 죽어가는 와중에 테이블 위의 그릇으로 손을 뻗어 무언가를 움켜쥐었는데, 나중에 경찰이 그의 주먹에서 찾아낸 것은 각설탕 한 개였다. 각설탕을 손에 쥐고 셰익스는, 아마도 스스로 만족스러워하며, 숨을 거두었다.

"그 인간이 네 소설의 애독자였던 모양이다."

경감이 투덜거렸다.

"이게 다잉메시지가 아니라면 내가 그 상원의원의 삼촌이지. 그런데 셰익스는 누구를 지목하려던 것이었을까?"

"설탕이라고요."

엘러리가 멍하게 말했다.

"쿠니의 사전에서 설탕의 의미라면……."

"물론이지. 하지만 셋 중에서 밀라드만 설탕을 묵직하게 쥐고 있는 건 아니야. 전 상원의원도 돈은 넉넉히 보유하고 있지. 최근에는 백만장자인 비료회사 사장의 딸과 결혼해서 재산을 두 배로 불렸어. 그리고 스티븐스도 자기 권력을 이용해 꽤 큰 돈을 모았고. 그러니 셰익스가 그런 유의 설탕을 생각한 건 아닐 거다. 네 사전에서는 설탕이 무슨 의미냐, 아들아?"

타자기로 새 소설의 87페이지까지 치다 말고 나온 엘러리는 생각의 보풀까지 잡아 뜯었다. 마침내 그가 말했다.

"크레그, 밀라드, 스티븐스의 승마 기록을 가져다주세요."

그 말만 남기고 그는 다시 문학의 세계가 기다리고 있는 집으로 돌아갔다.

그날 오후 아버지가 센터 스트리트에서 전화를 했다.

"네?"

엘러리가 타자기를 노려보며 말했다.

"세 사람의 승마 기록에 대해서 말인데."

경감이 쏘아붙였다.

"크레그 상원의원은 예전엔 가끔 말을 탔어. 하지만 10년 전 심하게 낙마를 한 이후로는 체육관에서 안장만 괴롭히고 있다더구나. 무슨 전동 승마기구 같은 걸 탄다던데. 금융계 갑부인 피어스 디 밀라드는 1888년에 인디애나에서 자기 할아버지 농장의 농업용 말을 타본 이후로는 말에 올라타본 적이 없어. 밀라드가 오늘 아침에 승마 바지를 입은 건 셋이서 기자의 카메라를 피해 공원에서 그 추접한 전략회의를 열기 위한 것 말고 다른 이유는 없었을 거다."

"스티븐스는요?"

"그 버러지 같은 정치인?"

퀸 경감은 코웃음을 쳤다.

"탈 줄 아는 말이라고는 정치판의 바지 입은 다크호스들뿐일걸. 승마 장화를 등자에 끼워본 것도 오늘 아침이 처음이지."

"음, 이런."

엘러리는 놀란 듯했다.

"그럼 세익스는 무슨 말을 하려던 것이었을까요? 설탕……

셋 중 어떤 방식으로든 제당 산업과 관련된 사람이 있나요? 크레그가 설탕 관련 입법안에 연루되었나요? 밀라드가 설탕회사 연합체의 이사인가요? 아니면 스티븐스가 설탕 관련 주식을 좀 갖고 있을까요? 그런 쪽으로 알아보세요, 아버지."

그의 아버지가 힘없이 말했다.

"그런 쪽으로 알아볼 거면 네가 굳이 필요하지도 않지. 그쪽은 이미 알아보는 중이야."

"그럼 됐네요."

엘러리가 말했다. 그러고는 즐거움의 감정이라고는 전혀 없이 다시 자기 소설로 돌아갔다. 그의 소설도 셰익스 쿠니처럼 엉금엉금 네발로 기어가는 중이었다.

이틀 후 퀸 경감이 전화로 상황을 보고했다.

"세 사람 중 누구도 설탕과 관련이 있는 사람은 없어. 크레그, 밀라드, 스티븐스와 설탕 사이의 유일한 연관성이라면 커피에 타 먹는다는 것 정도다."

잠시 후 경감이 말했다.

"듣고 있는 게냐?"

"각설탕이라. 분명히 셰익스는 그게 누가 봐도 명백한 증거라고 생각했을 거예요."

엘러리가 중얼거렸다. 그러고는 알아들을 수 없는 말을 쏟아냈다.

"뭐라고?"

경감의 목소리가 밝아졌다.

"바로 그거예요."

엘러리가 킥킥 웃었다.

“아버지, 세 사람의 의료 기록을 확인해주세요. 그리고 누가 당뇨를 앓고 있는지 알려주세요.”

경감의 윗니와 아랫니가 맞부딪쳤다.

“역시 내 아들이야! 바로 그거다, 아들아! 이젠 끝난 거나 다름없어!”

다음 날 퀸 경감은 다시 전화를 했다.

“누구 아버지시라고요?”

엘러리가 손가락으로 머리카락을 훑으며 물었다.

“아, 네! 아버지세요? 무슨 일이에요?”

“그 사건 말인데, 엘러리…….”

“사건요? ……아, 그 사건. 네. 그래서요? 누가 당뇨예요?”

경감이 생각에 잠긴 채 말했다.

“아무도 없어.”

“아무도? 그 말은……?”

“그렇다.”

“흠.”

엘러리가 말했다.

“으흠!”

한동안 퀸 경감은 심사숙고의 과정이 빚어내는 툴툴거리고, 딱딱거리고, 펄럭거리는 약간의 잡음 외에는 아무 소리도 들을 수 없었다. 그러다 갑자기 전기 사형 장치의 스위치가 올라간 것처럼 수화기 너머가 조용해졌다.

“뭔가 알아낸 거냐?”

경감이 미심쩍은 듯 물었다.

“네, 네.”

엘러리가 말했다. 추호의 의심도 없는, 안도하는 목소리였다.

"네, 아버지. 셰익스 쿠니가 누구를 가리켰는지 알아요."

"누구냐?"

경감이 물었다.

"우리는 설탕에 대해 가능한 모든 합리적인 해석을 배제했어요."

엘러리가 말했다.

"그러고 나서 처음 상황으로 되돌아갔죠. 범인을 지목하는 단서로서 쿠니의 손에 쥐어진 각설탕이 남은 거예요. 이러저러한 복잡한 것들을 전부 제외하고, 사람의 손에 쥐어진 각설탕을 그냥 그 자체의 의미로 생각해보자고요. 사람 손에 쥐어진 각설탕. 각설탕을 손에 들고 다닌다면 무슨 이유 때문일까요?"

"난 포기했다."

경감은 한숨을 쉬었다.

"왜냐?"

"왜냐고요? 그야 말에게 먹이기 위해서죠."

"말에게……."

노신사는 잠시 말을 잊었다. 그러다 다시 입을 열었다.

"그래서 그 세 사람의 승마 기록을 알려달라고 한 거구나. 하지만 엘러리, 그 이론도 결국 쓸모가 없는데. 세 용의자 중 말을 타는 사람은 아무도 없잖니. 그러니 그 셋 중에는 각설탕을 가지고 다닐 만한 사람이 없지."

"그 말씀이 맞습니다."

엘러리가 말했다.

"따라서 셰익스는 제4의 용의자를 가리킨 거예요. 제가 미처 못 봤던 거죠. 쿠니는 마권업자이자 도박사예요. 아마 쿠니의 장부에 지불을 못 했다는 이유로 이 친구의 이름이 올라 있을 거예요. 그래서 충동적으로 해결책을 찾았을 거고…… ."

"잠깐, 잠깐만!"

퀸 경감이 외쳤다.

"네 번째 용의자? 그게 누군데?"

"그날 아침 승마도로에 있던 네 번째 남자요. 그리고 그 사람이라면 말에게 먹일 각설탕을 늘 가지고 다니겠죠."

"기마 순찰 경관 윌킨스!"

공개 파일 부서

차가운 돈

뉴욕 외곽에 있는 챈슬러 호텔은 필리 멀레인의 두 번의 방문을 결코 잊지 못할 것이다. 맨 처음 멀레인이 챈슬러 호텔에 체크인을 했을 때는 윈스턴 F. 파커라는 가명을 썼다. 멀레인을 알아보고 놀란 경비 직원이 경찰에 신고했고, 리처드 퀸 경감의 지휘하에 필리 멀레인은 913호에서 끌려 나왔다. 그는 몸부림을 치다가 수갑을 찼고, 이후 재판을 거쳐 유죄판결을 받고, 맨해튼 급여 강도 혐의로 10년 형을 살았다. 멀레인이 챈슬러 호텔에 두 번째로 방문한 것은 10년이 지난 후였다. 이때는 몸부림을 치거나 수갑을 차지 않았다. 죽었기 때문이다.

사건이 진짜로 시작된 것은 버크셔 산속 7번 국도 동쪽, 아스팔트를 깐 한적한 시골길 위에서였다. 그곳에서 멀레인은 친구인 웨이터 미키의 왼쪽 귀 위를 가격해 의식을 잃게 한 후 도주하던 차량에서 밖으로 던져버렸다. 이로 인해 3분의 1이었던 멀레인의 몫은 2분의 1로 늘어났다. 그러나 그의 수학 실력은 그보다 훨씬 뛰어났다. 북쪽으로 8킬로미터 정도를 더 달려간 지점에서 그는 피츠버그 페이션스도 똑같은 방법으로 처리했고, 훔친 돈 6만2천 달러의 단독 소유주가 되었다. 미키와 페이션스는 나중에 코네티컷 주 경찰에 의해 발견되었다. 웨이터 미키와 탁월한 어휘력의 소유자인 페이션스는 분노로 할 말을 잃었다. 그로부터 3주 후, 필리 멀레인은 챈슬러 호텔의 방에서 체포되었다. 돈은 없었다. 그 3주 동안 6만2천 달러가 사라진 것이다. 어딘가에 돈을 날려버린 것도 아니었다. 그의 행적을 거슬러 올라간 끝에 그가 공범들을 버리고 나서 곧장 뉴욕의 챈슬러 호텔로 온 사실이 밝혀졌던 것이다.

문제. 멀레인은 전리품을 어디에 숨겼을까?

누구나 다 그 답을 알고 싶어 했다. 피츠버그 페이션스와 웨이터 미키도 애타게 답을 찾고 싶어 했지만 상황은 불만족스럽게 흘러갈 수밖에 없었다. 그들 역시 10년 형을 받은 것이다. 경찰의 경우로 말할 것 같으면, 훔친 돈을 찾기 위해서는 멀레인과 분기탱천한 그의 전 공범들과 함께 교도소에 들어가는 것 말고는 달리 방법이 없어 보였다.

경찰은 멀레인에 대해서 취할 수 있는 방법은 죄다 시도해보았다. 심지어는 스파이를 같은 감방 동료로 밀어 넣기도 했다. 그러나 멀레인은 돈에 관해서는 잠꼬대로도 입을 열지 않았다.

그나마 돈에 가장 근접했던 일은 필리 멀레인이 형을 산 지 6년째 되던 해에 일어났다. 7월 한낮의 운동장에서, 필리는 칼에 맞았다고 소리를 지르며 쓰러졌다. 그를 찌른 것은 가장 위대한 살인자였다. 필리가 의무실에서 의식을 회복하자 교도소 의사는 그에게 살인자의 정체를 알려주었다. 그의 심장이었다.

"내 심장? 내 심장이?"

멀레인은 믿을 수 없다는 듯 중얼거렸다. 그러다가 겁에 질린 표정으로 힘없이 말했다.

"교도소장을 만나고 싶어요."

소장은 즉시 달려왔다. 교도소장은 자신이 거느리는 양 떼의 행복을 바라는 선량한 사람이었다. 그러나 그도 이 순간이 오기를 5년 넘게 기다려왔다.

"그래, 멀레인?"

소장이 말했다.

"대략 6만2천 달러 정도예요."

필리가 속삭였다.

"그래, 멀레인?"

소장이 말했다.

"나는 한 번도 보이스카우트처럼 군 적은 없었어요. 신께서는 아시죠……."

"그래, 신은 아시지."

소장이 말했다.

"제 말이 그 말이에요, 소장님. 제가 아무래도, 그걸 가질 수 없을 것 같아요. 그리고 어쩌면 신이 저 위에 기록해둔 내 죗값을 좀 줄일 수 있을 것 같기도 하고요. 그 돈을 어디에 숨겼는지 소장님께 말하는 게 좋겠어요. 의사 말로는 내가 곧 죽을 거라고 하고……."

그러나 교도소 의사는 아직 젊었고, 진실과 이상적인 가치관을 추구하는 사람이었다. 그는 분개하며 말했다.

"'언젠가' 죽을 거라고 했죠. 곧 죽는다는 얘기가 아니에요, 멀레인! 앞으로 몇 년 동안은 발작 같은 건 일어나지 않을 겁니다."

"오오?"

그 순간 필리의 목소리에 힘이 실렸다.

"그럼 뭐가 걱정이야?"

그는 소장에게 씩 웃어 보이며 벽을 향해 돌아누웠다.

소장은 두 사람을 발로 걷어차고 싶었다.

덕분에 모두가 한동안 더 기다려야 했다.

그들이 기다리는 것은 멀레인의 석방이었다. 시간은 많았다. 법의 편에 선 사람들도, 페이션스도, 웨이터도. 그리고 그 누구보다도 멀레인이 가장 시간이 많았다. 페이션스와 미키는 형기 중 7년을 채우고 가석방되었고, 이후 각자의 길을 갔다. 멀레인의 침묵은 극에 달했다.

석방되는 날 소장이 말했다.

"멀레인, 어차피 그 돈을 가지고 아무 데도 달아나지 못할 거야. 그리고 달아날 수 있다고 해도, 자기 소유가 아닌 걸로는 아무것도 얻지 못해."

"전 이미 얻은 것 같은데요, 소장님."

필리 멀레인이 교활한 미소를 지으며 말했다.

"그것도 1년에 6천2백 달러밖에 들지 않았는걸요."

"자네 심장은 어쩌고."

"아, 그 의사는 돌팔이에요."

당연히 멀레인에게는 24시간 감시가 붙었다. 그러나 곧 멀레인을 놓쳤다. 이 때문에 경찰서 두 곳의 형사들이 여럿 강등되었다. 열흘 후 멀레인이 발견되었지만 그는 이미 15분 전에 죽은 상태였다.

챈슬러 호텔의 사설탐정 중 하나인 블로벨트의 뛰어난 기억력과 영리한 두뇌 회전 덕에 시체를 빨리 발견할 수 있었다. 블로벨트는 2주 휴가를 보내고 막 돌아온 참이었다. 호텔 직원 중

한 사람이 오랜만에 복귀한 그에게, 아흐레 전 워스라는 고객이 체크인을 했는데 그때 이후로 한 번도 방에서 나오지 않았다는 얘기를 전했다. 식사도 전부 방에서 해결하는 통에 이 손님을 본 사람은 룸서비스 직원들과 룸메이드, 벨보이 몇 명 외에는 없다는 것이었다. 그들 말로는 손님은 낮이고 밤이고 방문을 잠그는 것으로도 모자라 체인까지 걸어둔다고 했다. 워스가 머무는 방은 913호였는데, 체크인을 할 때 꼭 그 방이 아니면 안 된다며 다른 방은 원치 않는다고 데스크 직원에게 고집을 부렸다고 했다.

"저는 휴가를 마치고 오늘 아침에 막 출근했습니다. 그래서 그 손님을 볼 수는 없었어요."

경찰 본부에 전화를 건 블로벨트가 말했다.

"그런데 직원들 말을 들으니, 머리 색깔이 좀 바뀌거나 키가 몇 센티미터 차이가 나는 것 말고는 그 사람 모습과 일치해요. 키 차이야 깔창을 깔면 그만이니까요. 경감님, 만일 이 워스라는 자가 변장한 필리 멀레인이 아니라면 저는 환경미화원으로 새 일자리를 알아볼 겁니다."

"잘했어, 블로벨트. 곧 가겠네."

퀸 경감은 전화를 끊고 감탄하며 말했다.

"같은 호텔 같은 방이야. 너도 멀레인은 인정했었지……."

경감은 곧 입을 다물었다.

"네, 맞아요."

유선전화로 대화를 듣고 있던 엘러리가 말했다. 그는 여전히 아버지를 괴롭히는 그 사건을 기억하고 있었다.

"너무 영리해요. 그게 아니면 그곳이 애초에 그자가 돈을 숨긴 곳일 거예요."

"하지만 엘러리, 챈슬러 호텔의 그 방은 10년 전 멀레인을 체포했을 때 샅샅이 수색했다고!"

"이럴 때 제가 권해드리는 슈퍼디럭스급의 수색은 아니었죠."

엘러리가 신음했다.

"기억하세요? 그 영리한 멀레인 때문에 아버지는 그자가 도주 중 어딘가에 돈을 묻었다고 굳게 믿으셨었죠. 그래서 코네티컷의 옥수수 밭 절반을 뒤집어엎었잖아요! 아버지, 그 돈은 지금껏 내내 챈슬러 호텔의 그 방에 있었어요."

퀸 부자는 벨리 경사와 관내 경찰서의 순경 두 명과 함께 챈슬러 호텔로 향했다. 블로벨트가 마스터키로 913호의 방문을 열었다. 문에는 체인이 걸려 있지 않았는데, 그 이유는 곧 밝혀졌다. 살해당한 멀레인을 발견한 것이다.

순경들은 뒷걸음질을 쳤고, 벨리 경사는 서둘러 전화기로 달려갔다.

멀레인은 침실 구석에 놓인 책상 앞 의자에 앉은 상태였고, 얼굴과 팔은 책상 위에 놓여 있었다. 무언가 무거운 물체로 뒤통수를 맞았는지 머리가 깨져 있었는데, 방 안을 간단히 살펴본 결과 흉기는 없었다. 상처의 모양으로 보아 경감은 흉기가 망치였을 거라고 추측했다.

"하지만 이 정도 상처라면 즉사할 만큼 세게 때린 것 같지는 않은데요."

엘러리가 눈살을 찌푸렸다.

"교도소에 있을 때 멀레인이 심장 발작을 일으킨 적이 있어."

경감이 말했다.

"가뜩이나 심장도 안 좋은데, 세게 한 대 얻어맞는다면……
그걸로 종 치는 거지."

엘러리는 주위를 둘러보았다. 방 정리가 되어 있지 않아 다소 어수선했다. 그는 혼자 중얼거리며 느긋하게 어슬렁거리기 시작했다.

"가구 안에 숨기지는 않았을 거야……. 가구는 항상 호텔에서 이리저리 위치를 바꾸니까……. 무언가 움직일 수 없는 것……. 벽과 천장의 엷은 색 회반죽……. 그럼 회반죽을 다시 칠하고 그 위에 틴트를 덧발랐다는 건데……. 그건 너무 위험해……."

그는 손발로 바닥을 짚고 엎드리더니 기어 다니기 시작했다.

경감은 책상 옆에 있었다.

"블로벨트. 이자를 일으켜 세우는 걸 좀 도와주게."

시체는 아직 따뜻했다. 블로벨트는 시체가 쓰러지지 않도록 계속 붙잡고 있어야 했다. 멀레인이 입은 가운의 소매와 옷깃은 푸른색 잉크로 엉망이 되어 있었다. 쪽지를 쓰다가 앞으로 넘어지면서 잉크병을 뒤엎은 것이다.

갑자기 경감의 몸이 굳었다. 그는 수건을 찾아 주위를 둘러보았지만 침실에는 수건이 한 장도 없었다.

"벨리, 욕실에서 다 쓴 수건 좀 가져와. 여기 잉크를 좀 닦아내면 멀레인이 뭘 쓰고 있었는지 알아낼 수 있을 거야!"

"여기 다 쓴 수건은 없는데요."

욕실에서 경사가 외쳤다.

"그럼 깨끗한 걸로 가져와, 이 얼간아!"

벨리 경사는 새 수건을 가지고 나왔고, 퀸 경감은 쪽지를 닦아내기 시작했다. 섬세하게 약 5분 정도를 닦아냈지만 알아볼 수 있는 건 단 세 단어뿐이었다. '돈이 숨겨진 곳은…….' 나머지 부분은 글씨를 알아볼 수 없을 만큼 젖어 있었다.

"도대체 멀레인이 왜 돈이 숨겨진 장소를 적으려 했던 걸까요?"

블로벨트가 계속 멀레인을 붙잡고 있으면서 경감에게 물었다.

"오늘 아침 잠자리에서 일어나면서 심장 발작이 온 걸 느꼈을 거야. 교도소에서 심장 발작을 일으켰을 때 멀레인은 교도소장에게 돈을 숨긴 곳을 털어놓을 뻔했어. 이번에도 극심한 두려움을 느끼고 곧장 책상 앞에 앉아 돈을 숨긴 장소를 기록하려 한 거지. 그러다 순간 앞으로 고꾸라졌을 거야. 의식을 잃었거나 아니면 죽어가고 있었거나 둘 중 하나겠지. 그때 살인자가 들어왔고, 그자는 멀레인이 깜빡 잠든 줄 안 거야. 그래서 이자의 뒤통수를 후려갈겼고, 이렇게 잉크가 쏟아지기 전에 쪽지를 읽고서는……."

"전리품을 찾은 건가요."

엘러리가 침대 밑에서 말했다.

"돈은 사라졌어요, 아버지."

그 말에 블로벨트는 멀레인을 잡고 있던 손을 놓았고, 그들은 고개를 숙여 침대 밑을 들여다보았다. 양탄자 아래 바닥에 깔끔하게 구멍이 나 있었고, 그 위로 꼭 맞는 뚜껑이 달려 있었다. 지난 10년 동안 훔친 돈이 들어 있던 곳이었다. 구멍은 비어 있었다.

블로벨트와 경감이 일어섰을 때 엘러리는 옆에 없었다. 그는 몸을 숙여 죽은 멀레인을 자세히 들여다보고 있었다.

"엘러리, 지금 뭐 하는 거냐?"

퀸 경감이 놀라 외쳤다.

벨리 경사마저도 흠칫 뒤로 물러날 정도였다. 엘러리는 손바닥으로 죽은 남자의 뺨을 부드럽게 어루만지고 있었다.

"멋져요."

엘러리가 말했다.

"멋지다고?"

"오늘 아침에 멋지고 매끄럽게 면도를 잘했네요. 여기 파우더 자국이 보이시죠."

블로벨트의 입이 벌어졌다.

"한 가지 알려줄까요, 블로벨트?"

벨리 경사가 팔꿈치로 블로벨트를 쿡 찔렀고, 블로벨트는 놀라서 펄쩍 뛰었다.

"이제 엄청나게 훌륭한 추리가 나올 겁니다."

"물론이죠."

엘러리가 웃었다.

"필리 멀레인을 살해한 범인의 정체가 밝혀질 테니까요."

벨리 경사의 입도 벌어졌다.

"입 닫아, 벨리."

경감이 말했다.

"그래서?"

"멀레인이 오늘 아침 면도를 했다면 어디에서 했을까요, 경사님?"

엘러리가 물었다.

"알았어요, 내가 낚였군요."

벨리 경사가 말했다.

"어딘데요?"

"그야 남자들이 면도하는 바로 그곳이죠, 경사님. 욕실요. 욕실에서 수건 없이 면도해보신 적 있어요?"

"이건 쉽네요. 내가 얼굴을 뭘로 닦을 거라고 생각하는 겁니까? 발 닦는 매트?"

"그래, 알았다, 엘러리. 멀레인은 면도하면서 수건을 사용했어. 그래서?"

경감이 참지 못하고 끼어들었다.

"그럼 그 수건은 어디 있나요? 아버지가 벨리에게 잉크를 닦을 수건을 가져오라고 했을 때, 경사님은 '욕실에 다 쓴 수건은 없다'고 했어요. 그리고 여기 침실에도 수건은 전혀 없었고요. 그 말은, 멀레인이 오늘 아침 면도를 하고 난 후에 누군가가 더러운 수건을 가져가고 새것으로 교체했다는 뜻이에요. 여긴 호텔이에요. 멀레인은 문에 항상 체인을 걸어놓지만 오늘 아침엔 누군가에게 문을 열어주었을 거고……."

"메이드!"

"그래야만 말이 돼요. 멀레인은 오늘 아침 메이드를 방에 들였어요. 그리고 늘 그렇듯, 메이드는 욕실을 정리했죠. 그리고 보시다시피 침실은 정리하지 않은 거예요. 왜일까요? 가능한 이유는 하나뿐이죠. 메이드가 욕실을 치우고 있는데 멀레인이 심장 발작을 일으킨 거예요!

가지고 온 망치로 멀레인의 뒤통수를 때린 건 메이드였어요.

아마도 지난 아흐레 동안 아침마다 기다리면서 그걸 사용할 기회만 노렸겠죠.

멀레인의 메시지를 읽은 것도, 바닥의 구멍에서 돈을 꺼내 간 것도 그 여자예요."

"하지만 망치를 가지고 들어오다니……. 그 여자는 이걸 계획했던 것이로구나. 이 남자가 누구인지 알고 있었어!"

"맞아요, 아버지. 그러니까 나중에 그 여자를 잡으면, 이 강력 범죄를 저지른 메이드가 아버지의 오랜 친구 피츠버그 페이션스라는 걸 알게 될 거예요. 겉모습은 조금 바뀌었겠지만요. 페이션스는 멀레인이 돈을 숨긴 곳을 내내 의심하고 있었고, 3년 전 석방되자마자 챈슬러 호텔의 하우스키핑 직원으로 취직한 거죠. 그리고 오랜 벗이 나타나기만 기다리고 있었던 거예요!"

횡령 부서

구관조

새를 사랑하는 사람들이라면 구관조 서른여덟 마리에게 1백만 달러의 유산을 남긴 늙은 앤드러스 부인 사건을 다들 기억할 것이다. 그러나 일반인은 물론 새 애호가들도 잘 모르는 사실이 한 가지 있다. 사건 파일의 기록에 따르면, 엘러리는 이 사건에서 거의 턱밑까지 잠길 정도로 빠져 허우적대다가 번득이는 이성에 날개를 달고 화려하게 비상할 수 있었다.

그리고 그것은 구관조 탐정의 도움이 없었다면 불가능했을 일이었다.

앤드러스 부인은 외로운 노부인이었다. 가족과 친구들은 모두 세상을 떠났고, 늙어서 쇠약해진 몸은 휠체어에 묶인 신세였다. 그녀에게 남은 유일한 인간관계는 의사와 변호사 그리고 고용한 말벗뿐이었다. 의사인 쿡 박사는 너무 익은 바나나처럼 느물느물한 매력을 지닌 뚱뚱한 남자였다. 변호사인 드로즈는 앤드러스 부인이 사업을 관리하기에 너무 노쇠해지자 쿡 박사가 추천한 인물이었는데, 스포츠맨처럼 날렵한 몸매에 피부는 거무스름했고 목소리는 노부인의 귀가 아플 정도로 쩌렁쩌렁했다. 그리고 말벗인 배곳 양 역시 쿡 박사가 소개해준 사람이었다. 항상 얼어붙은 듯 굳은 얼굴에 미심쩍은 고상함을 갖춘 여자였다. 앤드러스 부인이 배곳 양을 참고 견디는 이유는 단 하나, 배곳 양이 새들을 헌신적으로 돌보기 때문이었다. 그리고 구관조들은, 처음에는 취미로 기르기 시작했으나 이제는 노부인의 유일한 삶의 이유가 되었다.

새들은 인도 남부에서 들여온 진짜 말하는 구관조였다. 당돌하고 톡톡 튀는 말투의 작은 새들이었는데, 노란색 살이 멋지게 축 늘어진 데다 검은 날개는 보는 각도에 따라 아름답게 색이 변했다. 목소리는 멋진 중저음이었다. 새들 중에는 구사하는 단어 수가 백 개가 넘는 녀석도 있었다. 앤드러스 부인은 새에게서 큰 위로를 받았다. 어떨 땐 배곳 양보다도 훨씬 더 만족스러운 말벗이라고 생각했다. 부인은 새들을 자기 자식들이라고 불렀고, 자신이 세상을 떠난 후 새들이 맞게 될 앞날을 진심으로 걱정했다.

그래서 새들의 미래를 보호하기 위한 절차가 마련되었다. 앤드러스 부인은 드로즈 변호사에게 지시를 내려 새들을 관리하고 사랑으로 돌보는 데 쓰일 신탁 기금을 개설했다. 드로즈와 쿡 박사가 기금을 관리하는 데 동의했고, 배곳 양은 영구 관리인으로 지정되었다. 마지막 구관조가 세상을 뜨면 지정된 자선단체에서 남은 기금을 이롭게 쓰도록 관리하기로 했다.

기금에 관한 논의가 이루어지는 동안, 앤드러스 부인은 거의 관여하지 않았다. 금전적인 문제는 변호사가 모두 처리해주었다. 부인은 구관조들과 함께 지내기만 하면 만족했다.

새들에게 한 가지 불만이 있다면 같이 브리지 게임을 할 수 없다는 것이라고 부인은 생각했다. 브리지 게임은 부인의 말년에 있어 새 이외의 유일한 흥밋거리였다. 부인의 기분 전환을 위해서는 쿡 박사와 드로즈에게 의존할 수밖에 없었고, 배곳 양은 네 번째 멤버로 참여했다. 두 남자가 부인을 위해 저녁 시간을 할애하여 찾아오는 날엔, 노부인은 브리지 테이블 앞에 휠체어를 편안하게 대고 놀라울 정도로 기민하게 게임을 즐겼다. 10점에 1센트 내기의 브리지 게임이 있는 밤은 부인에게 완벽한 행복을 안겨주었다.

그러나 살아생전 마지막이 된 그날 밤, 앤드러스 부인은 행복하지 않았다. 거실로 휠체어를 밀고 들어올 때면 언제나 환한 얼굴을 했지만, 그날은 누가 봐도 무서운 표정이었다. 브리지 테이블과 의자를 준비하던 배곳 양은 재빨리 의사와 변호사를 곁눈질했다.

"뭐 잘못된 건 없지요, 앤드러스 부인?"

쿡 박사가 상냥하게 담배를 흔들며 말했다.

"오늘 밤에 그 고약한 통증이 다시 도진 겁니까?"

"그랜드슬램*으로 낫지 못할 병은 없지요. 안 그렇습니까, 앤드러스 부인? 자, 그럼 늘 하던 멤버들로?"

드로즈가 차분히 말했다.

앤드러스 부인은 문 앞에 멈춰 서서 꼼짝도 하지 않았다.

"게임은 끝났어요."

그녀의 뒤로, 침실 안에서 서른여덟 쌍의 눈이 깜박이지도 않고 노려보고 있었다.

"끝나요?"

배곳 양이 반쯤 일어섰다.

안녕, 못난이! 앤드러스 부인 뒤쪽 어딘가에서 갑자기 저음의

** 브리지 게임에서 한 판 전부를 이기는 것.*

목소리가 들렸다.

"조용히 해, 미니."

노부인이 돌아보지 않고 말했다.

"배곳 양, 오늘 낮잠 시간에 내가 잠을 잤다고 생각했겠지. 하지만 잘못 알았어. 네가 드로즈 씨와 쿡 박사와 통화하는 소리를 들었지. 네 공범자들을 못 믿는 건가? 아니면 날 속인 것과 마찬가지로 이 두 사람이 너도 똑같이 속이고 있는 건가?"

"공범이라고요? 속여요?"

변호사 드로즈가 진심으로 말했다.

"뭘 엿들으셨다는 건지 정말로 모르겠습니다, 앤드러스 부인……."

쿡 박사가 미소를 지으며 입을 열었다.

"왜 쿡 박사님이 내 삶에 드로즈 씨와 배곳 양을 끌고 들어왔는지 깨달을 만큼 충분히 잘 들었어요. 나는 당신들 세 사람에게 조직적으로 도둑질을 당하고 있어요. 나는 늙은 바보였지만, 이제는 아니에요! 먼저!"

노부인은 강경한 목소리로 계속 말을 이었다.

"가지고 간 건 전부 되돌려놔요. 당신들이 훔쳐 간 내 신탁기금의 회계 장부를 10분 안에 가져오세요."

"10분?"

의사가 미심쩍은 듯 말했다.

"10분이에요, 쿡 박사님. 그러면 거기서부터 시작하도록 하죠."

자, 아 해보세요! 방에서 또 다른 저음의 목소리가 들려왔다.

앤드러스 부인은 휠체어를 잽싸게 돌려 방으로 들어간 뒤 세

차게 문을 닫았다.

카드 테이블 앞의 세 사람은 한동안 말이 없었다. 그러다가 쿡 박사가 유쾌하게 말했다.

"자, 배곳. 당신이 다 망쳐놨어. 그러니 당신이 수습해."

"그래, 맞아. 다 내 탓이야."

배곳 양이 매섭게 말했다.

"저 여자가 끝장날 때까지는 그렇게 욕심 부리지 말라고 두 사람한테 경고했잖아. 돈 다시 원위치로 돌려놔. 그럼 저 여자가 고소는 안 할지도……."

"그건 불가능해."

의사가 중얼거렸다.

"내 주식은 마권업자한테 가 있어. 그리고 드로즈, 자네도 술집이란 술집은 모두 순례하고 다녔을 테니 나와 같은 처지겠지. 법률 전문가로서 뭔가 제안할 거라도?"

변호사는 눈앞에 놓인 재떨이에 엄지손가락으로 사정없이 담배를 비벼 껐다. 햇볕에 그을린 피부 아래로 격분한 표정이 떠올랐다.

"내가 제안한 방법대로만 했으면 이 금광은 몇 년은 유지할 수 있었어. 누가 고자질한 거야? 저 새들인가?"

"저 방 안에 고자질할 늙은 새가 하나 있긴 하지. 검사한테 달려가서 말이야!"

배곳 양이 악의에 차서 말했다.

"그렇지 않을걸."

"뭐?"

"저 여자가 그렇게는 못 할 거라고."

변호사는 카드 뭉치를 쥐었다.

"오늘 밤 우리는 브리지 게임을 일찍 접을 거야. 그 이유는, 뭐 이를테면 배곳 양이 기분이 별로 좋지 않아서라고 하지. 그래서 쿡 박사가 수면제를 조금 처방해주고, 배곳 양은 자기 방으로 물러가서 불이 꺼지듯 조용히 꺼지는 거야. 그리고 의사와 변호사는 떠나는 거지. 두 사람이 이 집에서 나가자마자, 최근 웨스트사이드 지역에 출몰하는 강도가 여기 아파트에 몰래 침입하는 거야. 그리고……."

의사는 두 사람을 올려다보며 말했다.

"그리고 만일 노부인이 강도를 놀라게 해서 강도가 당황한다면. 그 강도는 칼을 가지고 다닌다고 알려져 있으니까……."

"그건 안 돼."

배곳 양이 속삭였다.

"안 돼."

"돼."

변호사가 비웃듯 말했다.

"교도소에 가서 10년 동안 틀어박혀 있고 싶지 않다면 말이지. 난 가기 싫거든. 자넨 어때, 의사 선생?"

"자네의 진단명이 마음에 드는데."

쿡 박사가 천천히 말했다. 그러다 갑자기 말이 빨라졌다.

"부인이 나오기 전에 방법을 논의해보자고……."

엘러리와 퀸 경감은 정확히 35초 늦게 앤드러스 부인의 아파트에 쳐들어갔다. 엘러리는 거실에 멈춰 서서 아직도 휠체어에서 피를 흘리고 있는 시체를 굽어보았고, 권총을 꺼내 든 경감은 발로 침실 문을 걷어찼다. 그 바람에 검은 날개와 낮은 새소리가 폭풍처럼 휘몰아쳤다. 경감은 소란을 헤치고 침실 창문의 화재 비상 통로로 탈출하려던 의사 쿡, 변호사 드로즈, 배곳 양을 아슬아슬하게 체포했다.

살인이 일어난 직후에 퀸 부자가 곧바로 들이닥친 것인지, 칼은 깨끗이 닦여 있었지만 부엌 서랍에 다시 갖다 놓을 시간 여유는 없었던 것 같았다.

부검시관이 바스라질 것 같은 시체를 바퀴 달린 침상에 얹어 침실에서 내가자, 구관조들은 무슨 일이 일어났는지 알고 있다는 듯 닫힌 문 주위를 빙빙 돌며 급강하하거나 깡충깡충 뛰면서 끝없이 재잘댔다.

컷! 유난히 덩치가 큰 새 한 마리가 버럭 외쳤다. 컷, 컷!

"그래, 검둥아, 그래."

엘러리가 새 한 마리를 잡아 목덜미의 깃털을 쓰다듬으며 창백한 얼굴로 수갑을 차고 앉아 있는 세 사람을 차가운 분노의 눈빛으로 노려보았다.

"짐승만도 못한 당신들의 마음속에 무슨 못된 씨앗이 자리 잡고 있었는지 몰라도, 그 싹은 틔우기도 전에 실패할 운명이었어요. 앤드러스 부인은 오늘 오후 일찍 배곳 양을 심부름 보내고 나서 나에게 전화했습니다. 부인은 오늘 알게 된 사실을 전부 얘기해주었고, 마지막으로 담판을 짓기 위해 당신들 세 사람을 불렀다는 얘기도 해주었습니다. 우리가 도착할 때까지 패를 보이지 말라고 부인에게 경고했지만, 기다리기엔 너무 화가 치밀었나 보군요. 그리고 당신들은 부인을 죽였습니다."

컷! 구관조가 다시 말했다.

"정확히 말했구나, 새야."

경감이 거친 목소리로 말했다.

"당신들 중 누가 부인의 목을 잘랐소?"

"잘못 알고 계신 겁니다, 경감님."

드로즈의 입술은 굳어 있었다.

"쿡과 저는 늦게 도착했고, 배곳 양은 산책을 나갔다가 막 돌아온 참이었습니다. 이곳에 들어오면서 복면을 한 남자가 창문으로 도망치는 걸 우리 모두 봤어요. 그때 당신들이 문을 두드리는 바람에 우리는 모두 놀라서……."

"설마 그랬을까요, 변호사님!"

"이야기를 미리 꾸며놨겠죠."

엘러리가 브리지 테이블로 걸어가며 중얼거렸다.

"오늘 밤 이자들은 표면상으로는 브리지 게임을 하러 이곳에 왔어요……."

"엘러리, 잠시만."

부검시관이 침실에서 나오자 경감이 말했다.

"어때, 프라우티?"

"네 군데 자상이 있어요. 왼쪽 가슴에요."

프라우티가 장의사의 눈빛으로 침묵을 지키고 앉아 있는 세 사람을 훑어보았다.

"전부 다 사망에 이를 정도로 깊은 상처는 아닌데, 사망자의 나이와 신체 조건을 고려하면 충분히 치명적이었을 겁니다……. 저 새가 지금 뭐라는 거예요?"

컷, 컷, 컷! 커다란 구관조가 꽥꽥거리고 있었다. 새가 몸부림을 쳐서 엘러리는 새를 놓아주었다. 새는 브리지 테이블로 날

아가 복수라도 하듯 카드를 부리로 세게 쪼았다. 잠시 후 새는 흥미를 잃고 날아가버렸다.

"새가 '컷'이라고 말하네요. 아, 어쩌면 저 새가 살인을 목격했을 수도 있겠어요!"

프라우티가 흥미로운 듯 말하고는 고개를 저으며 밖으로 나갔다.

"서른여덟 마리의 증인들."

엘러리가 손톱을 물어뜯으며 말했다.

"아버지, 어쩌면 우리 저 새들을 심문해야 할지도 모르겠어요."

"거의 그럴 뻔했다."

경감이 쏘아붙였다.

"하지만, 사건 당시에 새들은 여기 없었어."

"없었다고요?"

엘러리는 눈살을 찌푸렸다.

"여기 거실엔 없었지. 부인은 거실에서 칼을 맞았거든. 네가 눈치채지 못했을 것 같더라. 내가 침실 문을 걷어차고 들어가서 이 빈대들을 체포했을 때 새들이 방에서 나온 거야……. 그런데 너 지금 진담인 거냐?"

"하지만 검둥이가 범죄 현장에 없었다면, 왜 계속 '컷'이라고 말하는 걸까요?"

"그걸 내가 어떻게 알겠냐?"

경감이 짜증스럽게 말했다.

"그냥 어디서 주워들은 단어인가 보지. 자, 엘러리……."

"아녜요, 아버지, 잠깐만요."

엘러리는 잠시 후 부드러운 목소리로 말했다.

"아버지 말이 맞아요. 그 말은 새가 주워들은 거예요. 앤드러스 부인이 브리지 게임을 그렇게나 좋아했으니까요……. 부인은 이 사람들과 정기적으로 카드 게임을 한다고 말했어요……. 저 카드!"

몇 분 후 엘러리는 브리지 테이블의 의자에서 일어섰다. 그의 목소리를 들은 쿡 박사, 드로즈 변호사, 배곳 양의 얼굴은 더욱 창백해졌다.

"오늘 밤 어느 때에 당신들 세 사람은 이 의자에 앉았습니다. 앤드러스 부인은 휠체어를 썼을 테니까요. 당신들이 무엇을 하고 있었는지는 여기 카드들이 말해주고 있어요. 테이블 가운데 엎어놓은 카드 덱에는 마흔여덟 장의 카드가 있습니다. 다른 세 장은 각자의 자리 앞에 분배되었고요. 각자의 자리 앞에 한 장씩, 그림이 위로 오도록 놓여 있습니다. 하트 3. 스페이드 킹. 하트 9."

"카드를 커팅했구나."*

경감이 말했다.

"이 도살자들. 누가 노부인을 찌를지 정하려고 카드를 나눴어."

"테이블에 놓인 카드까지 치울 시간은 없었죠."

엘러리는 위협적인 낮은 목소리로 말했다.

"이 카드를 보면 누가 뭘 뽑았는지 알 수 있습니다. 안주머니에 시가를 넣고 다니는 것과 스페이드 킹 옆의 재떨이에 차가운 시가 꽁초가 있는 것을 보면, 스페이드 킹을 뽑은 건 쿡입니

* 카드를 나누는 것을 말한다.

다. 하트 9 옆의 재떨이에 놓인 담배꽁초는 드로즈의 것이죠. 여자가 피웠다면 끝에 립스틱 자국이 묻었을 테니까요. 따라서 배곳 양은 하트 3을 뽑은 겁니다."

"3, 9, 킹. 그거야!"

경감이 외쳤다.

엘러리가 고개를 끄덕였다.

"그거죠."

"물론 스페이드 킹을 뽑은 사람이 범인이지."

경감이 말했다.

"당신이오, 쿡!"

"아녜요!"

의사가 급히 말했다.

"아녜요."

엘러리도 동시에 말했다. 경감이 홱 고개를 돌렸다.

"의학 교육을 받은 사람이었다면 심장 주위를 네 번이나 찌르고도 급소를 놓칠 수는 없었을 거예요. 쿡 박사라면 칼을 한 번만 휘둘러도 끝낼 수 있었겠죠."

"하지만 쿡이 제일 높은 카드를 뽑았는데."

경감이 항변했다.

"그렇다면 낮은 카드로 정한 거예요. 높은 카드가 아니라."

엘러리가 말했다.

"그러므로 낮은 카드를 뽑은 사람에게 살인 임무가 돌아간 겁니다. 드로즈는 하트 9를 뽑았고 당신이 하트 3을 뽑았으니까……."

엘러리는 몸이 굳은 채 앉아 있는 여인에게 말했다.

"이로써 이 끔찍한 살인 임무는 당신 무릎 위에 떨어진 거예요, 배곳 양."

커다란 구관조가 갑자기 배곳 양의 머리 위에 앉았다. 그녀는 몸을 웅크리며 비명을 질렀다.

1점 감점! 새가 외쳤다.

"검둥아. 네가 처음으로 실수를 했구나."

엘러리가 말했다.

"우리 주의 규칙에 따르면, 이건…… 3점 감점이야!"

자살 부서

명예의 문제

아마추어 셰익스피어 연구자인 경찰을 만나는 것은 엘러리로서도 흔히 겪는 일은 아니었다. 엘러리는 영국에서 온 퀸 경감의 손님에게 흥미를 느끼며 악수를 나누었다. 단단한 손과 다부진 상체, 건장한 체격은 경찰의 직업적 요건을 만족시키기에 충분했다. 그러나 목 위쪽으로는 예상치 못한 반전을 보여주었다. 런던 경시청 소속 버크 경감의 넓은 이마, 창백한 피부, 그리고 총명하면서도 어딘가 슬픈 눈빛은 경찰이라기보다 학자 같은 인상을 풍겼다.

"뉴욕엔 사건 때문에 오신 겁니까, 버크 경감님?"

"네, 그리고 동시에 아니기도 하죠."

버크 경감이 뚱하게 대답했다.

"'후드를 썼다고 해서 다 수도승은 아니다.' 《헨리 8세》*에서 캐서린이 한 말이죠. 저는 나쁜 놈을 잡으러 이곳에 왔습니다. 그건 맞아요. 하지만 실은, 그자가 나를 기다리는 겁니다. 게다가 그자를 잡더라도 곧 놓아주어야 할 겁니다."

"왜요?"

엘러리는 놀라서 물었다.

* *셰익스피어의 희곡.*

"그냥 연습만 하러 오기엔 긴 여행이었을 것 같은데요, 버크."

퀸 경감이 웃으며 말했다.

"'숙명의 날카로운 손톱에 꼬집힌' 거죠, 신사 분들."

영국인 경감의 슬픈 눈이 매서워졌다.

"다소 긴 이야기입니다. 런던에 매우 고귀하신 분의 따님이 있습니다. 이 여인이 곧 약혼을 발표할 텐데, 상대는 국제적인 관심을 한 몸에 받고 있는 남자죠. 두 주연배우가 워낙 고귀한 분들이라서, 뭐랄까, 이 둘이 맺어지는 데 화이트홀*의 승인이 필요했을 정도예요. 지금으로서는 여기까지가 제가 말할 수 있는 전부입니다.

1년쯤 전, 매력적이긴 하지만 고집불통인 데다 지나치게 로맨틱한 이 아가씨가 당시 홀딱 반했던 어떤 남자에게 대단히 경솔한 편지를 일곱 통 썼습니다.

현재 아가씨 약혼자의 위치를 보면 말이죠, 만일 그 편지가 약혼자의 손에 들어가거나 일반에 공개될 경우 약혼을 깨야 하는 상황에 처하게 될 것이고, 그 결과로 일어날 스캔들은 가뜩이나 민감한 정치판에서 고약한 외교적 문제로 이어지게 될 겁니다. 그야말로 '작은 샘에서 거대한 물난리'가 이는 겁니다!

아가씨의 가족들이 편지에 대해 알게 되었고, 즉시 편지 회수 절차에 들어갔어요. 하지만 문제가 생겼습니다. 편지의 수신자였던 그 남자가 더 이상 그 편지를 가지고 있지 않았던 거죠. 편지를 도난당한 겁니다."

* 영국 정부를 가리킨다.

"흠."

퀸 경감이 말했다.

"아뇨, 아녜요, 퀸 경감님. 그 남자는 의심받을 여지가 없어요. 게다가 그 도둑의 정체도 이미 알고 있습니다. 아니."

버크 경감은 침울하게 말했다.

"정확히 말하면 그 도둑은 세 남자 중 하나라고 확신합니다."

"우리도 아는 사람인가요?"

엘러리가 물었다.

"그렇습니다, 퀸 씨. 최근에 범죄자 사진 대장을 훑어보신 적이 있는지 모르겠군요. 셋 다 미국인이에요. 하나는 국제적인 보석 도둑이자 사교계의 변장의 달인인 윌리엄 애클리 주니어입니다. 로저스 경 또는 르 콩테 드 크레시라는 가명을 쓰죠. 다른 놈은 사기꾼인 J. 필립 벤슨, 가명은 존 해머슈미트고, 문서위조에 능해서 달필가 필립이라는 별명도 갖고 있어요. 세 번째는 월터 체이스입니다. 미국과 유럽에서 널리 알려진 카드 사기꾼이죠."

퀸 부자는 시선을 교환했다. 애클리, 벤슨, 체이스는 센터 스트리트의 해결되지 않는 골칫거리 삼총사였다.

"이 사건이 경시청으로 넘어오고 나서 극비로 처리하고 있었는데, 제가 맡았다가 일을 망쳤죠."

예민한 버크 경감의 얼굴이 붉어졌다.

"곧 큰일이 닥칠 거라는 말이 새나가자, 죄를 지은 온갖 종류의 악당들이 올가미를 채 죄기도 전에 뿔뿔이 달아나 숨은 겁니다. 그중에 벤슨, 체이스, 애클리가 있었던 거죠. 이 세 사람은 미국으로 도망쳤습니다. 그중 하나가, 정확히 누구인지는 확인이 안 됐습니다만, 나중에 연락을 해 온 겁니다. 요구 사항과 지시 사항을 전하면서요. 그래서 제가 돈을 넘겨주기 위해 여기 온 거죠."

퀸 경감이 끌끌 혀를 찼다.

"언제, 어디에서?"

"오늘 밤, 제 호텔 방에서요. 저는 그자에게 2만 파운드를 미화로 바꿔서 전달하게 되어 있습니다. 그 대가는 물론 편지고요. 그래서 오늘 밤 그 셋 중 누가 도둑이었는지 알게 될 겁니다. 저에겐 굉장히 좋은 일이죠."

영국인은 입을 굳게 다물고 일어섰다.

"여기까지가 제 넋두리였습니다, 퀸 경감님. 경감님께 이 삼총사 중 아무도 건드리지 마시라고 부탁해야겠습니다. 이 말씀을 드리려고 여기 들른 겁니다. 더 이상은 실패의 위험을 무릅쓸 수 없어요. 그 편지는 꼭 되찾아서 영국으로 가져간 뒤 없애야 합니다."

"우리가 좀 도와드릴 수 있을까요?"

"아뇨, 아닙니다. 제가 또 무슨 일이든 망치게 된다면……."

버크 경감은 씁쓸한 미소를 지었다.

"고국으로 돌아갈 마음이 별로 들지 않을 테니, 저에게 사무실 청소부 자리를 마련해주시는 걸로 도와주시면 되겠죠. 자! 신사 분들. 행운을 빌어주십시오."

"행운을 빕니다."

퀸 부자는 진지하게 입을 모아 말했다.

다음 날 아침, 버크의 호텔 방에서 그를 다시 만났을 때 두 사람은 전날의 씁쓸했던 버크의 미소를 떠올렸다. 버크를 발견한 것은 호텔의 메이드였다. 그는 말끔하게 정리된 침대 옆 안락의자에 축 늘어진 채 앉아 있었다. 오른쪽 관자놀이에는 총알구멍이 나 있었고 상처의 가장자리에는 화약 가루에 화상을 입은 흔적이 보였다. 그는 간밤에 죽었다. 총성을 들은 사람은 없었다. 초현대식 시설의 호텔이라 벽에 모두 방음장치가 되어 있었던 것이다. 오른손 아래 카펫 위에 총이 떨어져 있었는데, 법의학 연구소에서 시신의 머리에서 꺼낸 총알과 비교 확인을 마친 상태였다.

방 안 풍경은 평화로운 그림 같았다. 직사각형의 여행 가방은 가방 선반 위에 열린 채 놓여 있었지만 아직 짐은 풀기 전이었다. 침대 옆 테이블 위에는 파이프와 담배 주머니가 놓여 있고, 옆에 놓인 여기저기 페이지를 잔뜩 접어놓은 셰익스피어의 희곡집의 표지에는 버크의 서명이 있었다. 침대 위에 있던 L. B.라는 머리글자가 새겨진 공문서 속달 상자는 열려 있었고 안은 비어 있었다.

"가엾은 버크."

퀸 경감이 중얼거렸다. 그는 엘러리에게 호텔 메모지를 건넸다.

"책상 위에서 발견한 거다. 버크의 지문이 한두 개 찍혀 있어. 버크의 필체고. 우리가 확인했다."

글씨는 차분하고 서두른 흔적이 없었다. 마치 뇌가 손에게 이 글을 쓰라고 단호하게 지시를 내린 것 같았다.

"내 명예는 나의 삶. 둘은 하나.
내게서 명예를 가져가면, 내 삶은 끝나리
(Mine honor is my life; both grow in one;
Take honor from me, and my life is done)."*

레스터 버크

"셰익스피어로 자기 묘비명을 썼네요."

엘러리가 중얼거렸다.

"뭐가 잘못되었던 건가요, 아버지?"

"분명히 그자가 어젯밤 약속대로 편지를 들고 왔을 거다. 하지만 버크가 등을 돌리고 편지를 확인하고 있을 때 그 쥐새끼 같은 놈이 버크를 친 거야. 검시관이 버크의 뒤통수에 가벼운 타박상이 있다고 했거든. 그러고 나서 배신자는 돈과 편지를 들고 사라진 거지. 지금 이 난리가 가라앉고 나면 대서양을 건너가서 적어도 한 번은 더 그 고귀한 분의 연애편지로 돈을 쥐어짜낼 수 있을 거라고 생각했을 거야. 그때까지 쓸 수 있는 자금도 큰 걸로 오십 장 정도를 손에 넣었고. 가엾은 버크는 정신을 차리고 나서 자신이 처한 상황과 그 숨은 의미를 깨닫고는 불명예를 감당할 수 없어 자살을 선택한 거지."

"자살이 아닐 가능성은 없나요?"

* 《리처드 2세》 1막 1장 중.

"생각나는 게 있으면 뭐든 대봐라. 관자놀이를 관통한 총알은 오른손잡이가 쏜 각도로 입사했고, 시체 아래 떨어져 있던 그의 총에서 발사된 거야. 총 손잡이에는 버크의 지문이 묻어 있고, 유서도 버크의 친필로 작성된 거다. 연애편지는 이 방 안에 없어. 돈도 사라졌고. 이건 자살이야. 유일한 문제는 이 끔찍한 세 녀석 중에 누가 버크를 배신하고 자살로 몰았느냐 하는 거지. 애클리냐, 체이스냐, 아니면 벤슨이냐."

벤슨은 회색 머리에 체구가 작은 말쑥한 남자였고, 플로리다 스타일로 태닝을 했다. 그는 파크로의 이발소에서 손톱 손질을 하다가 잡혀 왔는데, 겉모습만 봐서는 월스트리트의 브로커나 기업의 임원 같아 보였다. 사기꾼은 짜증을 냈다.

"무슨 말씀을 하시는 건지 모르겠는데요, 경감님."

벤슨이 쏘아붙였다.

"저는 어제 하루 종일, 그리고 자정 이후부터 지금까지 매 1분 1초의 행적까지도 모두 댈 수 있습니다. 일단 친구 두 명과 같이 웨스트체스터에 가서 부동산을 좀 둘러봤고요. 친구 중 하나가 화이트플레인스*에 사는데, 그 친구 집에서 같이 저녁을 먹고 이야기를 나눴죠. 그 집을 나와서 다른 친구 차를 얻어 타고 시내에 있는 제 아파트로 돌아왔습니다. 새벽 1시 조금 지나서 내렸죠. 친구들 이름요? 당연히 댈 수 있죠!"

벤슨의 친구들은 명성이 약간 떨어지는 동료 사기꾼들이었다. 그러나 어쨌든 그들은 벤슨의 이야기를 뒷받침해주었고, 현재로서는 퀸 경감의 관심사는 그것이 전부였다.

체이스는 도심의 호텔에서 밤새 이어진 포커 게임이 마무리

* 뉴욕 주 남동부의 도시.

될 무렵 붙잡혔다. 덩치가 크고 목소리가 상냥한 농장 주인 같은 남자로, 말투와 움직임이 느릿느릿해서 희고 긴 손의 부드러우면서도 날렵한 동작과 묘한 대비를 이루었다. 체이스의 동료들은 전문 도박사들이었다.

"휴식을 취하고 있었죠."

도박꾼이 미소를 지었다.

"아마추어들하고만 놀면 피곤하거든요. 어젯밤에요, 경감님? 글쎄요, 어제 오후 4시에 게임이 시작되었을 때부터 줄곧 이곳에 있었죠. 방을 나간 적은 없습니다. 내가 밖에 나간 적 있었나, 친구들?"

네 사람은 단호하게 고개를 저었다.

그렇다면 애클리인 것 같았다. 그는 파크 애비뉴의 3층짜리 아파트에서 집주인과 함께 아침 식사를 들다가 잡혔다. 집주인은 보석을 휘감은 사교계의 과부였는데, 평화로운 아침 식사를 방해받자 불같이 화를 냈다. 애클리는 키가 크고 마르고 잘생긴 남자였고, 짙은 색 곱슬머리에 검은 눈이 날카로웠다.

"애클리라뇨?"

성이 난 과부가 외쳤다.

"이 신사 분은 로저스 경이에요. 덩치 큰 동물을 사냥하시는 전문 사냥꾼이죠. 이분은 어제 오후 4시경 칵테일을 마실 때부터 케냐와 탕가니카에서의 환상적인 모험 이야기로 저를 즐겁게 해주고 있었다고요……."

"한 번도 중단된 적 없이 말입니까, 부인?"

퀸 경감이 정중하게 물었다.

"나는…… 아…… 이분은 어젯밤 이곳에 있었어요."

부인은 얼굴을 붉히며 말했다.

"우리는…… 아니, 이분은, 새벽 2시에 나가셨죠. 이제 그만 나가주세요!"

"먼저 나가시죠, 로저스 경."

경감이 말했다. 보석 도둑은 어깨를 으쓱하며 자리에서 일어섰다.

엘러리는 곤혹스런 침묵에 빠졌다.

그리고 한참 동안 그 침묵을 깨지 않았다. 아무리 해도 세 개의 알리바이가 흔들리지 않으니, 애클리, 체이스, 벤슨은 증거 불충분으로 풀어줘야 했다.

"셋 중 하나는 조작된 거야! 하지만 어떤 게 조작이지?"

경감은 소리를 질렀다.

편지와 돈은 나타나지 않았다.

퀸 경감은 화가 나서 분통을 터뜨렸지만, 사건은 해결되지 않았다. 엘러리도 씩씩댔지만, 경감과는 이유가 달랐다. 버크의 죽음을 둘러싼 상황에 뭔가 잘못된 것이 있었다고 뼛속 깊이 느꼈지만, 그게 무엇인지 전혀 찾아낼 수 없었다. 버크 경감의 시신과 유품은 영국으로 보내졌고, 런던과의 통신도 중단되었다. 사건은 그걸로 끝난 것 같았다.

하지만 끝이 아니었다. 이 사건은 참으로 기이한 방법으로 되살아났다. 그로부터 몇 주가 지난 어느 날 밤, 퀸 경감은 집에 돌아와 요즘 신세대 경찰관들의 능력이 갈수록 떨어진다고 한탄했다. 경감은 저녁 식사 내내 툴툴거리며, 경찰관이라는 자들이 틈만 나면 애들처럼 게임을 하고 논다고 불평을 늘어놓았다.

"게임요?"

엘러리가 물었다.

"범죄 퍼즐이야. 문제를 만들어서 내면 서로 푸는 거야. 수석 경감까지 끌어들였다니까! 그래도 그러고 보니……."

경감이 웃었다.

"오늘 수석 경감이 나한테 던져준 문제 하나는 꽤 괜찮더라. 전형적인 추리소설 속 상황이지. 어느 부자에게 세 명의 못돼먹은 상속자가 있었는데 모두 돈이 절실히 필요한 놈들이야. 부자가 살해당했고, 범인은 세 상속자 중 하나지. 세 사람은 모두 사건 발생 시각에 알리바이가 있다고 주장하고 있어. 첫 번째는 박물관에서 18세기 미국 그림을 감상하고 있었다고 했고. 두 번째는 마권업자의 개인 전화선인 애퀴덕트(AQUEDUCT) 교환국 4-2320으로 전화를 해서 말에게 돈을 걸었다고 했어. 세 번째는 술집에서 소크라테스 파파다폴리스라는 프랑스 선원을 만나 얘기를 나눴는데, 그 선원은 곧 인도차이나로 갈 예정이었다는 거다. 문제는, 누구의 알리바이가 확실히 가짜냐 하는 거다. 어떠냐? 알 것 같니?"

"물론이죠."

엘러리는 씩 웃었다. 그러나 곧 얼굴에서 웃음기가 사라졌고, 그는 포크로 접시를 내리쳤다.

"버크 사건요."

엘러리는 숨이 막히는 듯 외쳤다.

경감이 그를 바라보았다.

"버크 사건? 버크 사건이 왜?"

“우리가 나쁜 놈들에게 놀아나고 있다는 건 알고 있었어요, 아버지. 하지만 방금 아버지가 그 퍼즐에 대해 말씀하시기 전까지 그 방법은 모르고 있었어요!”

“방법?”

경감은 어리둥절했다.

“버크는 자살한 게 아니에요. 살해당한 겁니다. 방금 그 퍼즐을 생각해보세요.”

엘러리는 속사포처럼 말했다.

“박물관 알리바이와 술집 알리바이는 거짓일 수도 아닐 수도 있어요. 그건 조사를 해보면 알게 될 일이죠. 하지만 마권업자에게 전화를 했다는 알리바이는 조사할 필요도 없어요. 그냥 액면 그대로 거짓이거든요. 애퀴덕트라는 이름의 교환국으로는 전화를 걸 수가 없어요. AQ로 시작하는 교환국은 없거든요. 미국의 모든 전화 다이얼에는 Q 자가 빠져 있잖아요.

이 퍼즐 때문에 우리가 버크 사건에서 뭘 놓쳤는지 알았어요, 아버지.”

엘러리는 말을 이었다.

“레스터 버크의 필체로 쓴 유서는 가짜였어요. 그 유서가 가짜라면 버크가 쓴 게 아니겠죠. 만일 버크가 유서를 쓰지 않았다면, 그는 자살을 한 게 아니라 살해당한 거예요. 그 악마가 버크를 기절시켰어요. 그건 맞아요. 그리고 의식을 잃은 버크를 조심스럽게 안락의자에 앉히고, 버크의 총으로 머리를 한 발 쏜 뒤 손잡이에 버크의 지문을 묻히고, 가짜 유서를 책상 위에 올려놓은 거예요. 버크가 썼을 법한 유의 글, 셰익스피어 인용문을 적은 거죠. 그러고는 돈과 연애편지를 들고 사라졌고,

자신의 알리바이를 만들어줄 친구들을 다시 만난 거죠.

하지만 그 유서가 위조라는 사실 때문에 범인의 정체가 드러났어요. 애클리는 보석 도둑이고 사교계의 유명 인사를 흉내 내는 사람이죠. 체이스는 도박꾼이고요. 벤슨은 사기꾼이지만, 동시에 다른 재주도 하나 갖고 있어요. 그의 별명 중 하나가 '달필가 필립'이에요. 전문 문서위조범에게 붙을 만한 꼬리표죠!"

"그래, 하지만 잠깐만."

퀸 경감이 항변했다.

"하지만 어떻게 그 유서가 가짜라는 걸 알 수 있단 말이냐?"

"벤슨이 황당한 실수를 저질렀어요. '명예'를 뜻하는 단어가 어떻게 쓰였는지 기억하시나요? 두 번이나 나왔는데."

"명예?"

경감이 눈살을 찌푸렸다.

"H-o-n-o-r. 이게 뭐 어쨌다는 거냐, 엘러리?"

"버크는 영국인이었어요, 아버지. 그가 직접 그 문장을 썼다면, h-o-n-o-u-r라고 영국식으로 썼겠죠. 유서에는 u가 없었어요!"

노상강도 부서

라이츠빌의 강도

라이츠빌은 딱히 내세울 것 없는 뉴잉글랜드의 산업도시로, 특별한 관심거리 없는 농업 지구의 중앙에 자리 잡고 있었다. 이 도시는 제즈릴 라이트에 의해 1701년 건립되었고, 그로부터 250여 년이 흐른 지금의 인구는 1만 명을 약간 넘는다. 마을의 어느 곳은 좁고 구불구불하며, 또 다른 어느 곳은 네온사인 불빛으로 번쩍거린다. 전반적인 마을의 인상은 대체로 우중충하다. 다른 말로 하면, 라이츠빌은 대단히 전형적인 미국의 마을이다.

그러나 엘러리에게 그곳은 샹그릴라였다.

왜 언제나 그곳으로 달려갈 준비를 하고 있는지를 엘러리에게 묻는다면, 그는 자갈길이 깔린 더러운 로우 빌리지와 원형 광장과 쌍둥이 언덕의 공동묘지와 16번 국도의 술집 핫스폿과 북쪽의 마호가니 술집의 스모키 버건디를 좋아한다고 말할 것이다. 또 메모리얼 공원 뒤에서 열리는 밴드 콘서트의 밤 행사에서 소음이 시끄러울수록 그리고 버터 팝콘의 양이 많을수록 큰 위로를 얻을 수 있으며, 빳빳하게 풀 먹인 옷을 차려입은 농부 가족들이 토요일 오후에 빳빳한 설렘을 안고 시내로 외출 나오는 모습을 보면 기분이 좋아진다고 설명할 것이다. 뭐 그런 것이었다.

그러나 온전한 진실을 말해야 한다면, 흥미로운 범죄 현장이라는 측면에서도 라이츠빌은 훌륭하고 멋진 곳이라는 사실을 언급해야 할 것이다.

지난번, 엘러리가 라이츠빌에 온 것은 볼드 산에 있는 빌 요크의 오두막에서 휴가를 보내기 위해서였다. 2급 스키 코스를 새처럼 활강하다가 마을의 스포츠맨들과 함께 모닥불 앞에 모여앉아 뜨거운 토디를 들며 흡족하고 멋진 한 주를 보내겠다는 망상을 품고 애틀랜틱 스테이터 열차에서 내렸건만, 오두막은 커넝 광장의 홀리스 호텔이 당시 그가 제일 멀리 갈 수 있었던 곳이었다.

라이츠빌 역 밖에서 에드 호치키스가 엘러리의 스키를 택시에 싣고는 그 커다란 손을 휘저으며 나쁜 소식을 전했다. 올 겨울에는 빌 요크네 여섯 아이들이 눈싸움을 하기에도 모자랄 만큼 볼드 산에 눈이 거의 내리지 않았다는 것이다. 그러나 퀸 씨가 시내에 머문다면, 에드의 육촌인 메이미와 메이미의 아들인 델버트가 연루된 사건이 있는데…….

엘러리가 홀리스 호텔에 체크인을 하고 방에서 씻고 다시 로비로 내려와 그로버 두들의 가판점에서 〈라이츠빌 레코드〉 지를 샀을 때쯤엔, 이미 델버트 후드 사건을 맡기로 반쯤 넘어간 상태였다. 델버트 후드는 지금 보석으로 풀려나 재판을 기다리고 있는데, 에드 호치키스의 말에 따르면 델버트의 어머니인 메이미는 자기 아들이 절대 그런 짓을 저질렀을 리가 없다고 주장한다는 것이다.

사건 중에는 이 위대한 남자의 흥미를 북돋우는 어떤 요소들이 있었다. 그중 하나를 들자면, 범죄의 피해자가 모든 문제의 시초인 것 같다는 점이었다. 또 다른 요소는, 데이킨 서장의 부하 중 영리한 젊은 경관인 지프 조킹이 왼쪽 엉덩이부터 다리까지 깁스를 하고 라이츠빌 종합병원에 입원 중이라는 것이었다. 세 번째로 흥미로운 점은, 에드 호치키스와 메이미 후드 휠러를 제외한 마을 사람들 전부가 델버트 짓이라고 확신하고 있다는 것이었다.

이 마지막 요소 하나만으로도 엘러리에겐 충분했다. 홀리스 호텔과 어펌 하우스에서 매일같이 점심 모임을 갖는 라이츠빌의 부인들과 얘기를 나누고, 경찰서에서 데이킨 서장과 다른 사람들과 이야기를 나누고 나자, 엘러리는 이 사건에 완전히 뛰어들 준비가 되어 있었다.

부인들의 이야기를 그대로 옮기자면, 사건의 배경은 이랬다.

어느 날 아침, 앤슨 K. 휠러가 과부인 후드와 결혼하게 될 거라는 소식이 라이츠빌에 퍼졌다. 이는 거의 혁명이나 다름없는 사실이었다. 앤슨 휠러는 힐 드라이브 주민이고 메이미 후드는 로우 빌리지 주민이기 때문이었다.

메이미 후드가 특별히 젊고 아름다웠던 것도 아니다. 그녀는 여자로서의 전성기를 지난 마흔여섯 살이었고, 외모는 아무리 좋게 얘기해도 수수한 편이었다. 어느 부인이 로어 메인 미용실의 인기 있는 미용사 테시 루핀에게 들은 바에 따르면, 메이미 후드는 한 번도 그녀에게 메이크업을 받아본 적도 없을뿐더러 그 칙칙한 안색에 메이크업을 해봐야 달라질 것도 없을 거라고 했다. 게다가 이런 말 하긴 뭣하지만 몸매는 위쪽이나 중간 부분이나 모두 펑퍼짐했고, 정말 솔직히 말하자면 아래쪽도 펑퍼짐하다고 했다. 메이미는 제대로 옷을 갖춰 입는 법을 전혀 모르는 여자였다.

그리고 앤슨 휠러의 집안은 오랜 명문가 중 하나였다. 힐 드라이브에 있는 휠러 저택은 동네의 명물이었다. 휠러 가문은 가문의 명예를 자랑스럽게 여겼고 돈 문제에는 신중했으며 뚜렷한 주관을 가진 집안이었다. 앤슨의 차는 아버지에게서 물려받은 피어스 애로였고, 집의 배관 시설도 현대식으로 고치지 않아 구식이었다. 늙은 휠러 부인은 죽는 날까지 뼈 펜던트가 달린 초커와 금제 회중시계를 착용하는 고풍스런 복식을 고집하던 여인이었고, 식탁에는 항상 직접 담근 피클을 올렸다. 앤슨 K. 휠러는 공항 옆 계곡에 위치한 직원 수백 명의 거대한 농기계 공장의 공장주였는데, 아버지의 경영 방식을 고스란히 이어받아 1910년의 회계 방식대로 매주 금요일 오전에 은행에 직접 들러 직원들의 일주일 치 주급을 찾아 오곤 했다.

앤슨은 도시 행정 위원을 두 차례나 역임했고, 라이츠빌 역사 모임의 의장이기도 했다. 또한 성바울교회의 교구 위원으로서 치처링 목사를 '목사님'이라고 부르지 않는 불손한 저교회파 사람들을 냉랭하게 꾸짖곤 했다. 조부인 머독 휠러 장군은 남북전쟁 참전 용사 모임인 미국 육해군인회 회원이었고, 라이츠빌에서는 마지막 생존 회원이었다. 사촌인 유라이어 스콧 휠러는 파이필드에 있는 거너리 학교의 교장으로 라이트 카운티의 지도층 인사였다.

앤슨 휠러는 독신으로 지내며 늙고 병든 어머니를 극진히 모셨다. 휠러 부인이 여든아홉의 나이로 세상을 뜨자 그는 물 밖에 나온 물고기 신세가 되었다.

그리고 바로 그때 메이미 후드가 억지스런 고운 목소리에 갖은 애교를 다 떨며 기회를 잡은 것이었다. 마을 최고의 신랑감인 앤슨 휠러를 그의 집 가정부인 메이미 후드가 낚은 것이다!

설상가상으로 메이미 후드에게는 다 자란 아들까지 있었다. 델버트는 자기 아버지의 나쁜 기질을 고스란히 물려받았다. 델버트의 아버지인 앨프 후드에게는 급진적인 사고방식이라든가 음흉한 태도 말고도 항상 뭔가 이상한 점이 있었다. 앨프는 메리맥 함선에서 화부로 일한 적도 있었고, 그 밖에도 웨이터나 그보다 더 하찮은 일도 마다하지 않았다. 아무튼 돈을 벌기 위해서라면 무슨 일이라도 하는 것 같았다. 그러던 끝에 스테이트 스트리트에 법률사무소를 열게 되었으니, 손에 든 패만 잘 활용했어도 별문제 없이 잘 지낼 수 있었을 것이다. 그런데 그때 루이즈 글래니스가 앨프에게 홀딱 반해서 그와 함께 달아나겠다고 선언했다. 명문가인 글래니스 집안에서는 마을에 불미스런 소문이 떠돌기 전에 기꺼이 앨프를 사위로 받아들일 용의가 있었고, 앨프는 이를 계기로 성공할 수도 있었을 것이다. 그러나 이 바보는 무슨 짓을 저질렀을까? 루이즈 글래니스를 차버리고 로어 휘슬링 스트리트의 메이미 브로드벡과 결혼한 것이다! 그 길로 그는 끝장이었다. 힐 드라이브나 하이 빌리지 고객을 단 한 명도 받지 못했던 것이다. 물론 그 배후에는 글래니스 가족이 있었다.

이리하여 거만하고 건방진 앨프 우드는 초조하게 일거리를 찾아 거리를 헤매고 다니게 되었다. 하지만 때는 대공황의 여파가 절정이던 1931년이었고, 술에 취해 돌아다니는 앨프를 찰리 브래디 경관이 집까지 데려다주는 일이 다반사였다. 그러다 결국 브래디 경관은 새벽 3시 로건스 마켓에 침입한 죄로 앨프를 체포하게 되었다. 그는 식료품을, 그것도 고급 브랜드 제품만 골라서 훔치고 있었다! 앨프는 플럼 스트리트의 낡은 감옥에 갇혔고 다음 날 아침 손목을 그어 숨이 끊어진 채로 발견되었다. 메이미는 남편의 장례식 다음 주에 델버트를 낳았다.

델버트는 완전히 아버지 판박이였다. 메이미가 날품팔이를 하는 통에 소년은 로우 빌리지의 거리에서 빈둥거리며 시간을 보냈고, 아버지 앨프처럼 타인을 전혀 존중하지 않는 거만한 아이로 자라났다. 그는 진심으로 라이츠빌에 원한을 품고 있었다. 그는 "그들이 아버지에게 한 짓에 대해 복수하겠다"며 입버릇처럼 맹세를 하고 다녔다.

이런 아이는 문제를 일으키기 십상이었다. 군대에 다녀오면 철이 들 수도 있었겠지만, 한국전쟁에 파병된 지 1년도 되지 않아 가슴에 부상을 입고 이전보다 입이 더 거칠어져서 되돌아왔다. 이 무렵 메이미는 휠러 집안의 가정부로 일하고 있었는데, 하루 종일 델버트가 하는 일이라곤 휠러 저택의 부엌에 앉아 힐 드라이브 가족들을 향해 빈정거리는 말을 내뱉는 것뿐이었다. 그래도 앤슨 휠러는 메이미를 봐서 델버트를 공장에 취직시켜주었다. 델버트는 정확히 3주를 버텼다. 어느 날 점심시간에 델버트가 작업자들을 모아놓고 연설을 하다 앤슨에게 걸린 것이다. 연설의 내용은 이런 부당한 대우를 받으며 참고 견디다니 여기 공장 노동자들은 전부 바보라는 것이었다. 앤슨이 그 자리에서 델버트를 해고한 것은 당연한 일이었다.

이런 일이 있었는데도 도대체 어떻게 앤슨 휠러가 메이미 후드와 결혼을 한 건지, 그것이야말로 이번 사건의 유일한 미스터리라고 부인들은 쏘아붙였다. 두개골에 두 군데 금이 가고 1만5천 달러를 도둑맞은 것은 모두 앤슨의 자업자득이고, 그 끔찍한 녀석을 하루라도 빨리 주립 교도소에 보내야만 자기들이 좀 더 편안히 숨을 쉴 수 있을 것 같다며 부인들은 말을 끝맺었다.

"메이미와 델버트를 만나시도록 힐 드라이브로 모시겠습니다."

에드 호치키스의 태도는 간절했다.

"기다려요, 에드. 델의 변호사는 누구죠?"

엘러리가 물었다.

"모트 댄지그요. 비주 극장 근처 로어 메인에 자기 아버지의 문구점을 물려받아 변호사 사무실을 냈죠."

"그럼 모트의 사무실까지 걸어가겠어요. 그동안 메이미에게 델버트를 그곳으로 데리고 오라고 전해주세요. 두 사람에게 좀 더 편안한 공간에서 대화를 나누고 싶어요."

"누가 거기가 편안하대요?"

에드는 혼자 궁얼거리며 택시에 올라타더니, 법정 제한속도보다 두 배나 빠른 속도로 차를 몰고 사라졌다.

"그야 저도 모르죠, 퀸 씨."

로어 메인 스트리트의 소음 사이로 벤 댄지그의 대머리 아들이 걱정스러운 듯 말했다.

"그 친구에게 불리한 정황증거가 워낙 뚜렷해서요. 그리고 변호사인 내가 무죄인지 유죄인지를 결정할 수 없다면……. 메이미에게 다른 변호사를 구하라고 애걸했습니다만, 저를 붙들고 봐주지를 않아서……."

"판사는 누굽니까, 모트?"

"피터 프레스턴 판사요. 힐 프레스턴가의."

모트 댄지그는 우울하게 덧붙였다.

"피트 판사가 올겨울에 그렇게 골골거리지 않았다면, 그리고 재판 일정이 꽉 차지 않았더라면, 재판을 이렇게 오래 연기할 수도 없었을 겁니다."

"변호의 요점은요?"

댄지그는 어깨를 으쓱했다.

"범인을 정확히 확인할 수 없다는 점이죠. 돈도 못 찾았고요. 즉, 전부 간접증거인 거죠. 달리 뭘 어쩌겠습니까? 이 꼬마는 알리바이도 없어요. 그 시간에 혼자 숲 속을 산책하며 그랜전 폭포 주위를 어슬렁거렸대요. 뿐만 아니라 나중에 도주 과정에서 가엾은 지프 조킹이 부상당한 데 어느 정도 책임이 있거든요. 그리고 그 저주받을 손수건……."

젊은 변호사는 갑자기 희망에 찬 시선으로 엘러리를 바라보았다.

"선생 생각엔 델버트 후드가 무죄인 것 같습니까?"

"아직은 모르죠."

엘러리가 말했다.

"예전에 어떤 사건에서 그 친구가 저에게 도움이 되어준 적이 있었습니다. 홀리스 호텔의 벨보이로 일했을 때요. 그때 꽤 영리하고 착한 아이였다고 기억하고 있습니다. 델버트의 보석 보증인은 누굽니까?"

"앤슨 휠러요."

"휠러 씨?"

"뭐, 그 아이의 엄마가 지금은 앤슨의 부인이니 말입니다. 안 그렇습니까? 선생도 오랜 전통의 힐 드라이브 가문들이 어떤 비뚤어진 규범을 지키며 살고 있는지 잘 알잖아요?"

"하지만…… 그럼 휠러는 애초에 왜 고소를 한 거죠?"

모튼 F. 댄지그는 무미건조하게 말했다.

"이른바 그들의 규범의 또 다른 측면이겠죠. 이해하는 척은 하지 않겠어요……. 아, 들어오세요!"

메이미 후드 휠러는 통통한 외모에 골격이 큰, 모든 미국인의 어머니 상 같은 여인이었다. 최신 유행의 모자와 페르시아산 양털 코트를 걸치고 있었는데, 입은 옷들이 전부 자기는 보스턴에서 온 새 옷이라며 고함을 지르고 있는 것 같았다. 그러나 보스턴의 최신 유행도 그녀의 손은 어떻게 할 수가 없었다. 오랜 세월 혹사당해 거칠어진 그녀의 손은 회복될 가능성이 전혀 없었다. (그녀는 장갑을 들고 있었다.) 짓무른 눈 상태로 보아 9월부터 1월인 지금까지 그치지 않고 계속 울고 있는 것 같았다.

울지만 않으면 꽤 매력적인 여인일 것 같은데. 엘러리는 생각했다. 여기 부인들은 도대체 무슨 얘기를 한 거야?

"자, 휠러 부인."

엘러리가 메이미의 손을 잡으며 말했다.

"저는 아무것도 약속할 수가 없습니다."

"우리 델을 구해주실 거라는 걸 알아요."

그녀는 흐느꼈다. 그녀의 목소리는 부드럽고 놀랄 만큼 우아했다.

"고맙습니다, 정말 고마워요, 퀸 씨!"

"엄마, 좀."

함께 온 키 큰 청년은 당황한 기색이 역력했다. 마른 체격에 지쳐 보이는 청년은 활기 없는 미소를 짓고 있었다.

"안녕하세요, 퀸 씨. 절 어떻게 괴롭히고 싶으신가요?"

"델."

엘러리가 그의 눈을 보며 말했다.

"지난 9월 21일 리지 로드에서 의붓아버지를 공격하고 돈을 훔쳤니?"

"아뇨. 어차피 제 말을 믿으실 거란 기대는 안 하지만요."

"기대 안 할 이유는 없어."

엘러리가 유쾌하게 말했다.

"그럼 델, 그 손수건은 어떻게 설명하겠니?"

"누가 갖다 놓은 거예요. 그 손수건은 몇 주 동안 쓰지도 않았다고요. 솔직히 전 잃어버린 줄 알았어요."

"하지만 그 사실을 누구에게도 말하지 않았지. 덕분에 일이 더 꼬였다고."

모트 댄지그가 말했다.

"난 지금 내가 누명을 썼다고 말하는 거예요, 댄지그 씨!"

"그럼 이건 어떨까, 델."

엘러리가 말했다.

"조킹 경관이 널 체포하려 했을 때, 왜 달아난 거지?"

"겁이 나서요. 나한테 다 뒤집어씌웠을 테니까요. 손수건만이 아니에요. 내가 늙다리 앤슨이랑 싸웠던 것도 다 들먹일 거 아녜요."

"델."

메이미가 흐느껴 울었다.

"네 의붓…… 휠러 씨에 대해 그런 식으로 말하지 마. 그분은 자신이 옳은 일을 하고 있다고 믿는 거야. 우리는 그분을, 그리고 다른 사람들 모두를 설득해야 해. 네가 그런 짓과는 아무 상관이 없다는 걸."

"엄마는 내가 뭘 어떻게 하면 좋겠어?"

키 큰 젊은이가 외쳤다.

"날 감옥에 보내려는 그 늙은이 발에 키스라도 하란 말이야? 그 늙은이는 나한테 앙심을 품고 있다고. 내가 거기 공장 노동자들이 얼마나 한심한 머저리들인지 설명하다가 잡힌 그날부터 말이야. 아 진짜, 그때 달아났어야 했는데!"

"몇 달 동안 보석으로 풀려나 있었잖아. 기회가 있었는데 왜 달아나지 않았지?"

엘러리가 묻자 델버트는 얼굴을 붉혔다.

"제가 그 정도로 비열한 놈은 아니에요. 그래도 그 늙은이는 제 보증을 섰잖아요. 게다가 엄마는 이 고리타분한 동네에서 계속 살아야 해요. 제가 유감스럽게 생각하는 건 지프 조킹이 연행하려 할 때 순간 머리가 홱 돌아서 도망치려 했던 것뿐이에요."

"지금도 의붓아버지 집에서 살고 있지, 델?"

"거긴 이젠 엄마 집이기도 하잖아요. 안 그래요? 엄마도 그 사람 부인으로서 그 집에 조금은 권리가 있다고요."

델버트는 도전적으로 말했다.

"델."

메이미가 신음했다.

"하지만 좀 어색하지 않아? 너나 휠러 씨나?"

"우린 그냥 서로 무시하고 지내요."

"내가 볼 땐 네 의붓아버지는 이번 사건에서 상당히 품위 있는 모습을 보여주고 있어."

"좋아요! 그럼 그 늙은이한테 제 퍼플 하트 훈장*이라도 주면 되겠네요!"

델버트 후드가 외쳤다.

엘러리가 이번 사건에서 마음에 들어 했던 것이 이런 것이었다. 문제를 일으킨 피해자는 어찌 보면 성자였고, 젊은 전쟁 영웅도 이번 일을 계기로 적절한 자극을 받을 수도 있었다.

"자, 델버트. 네가 이 함정을 빠져나갈 수 있는 방법은 단 하나야. 네게 죄가 없다면 다른 누군가에게 죄가 있겠지. 어머니를 집으로 모시고 가서 어머니와 함께 그곳에 있어라. 곧 내가 소식을 전하마."

엘러리는 광장 너머 라이츠빌 은행으로 건너가, 은행장인 울퍼트 밴혼을 만나고 싶다고 청했다.

늙은 울프는 세월이 지나도 변한 것이 없었다. 더 늙고 더 메마르고 더 늑대 같은 모습이었다. 그는 악수를 위해 내민 엘러리의 손에 병균이라도 묻은 양 흘깃 쳐다보고는 뒤로 물러나 앉아 육식동물처럼 의치를 딱딱 마주쳤다.

"나한테서는 협조를 얻을 수 없을 텐데요, 퀸."

라이츠빌 은행장이 칼날 같은 목소리로 말했다.

* 전투 중 부상을 입은 군인에게 주는 훈장.

"그 꼬마는 유죄이고 앤슨 휠러는 우리 은행의 최고 고객이거든요. 오신 김에 새로 계좌라도 개설하시겠소?"

엘러리는 달래듯 말했다.

"울퍼트, 전 단지 5개월쯤 전에 일어난 사건의 증거들을 수집하려는 것뿐입니다. 앤슨 휠러가 급여를 찾아가던 방식은 꽤 오래된 관행이었던 걸로 아는데, 어떤 이유로 변경된 건지 설명해주세요."

"별로 말할 게 없어요."

울퍼트 밴혼은 코웃음을 치며 혐오감을 드러냈다.

"은행원이 항상 목요일 늦은 오후에 앤슨의 급여를 챙겨놓습니다. 금요일 아침이 되면 제일 먼저 앤슨이 이곳 은행에 들러 돈을 찾아서 공장으로 가죠. 그런데 지난 9월 중순경 어느 금요일 아침에 손수건으로 얼굴을 가린 남자가 리지 로드에서 그를 덮친 거요. 앤슨은 서둘러 달아났고요. 그리고 그다음 주에……."

"잠깐."

엘러리가 중얼거렸다.

"그날 그렇게 강도 미수 사건이 있었고, 휠러 씨가 같은 날 저녁 자신의 저택으로 긴급 대책 회의를 소집했죠. 그 회의에는 누가 참석했습니까? 아마 서재에서 모였겠죠?"

"앤슨 휠러, 메이미, 데이킨 서장, 나. 그리고 우리 은행 수석행원인 올린 케클리였어요."

"델버트 후드는 없었군요."

"그 녀석은 서재에는 없었소. 하지만 거실에서 만화책을 쌓아놓고 읽고 있었고, 서재와 거실 사이 문 위의 환기창이 활짝 열려 있었어요. 일부러 엿들으려 하지 않았어도 대화 내용이 다 들렸을 거요."

"델버트는 회의가 끝나고 사람들이 떠날 때까지 거실에 있었습니까?"

"그랬죠."

울퍼트가 말했다. 그는 서서히 상황을 즐기기 시작했다.

"그건 증인석에서 선서를 하고 증언할 생각이오."

"이날 회의에서, 복면 쓴 남자가 바로 잡히지 않는다면 그다음 주부터 휠러 공장의 급여는 케클리가 목요일이 아닌 수요일에 비밀리에 준비한 후 밤에 밴혼 씨의 집에 갖다 놓기로 결정됐죠. 휠러 씨는 목요일 아침 공장으로 출근하는 길에 밴혼 씨의 집에 들러 돈을 가져가고요. 이 모든 과정은 회의 참석자들끼리 일급비밀로 지키기로 했습니다. 맞습니까, 울퍼트?"

"당신이 뭘 찾으려는 건지 압니다."

울퍼트 밴혼이 씩 웃었다.

"하지만 이번 사건의 증거품 1호인 그 손수건은 내 것이 아닙니다."

"말씀해주세요. 급여일을 금요일에서 목요일로 하루 앞당기자는 건 누구의 제안이었습니까?"

울퍼트는 깜짝 놀랐다. 그는 수상쩍다는 듯 물었다.

"그게 뭐가 중요해요? 아무튼 기억도 안 나지만."

"올린 케클리를 부를 수 있습니까?"

잔뜩 주눅 든 모습으로 들어온 라이츠빌 은행의 수석 행원은 여윈 체격에 백발이 성성했고, 얼굴에는 미세한 경련이 보였다. 존 F. 라이트가 은행장이던 시절의 케클리는 솔직 담백한 눈빛을 지닌 쾌활한 친구였다고 엘러리는 기억하고 있었다.

"날짜를 바꾸자는 제안요?"

케클리는 울퍼트 밴혼을 잽싸게 훔쳐보며 말했다. 그의 목소리는 무미건조했다.

"글쎄요. 잘 기억이 나지 않는데요, 퀸 씨."

울퍼트가 눈살을 찌푸렸다.

"아, 그게……."

케클리가 서둘러 말했다.

"그러니까, 저였던 것 같기도 하고요. 네, 제 생각엔…… 그게 사실, 그 제안을 한 건 저였습니다."

"그래, 올린. 그랬던 것 같아."

울퍼트가 말했다.

"영리하시군요, 케클리 씨."

엘러리가 말했다. 이미 데이킨 서장에게서 그 제안은 울퍼트 밴혼이 내놓은 것이라고 듣고 왔던 것이다.

"그리고 그다음 주 수요일 밤 휠러 공장의 급여를 계획대로 밴혼 씨의 집에 전달했습니까?"

"네."

"급여는 늘 그랬듯 캔버스 가방에 넣었고요?"

"아뇨, 아닙니다. 이 아이디어는 도둑을 속이는 게 목적이라서, 급여는 종이로 쌌습니다. 그냥 일반 소포처럼요. 혹시라도 도둑이 은행을 감시하고 있거나 뭐 그랬을 수도 있으니까요."

케클리는 솔직하게 말했다.

"종이는 무슨 종이였나요?"

"아무 무늬 없는 갈색 포장지였습니다."

"밀봉은 했습니까?"

"접착테이프로 했습니다."

"알겠습니다, 케클리 씨. 새로 바뀐 계획에 대해서는 아무에게도 얘기 안 하셨지요?"

"전혀요! 수요일 오후에 휠러 공장 급여를 준비할 때도 다른 행원들에게조차 말 안 했는걸요."

"그리고 울퍼트 당신도 정보를 다른 곳에 누설하지 않았을 테고요."

케클리가 땀을 흘리며 나가자 엘러리는 울퍼트에게 말했다.

"압니다, 알아요. 짜증 내지 마세요. 앤슨 휠러가 당신 집으로 급여를 가지러 온 게 목요일 아침 몇 시였습니까?"

"7시 15분."

"그렇게 일찍?"

엘러리가 몸을 똑바로 세워 앉았다.

"그리고 곧장 공장으로 향했습니까? 리지 로드를 거쳐서?"

"공장 업무가 8시에 시작하니까요."

"라이츠빌 은행은 9시 30분이 되어서야 문을 여는데."

엘러리는 중얼거리다가 갑자기 일어섰다.

"나중에 봅시다, 울퍼트!"

엘러리는 에드 호치키스의 택시를 타고 힐 밸리로 향했다. 리지 로드는 싱글 스트리트가 끝나고 478A 국도가 동쪽으로 꺾여 트윈힐인더비치로 향하는 지점에서 시작되어, 라이츠빌을 에워싼 짙게 우거진 숲을 둘러 북쪽으로 향한 뒤 서쪽의 계곡을 만나 끝나는 길이었다.

에드는 택시의 속도를 늦췄다.

"이곳에서 그 더러운 일이 일어났죠, 퀸 씨. 보시다시피 아무것도 없고 길하고 숲밖에 없어요."

"때가 되면 그 더러운 일이 일어난 현장을 살펴볼 거예요, 에드워드. 먼저 앤슨 휠러를 만나 얘기를 해보고요."

휠러 공장은 라이츠빌 공항에서 멀지 않은 곳에 있는 긴 저층 건물을 쓰고 있었다. 지은 지 오래된 건물이라 외벽 벽돌들의 색이 시커맸다. 엘러리에게 있어 흉측함의 표준이다시피 한 로우 빌리지의 오래된 기계 상점 못지않게 흉측한 건물이었다. 건물 내부는 어두침침하고 환기도 잘 되지 않았으며, 바닥은 기계의 하중 때문에 위태로울 만큼 휘어진 상태로 꺼져 있었다. 세월의 먼지가 벽면을 뒤덮었고, 작업자들은 침묵 속에 일하고 있었다. 앤슨 휠러에게 조금씩 호감을 느끼던 엘러리는 다시 그를 싫어해야겠다고 마음먹었다.

공장주 휠러는 휑하고 썰렁한 사무실에서 기다리고 있었다. 참나무로 제작된 가구에는 여기저기 잔뜩 상처가 나 있었다. 휠러는 중간 키의 중년 남자였다. 표정은 잔뜩 긴장되어 있었고 눈동자는 뺨만큼이나 창백했다. 가늘고 높은 목소리에는 기본적으로 분한 감정이 담겨 있었으며, 말투는 징징대는 것처럼 들렸다.

"압니다. 퀸 씨가 왜 여기 오셨는지."

휠러의 말투가 씁쓸했다.

"밴혼이 이미 전화를 했거든요. 음, 나는 스스로를 공정한 사람이라고 생각합니다. 내가 그 애를 못살게 구는 거라고 생각하지 않았으면 좋겠습니다. 그건 정말로 그 애 짓이에요. 확신이 없었다면 이렇게까지 밀어붙였을 것 같습니까? 나는…… 나는 아내를 정말 좋아합니다. 하지만 아내도 델버트의 참모습을 봐야 해요. 그 녀석은 말썽꾸러기에 도둑입니다! 돈이 문제가 아니에요, 퀸 씨. 문제는…… 델버트죠."

"하지만 만일 델버트가 한 짓이 아니라면 어떻겠습니까, 휠러 씨?"

"그럼 행복하겠죠."

앤슨 휠러는 신음을 하고는 가느다란 입술을 꾹 다물었다.

"하지만 그 애 짓입니다."

"그 첫 번째, 실패로 끝났던 강도 사건 말입니다. 달아나시기 전에 복면 쓴 남자를 정확히 보셨습니까?"

"음, 키가 좀 크고 마른 남자였어요. 얼굴에 실크 손수건 같은 걸 두르고 있었죠. 너무 놀라서 다른 건 제대로 못 봤습니다. 하지만 나중에 생각해보니 그건 틀림없이 델버트였어요."

"총을 겨눴겠죠?"

"네. 그 애는 총을 가지고 있습니다. 한국에서 가지고 온 거죠."

"차로 달아날 때 그 남자가 뒤에서 총을 쏘지는 않았습니까?"

"모르겠습니다. 차에서 총알구멍은 찾지 못했어요. 그 애를 거의 칠 뻔했으니까요. 그 애는 덤불숲으로 뛰어들었습니다."

"이건 물론 아시겠지만요, 휠러 씨. 키가 크고 마른 남자라면 누구라도……."

"내가 그 애에게 누명을 씌운다고 생각하는군요!"

앤슨 휠러가 소리를 질렀다.

"그럼, 그 손수건은 뭡니까? 그다음 주 목요일에 있었던 일은요?"

"그때 일에 대해 말씀해주시죠, 휠러 씨."

엘러리는 달래듯 말했다.

"그날 아침 울퍼트의 집에서 급여를 챙겨 늘 하던 대로 리지로드에 진입했습니다."

휠러의 높은 목소리가 더 높이 올라갔다.

"그 전주 금요일과 거의 비슷한 위치에, 길 위로 나무가 쓰러져 있더군요. 뜻밖의 상황이 일어나자 순간적으로 당황한 겁니다. 생각나는 거라곤 브레이크를 밟아 차를 세우고 돈뭉치를 들고 달아나야 한다는 것뿐이었습니다……. 내가 차에서 내리자마자 그 애가…… 그 애가 날 쳤어요."

"델이 당신을 때렸다고요, 휠러 씨?"

엘러리가 중얼거렸다.

"실제로 보지는 못했습니다. 그 애에게서 등을 돌리고 있었거든요. 하지만 그때 내 머리를 뭔가로 내리쳤고 나는 한 1, 2초 정도 잠시 멍해졌습니다. 그 애가 아마 타격 지점을 제대로 못 맞췄던 모양이에요. 나는 맞서 싸우려고 했습니다."

창백하던 휠러의 눈빛이 갑자기 번득거렸다.

"그 애는 힘이 세죠. 군 복무도 했고……. 아, 그 애는 날 어떻게 공격할지 알고 있었어요! 그 애는 뒤에서 내 목을 팔로 감싸 졸랐습니다. 내 손에 무언가 부드럽고 매끈한 게 닿았는데 그 순간 다시 뒤통수를 맞았어요. 다음 순간 눈을 떠보니 조킹 경관이 날 깨우고 있었습니다. 돈은 없어졌지만 내 손에는 손수건이 쥐어져 있더군요. 그건 델버트의 것이었습니다."

"델버트의 손수건이라고 확신하시는군요."

"손수건에 그 애의 이름 머리글자가 새겨져 있어요! 그 실크 손수건은 내가 그 애 엄마와 결혼할 때 그 애에게 선물로 준 겁니다. 결혼식을 위해 머리끝부터 발끝까지 차려입혀주었으니까요……!"

엘러리는 황폐한 사무실에 앤슨 K. 휠러를 남겨두고 방을 나왔다. 휠러는 핏기 없는 굳은 얼굴을 하고 긴 손가락으로 뒤통수를 어루만지고 있었다.

조킹 경관은 라이츠빌 종합병원의 남자 병동에서 왼쪽 다리와 허벅지와 엉덩이까지 통 깁스에 싸인 채로 미로 같은 견인기 안에 누워 겨울 사과를 맛없게 우적우적 씹어 먹고 있었다.

"꼭 어느 미치광이의 발명품이 된 것 같은 기분이에요."

우울해하던 젊은 경관이 엘러리를 반기며 말했다.

"지난 9월부터 지금까지 이런 기계 장치에 파묻혀 있다고요! 그 꼬마가 10년 형을 받지 않으면요, 퀸 씨. 제가 직접 가서 그 놈 목을 부러뜨릴 겁니다."

"많이 힘든 상황인 것 같네요, 지프. 어쩌다 이렇게 된 겁니까?"

엘러리가 침상 옆에 앉자 조킹은 사과 씨를 뱉으며 이야기를 시작했다.

"리지 로드는 제 순찰 구역이에요. 제가 마을 북쪽을 전부 담당하죠. 휠러 씨가 처음 강도를 만난 후에 데이킨 서장님이 휠러 씨에게서 절대 눈을 떼지 말라고 지시하셨어요. 그래서 휠러 씨가 그날 아침 급여 봉투를 노스 힐 드라이브의 밴혼 씨 저택에서 가지고 나왔을 때 제 순찰차로 그분 차를 따라붙었죠.

휠러 씨 차가 리지 로드로 진입했는데, 저는 충분히 거리를 두고 따라가고 있었어요. 강도가 나타나더라도 위협이 되지 않을 만한 거리였죠. 그러는 바람에 그 녀석이 제 시야에서 벗어났던 거예요. 제가 커브 길을 돌았을 때는 모든 게 끝나 있더라고요. 휠러 씨는 머리에서 피를 흘리며 완전히 뻗어 있었고, 비쩍 마른 키 큰 남자가 도로의 동쪽 숲 속으로 뛰어 들어가고 있었습니다."

"동쪽이라고요."

"네. 놈이 달아난 방향으로 총을 한두 발 쐈는데, 맞히진 못했어요. 그자가 사라진 곳에 멈춰 차에서 내렸는데, 녀석의 흔적은 찾을 수 없었습니다. 그래서 무전기로 본부에 보고를 하고 휠러 씨를 돌봤죠. 휠러 씨는 죽지도 않았고, 그렇게 심한 부상을 입은 것도 아니었어요.

제일 먼저 눈에 띄었던 건 휠러 씨가 쥐고 있던 실크 손수건이었는데, D. H.라고 머리글자가 쓰여 있더군요. 마을 사람들이라면 누구나 그 손수건을 잘 알 겁니다. 그렇게 값진 물건을 갖게 된 건 델버트한테는 처음이라서 항상 가지고 다니면서 자랑을 했거든요. 그래서 이게 누구 짓인지 곧바로 알게 된 겁니다."

"그 친구가 당신 골반뼈는 어떻게 부러뜨린 겁니까?"

"그 녀석 뒤를 쫓다가 부러졌어요."

젊은 경감은 사과 씨를 또 뱉었다.

"제가 휠러 씨를 집에 모셔다 드리고 머리를 고정시켜 눕혀 드리고 나서 한참 후에 델버트가 집으로 걸어 들어오더라고요.

녀석은 여기저기 긁힌 자국투성이에 옷에는 나뭇가지와 가시가 잔뜩 묻어 있었습니다. 그 녀석 말로는 숲 속을 산책하고 있었다더군요. 그래서 무슨 일이 있었는지 말해주고 그 손수건을 보여주고는 체포하겠다고 말했죠. 그랬더니 녀석이 붕 날아오르더니 창문으로 쏙 빠져나가버린 겁니다! 저는 휠러 씨 집 뒤쪽으로 골짜기의 가장자리를 따라 그를 쫓아갔는데, 그러다 엉덩이를 다친 겁니다. 나무뿌리에 발이 걸려 넘어지면서 골짜기로 굴렀거든요. 척추가 부러지지 않은 게 기적이죠……. 저를 데리고 나온 건 델이었습니다. 제가 굴러 떨어진 걸 보고 보이스카우트 노릇을 하기로 마음먹은 거겠죠."

젊은 조킹은 미라처럼 꼼짝달싹 못 하는 왼쪽 발을 노려보고는 그쪽으로 사과 뼈대를 집어 던졌다.

"아, 전부 뒤죽박죽이에요, 퀸 씨. 재판에서 증언은 하지 않았으면 좋겠는데요."

경찰서로 향한 엘러리는 J. 에드거 후버 사진 옆에 놓인 데이킨 서장의 회전의자에 앉았다.

"이 사건에 대해 생각 좀 해봐도 되겠습니까, 서장님?"

"얼마든지."

데이킨이 툴툴거렸다. 서장은 창가에 서서 스테이트 스트리트를 골똘히 바라보았다.

한참 후 엘러리가 말했다.

"내 생각하는 도구가 고장이 났나 봐요. 다른 가능성은 고려해보셨나요?"

"열심히 고려했지."

무뚝뚝하지 않은 말투로 서장이 말했다.

"하지만 누굴 지목할 수 있겠소? 급여 날짜를 바꾼 것을 아는 사람은 휠러 자신과 메이미, 울퍼트 밴혼, 올린 케클리뿐인데.

울프 밴혼 짓일 수도 있겠지요. 그럴 가능성은 당연히 있어요. 액수가 1백만 달러나 2백만 달러 정도라면 그럴 거요. 하지만 울퍼트 밴혼이 그 나이에 고작 1만5천 달러를 갖겠다고 그런 위험을 무릅쓰겠어요? 그런 백만장자가? 올린 케클리는 어떻고? 기회만 된다면 돈 서랍에서 돈을 슬쩍할 수는 있는 친구요. 하지만 무장 강도? 복면? 사람 뒤통수를 때리면서? 숲으로 뛰어들어 도주하고?"

서장은 고개를 저었다.

"올린은 아니오. 그런 짓을 했다간 아마 자기가 놀라 기절해 버릴걸."

"그럼 그들 중 누가 정보를 누설했겠죠!"

"그것도 가능해요. 다만 다들 자기는 그런 짓을 안 했다고 말하고 있어요."

"젠장! 그 꼬마를 풀어주고 싶은데."

엘러리는 주먹을 깨물었다.

"그 급여 말인데요, 데이킨. 돈은 조금도 찾지 못했죠?"

"동전 한 닢도."

"어딜 찾아보셨는데요?"

"휠러 씨 집과 마당, 그리고 델버트가 다니는 마을 안팎을 샅샅이 뒤졌죠. 당연히 어딘가에 돈을 숨겼겠지. 아마도 강도 사건이 있은 직후에 숨겼을 거요."

"숲 속도 뒤지셨나요?"

"조킹이 강도를 쫓을 때 강도가 떨어뜨렸거나 계획적으로 숨겼을 거라는 가설에 따라, 현장 근처는 찾아봤죠. 길 동쪽의 숲을 빗질하듯 훑었소."

"길 동쪽만요?"

데이킨은 엘러리를 노려보았다.

"그 방향이 강도가 달아난 쪽이니까."

"서쪽도 찾아보는 게 어때요? 범인이 조킹의 시야를 벗어난 후에 길을 건너 되돌아갔을 수도 있잖아요!"

데이킨은 고개를 저었다.

"시간만 낭비하는 거요, 퀸. 그 돈을 찾았다고 가정해봅시다. 앤슨 휠러에겐 잘된 일이겠지만, 그게 델버트를 무죄방면하는데 무슨 도움이 된다는 거요?"

엘러리는 짜증스럽게 말했다.

"이 부분만 제대로 설명이 되지 않았어요. 이게 어떻게 끝을 맺을지는 아무도 모르는 거잖아요. 아무튼 다른 건 다 살펴봤으니까요. 갑시다. 저랑 같이 수색을 해보죠."

그들은 지난 9월 앤슨 휠러가 습격을 받은 장소로부터 정확히 서쪽으로 채 50미터도 떨어지지 않은 숲 속 나무 밑에서 돈을 찾았다.

데이킨 서장은 분통을 터뜨렸다.

"바보가 된 기분인데!"

"그러실 필요 없어요."

엘러리는 무릎을 꿇은 채 생각에 집중했다.

"가을에는 숲에 낙엽이 가득했잖아요. 그리고 이런 걸 그냥 찾는다는 건 하늘의 뜻이 아니면 거의 불가능해요. 가을에 떨어진 나뭇잎들이 1월이 되면 썩어서 진창이 되니까요."

돈뭉치가 든 종이봉투는 원래 나무뿌리 근처 얕은 구덩이에 묻혀 있었던 것 같았다. 그러나 얇게 덮여 있던 흙과 부엽토가 비바람에 흩어져 종이봉투가 지면 위로 드러나 있어, 두 남자는 흠뻑 젖은 돈 봉투를 동시에 발견할 수 있었다.

자연은 앤슨 휠러에게 친절하지 않았다. 돈을 감싸고 있던 갈색 종이는 흙과 다른 성분들의 작용에 의해 완전히 분해되었다. 작은 날짐승들과 새들이 곰팡이가 슬어 썩어가던 지폐를 쪼아 먹었고, 곤충들도 지폐가 삭는 데 일조했다. 지폐 대부분은 알아볼 수조차 없이 녹아 붙은 덩어리로 변해 있었다.

"동전 포함해서 2천 달러만이라도 건진다면 앤슨은 운이 좋은 거요. 그 정도도 안 남았을 거 같은데."

라이츠빌의 경찰서장이 중얼거렸다.

"작년엔 가을에도 날씨가 꽤 더웠고 겨울도 그다지 춥지 않았죠. 돈의 대부분은 땅이 굳기 전에 썩었어요. 다행히."

엘러리가 중얼거리며 일어섰다.

"누구에게 다행이란 거요?"

"델버트 후드에게요. 이 썩은 덩어리 때문에 델버트는 교도소에 가지 않게 될 겁니다."

"뭐라고!"

"지금까지는 꼬마가 무죄이기만 바랐어요. 이젠 무죄란 걸 알겠어요."

데이킨 서장은 엘러리를 바라보았다. 그러더니, 당황한 표정을 하고서 어딘가에 묻힌 단서를 놓친 게 아닐까 하는 심정으로 쭈그려 앉아 남은 지폐를 뒤지기 시작했다.

"하지만 난 모르겠는데……!"

"나중에요, 데이킨. 일단 지금은 내 외투에 이 쓰레기를 주워 모아야겠어요. 이건 증거물이니까요!"

엘러리의 호출을 받고 사람들이 모두 모이자, 그는 주위를 둘러보며 말했다.

"이 사건은 단순함이라는 아름다운 특징을 가지고 있습니다.

자, 이제 하나씩 살펴볼까요.

강도는 리지 로드에서 휠러 씨를 습격하고, 종이 포장지에 싼 돈뭉치를 훔쳤습니다. 그리고 그 길로 곧장 현장에서 50미터도 떨어지지 않은 숲 속 얕은 구덩이에 돈뭉치를 묻었습니다. 지금 이 얘기는 지난 9월에 있었던 일입니다.

우리의 범인은 숲 속 구덩이를 돈을 숨기는 장소로 이용했는데, 이때 짧은 기간만 둘 생각이었을까요, 아니면 오랫동안 묻어두려 했을까요?"

엘러리는 스스로의 질문에 답했다.

"짧은 기간이죠. 당연합니다. 제정신인 도둑이라면 지폐 1만 5천 달러를 종이 포장지에 싸서 땅속에 그렇게 오래 묻어두지 않습니다. 태어날 때부터 갖고 있던 이성이 작용한다면 돈이 곧 어떻게 될지 알았겠죠. 바로 오늘 데이킨 서장님과 제가 찾은 그것, 질척거리고, 반쯤은 동물들이 먹고, 씹고, 땅에 묻혀 썩고, 삭아버린 아무런 값어치 없는 종이 뭉치가 되어버리는 겁니다. 그곳에 오랫동안 숨겨놓을 생각이었다면 방수 재질의 포장지나 금속 아니면 단단한 나무 상자 같은 걸 준비했겠죠.

그렇다면 우리의 도둑은 이런 건 아예 머릿속에 떠오르지도 않았던 겁니다. 돈을 부식되기 쉬운 종이에 싸서, 그것도 얕은 구덩이에 파묻었다는 것은 범인이 돈을 그곳에 잠깐만 둘 생각이었다는 뜻입니다. 아마 몇 시간 정도, 길어봤자 며칠이었겠죠.

그 돈은 지금까지 그곳에 거의 5개월 동안 방치되었습니다. 보다시피 이제는 완전히 썩어 못 쓰게 되었지요. 이제 합리적인 질문을 던져보겠습니다. 돈을 곧바로 회수할 계획을 세워놓고, 왜 범인은 돈이 다 썩도록 그곳에 놔두었을까요? 분명 5개월이란 기간 중에는 범인이 안전하게 돈을 되찾을 시간이 있었습니다. 사실 처음 며칠을 제외하고는 언제라도 안전했을 거예요. 이번 사건에서는 미행을 당한 사람이 아무도 없습니다. 보석으로 풀려난 델버트조차도요. 그리고 현장은 외딴 곳이고, 도로에서 적당히 떨어진 숲 속이었습니다. 다시 묻겠습니다. 왜 강도는 훔친 돈을 찾으러 돌아가지 않았을까요? 왜 다시 돌아가 돈을 가져다 쓰거나, 아니면 다른 안전한 곳으로 옮기거나, 아니면 새로 튼튼하게 포장을 하지 않았을까요?"

엘러리는 건조한 미소를 지으며 계속 말을 이어갔다.

"아무런 위험 없이 돈을 찾으러 갈 수 있었는데도 가지 않았다면, 논리적으로 가능한 이유는 하나뿐입니다. 돌아갈 수가 없었던 것입니다. 그리고 그것이 바퀴 달린 침상째로 당신을 이곳에 불러온 이유입니다."

엘러리는 병원 침대 위에 묶여 있는 젊은 경찰관을 돌아보며 말했다.

"그래야 당신 때문에 피해자가 된 남자와 당신이 십자가에 못 박은 여인과 억울한 누명을 뒤집어쓴 청년의 얼굴을 마주

볼 수 있으니까요, 지프. ……그래요. 그리고 지금 당신을 지켜보고 있는, 당신을 훈련시키고 아낌없이 신뢰했던, 아마도 당신의 본모습을 처음으로 보고 있을 서장님의 얼굴도 봐야 하고요.

조킹, 이 사건과 관련된 사람 중 당신만이 유일하게 숲 속 은닉처에 물리적으로 갈 수 없었던 사람입니다.

당신은 데이킨 서장님으로부터 급여 날짜가 바뀌었다는 얘기를 들었죠. 서장님은 순찰차로 휠러 씨를 보호하라는 지시를 내렸고요. 그러나 그날 아침 당신은 순찰차로 휠러 씨를 뒤쫓지 않았어요, 조킹. 그때 당신은 이미 일주일 전 물색해둔 덤불 속에 매복해 있었습니다. 경찰차는 길가 어딘가에 숨겨두고요.

당신은 뒤에서 휠러 씨를 공격했고, 델버트의 실크 손수건을 휠러 씨 손에 쥐여주었습니다. 이걸로 델버트가 어떻게 손수건을 '잃어버렸는지' 설명이 되겠죠. 그리고 휠러 씨가 의식을 잃고 쓰러져 있는 동안, 당신은 숲으로 달려가서 허둥지둥 돈뭉치를 파묻었습니다. 두 가지 역할을 동시에 맡고 있었으니 시간이 대단히 소중했을 테죠. 돈은 그날 늦게 아니면 다음 날 모든 게 잠잠해지면 돌아와 찾아갈 생각이었을 겁니다. 그런데 휠러 씨를 집으로 데려간 뒤 당신이 저지른 범죄의 책임을 델버트에게 덮어씌우고 체포 고지를 한 순간 델버트가 달아났고, 추격 과정에서 골반뼈가 부러지는 바람에 병원으로 실려 간 겁니다. 그 이후로 지금까지 당신은 깁스를 하고 꼼짝 못 하는 신세가 되었죠! 당신은 단순한 도둑이 아니에요, 지프. 당신은 경찰이라는 고귀한 직업에 불명예를 안겼습니다. 나는 당신이 교도소 안에서 꼼짝 못 하고 지내는 걸 보기 위해 언제까지라도 라이츠빌을 찾아올 겁니다."

이야기를 마치고 침대에서 겁에 질린 채 얼어붙은 남자에게서 등을 돌린 엘러리는, 문득 굉장히 외롭다는 기분을 느꼈다. 데이킨 서장은 벽을 보고 있었다. 메이미 후드 휠러는 그녀만의 감정에 휩싸여 기쁨의 눈물을 흘리고 있었다. 그리고 메이미의 뒤로는 격한 흥분으로 얼굴이 창백하다 못해 하늘색이 되어버린 앤슨 휠러가 서서 델버트 후드의 어깨를 끊임없이 토닥였고, 델버트도 거칠지만 우호적인 태도로 자신의 의붓아버지의 등을 토닥이고 있었다.

그래서 엘러리는 조용히 방을 빠져나왔다.

사기 부서

돈을 두 배로 불려드립니다

만일 시어도어 F. 그루스가 뉴욕 시장 선거에 출마하기로 결심만 한다면, 센트럴파크와 노스 강 사이 웨스트 80번가 일대와 나머지 뉴욕 시 지역에서도 표란 표는 모조리 다 쓸어 모았을 것이다. 그루스의 장점이 정치가 아닌 금융 쪽인 것은 기존 정당들에게는 참으로 다행스런 일이었다. 그는 인플레이션 시대를 사는 건전화폐* 소유주들의 수호자였다. 1달러의 값어치가 50센트를 조금 넘을까 말까 하던 그 시절에, 그루스는 천재적인 아이디어로 돈의 본래 가치를 복원하는 방법을 찾아냈다. 그의 해결책은 실로 놀라웠다. 달러로 하여금 아메바처럼 자기복제를 하도록 만든 것이다. 그는 자신을 찾아오는 모든 이들을 위해 이 같은 위업을 주기적으로 베풀었으며, 열혈 지지자들은 그를 '암스테르담 애비뉴의 마법사'라고 불렀지만 대부분의 사람들은 좀 더 친근하게 '돈을 두 배로 불려주는' 그루스라고 불렀다.

엘러리가 그를 어떻게 불렀는지는 굳이 여기에서 언급하지 않겠다.

엘러리가 처음으로 시어도어 F. 그루스에 대해 들은 것은 엘

* 가치나 통용력이 안정되어 있는 화폐.

러리가 사는 웨스트 87번가의 3층짜리 브라운스톤 건물 관리 사무소장인 조 벨카사치에게서였다. 벨카사치 씨는 먹여도 먹여도 끝이 없는 대가족에게 파스타를 공급하는 것이 투자의 전부인 사람이었는데, 그날은 길가에서 보일러 재를 담은 깡통과 씨름을 하다 말고 지나가던 엘러리 퀸를 붙들고는 영광스러운 그루스에 관해 이야기를 늘어놓았다. 벨카사치 씨의 평소 눈빛은 처량했지만, 오늘 아침에는 눈에서 기쁨의 광채가 흘러넘쳤다.

"그루스 씨가 내 보험금에서 12달러 25센트를 가져갔어요. 그리고 3개월 만에 나에게 24달러 50센트를 돌려주었다고요! 오, 성모님이시여! 퀸 씨도 돈이 좀 있죠? 그걸 마법사한테 갖다 줘봐요. 모두들 그렇게 해요."

엘러리는 자신이 왜 이 화창한 햇살이 비치는 밖으로 나온 것인지 그 이유는 까맣게 잊고, 암스테르담 애비뉴의 구석구석을 다니며 이곳저곳을 들렀다. 정말로 모든 사람들이 그렇게 하고 있었다. 프랭크의 팬시마켓 정육점 주인인 리카르트 씨는 이미 마법사 그루스에게 한두 번 투자를 하고 백 퍼센트의 깨달음을 얻어, 이제는 그루스의 중요한 고객이 되어 있었다. 오래전 남편을 잃은 딜리셔스 베이커리의 칸 부인은 그루스와의 재혼을 진지하게 고려하고 있었다. 골동품 상점의 늙은 패터슨 씨는 광을 내던 앤티크 촛대를 내려놓은 지 오래였고, 떨리는 목소리로 자신도 시어도어 F. 그루스의 충실한 고객이라고 고백했다. 그렇게 거리의 앞과 뒤, 위아래 모두 같은 상황이었다. 아마 길 건너편도 마찬가지일 거라고 엘러리는 생각했다.

"이젠 어린 학생들까지 점심 값을 그자에게 갖다 바치고 있어요."

그날 밤 엘러리는 아버지에게 분통을 터뜨렸다.

"이웃 사람들 전부가 다 그래요, 아버지. 3개월 안에 돈을 두 배로 틀림없이 불려준다니! 이 작자한테 어떻게 손 좀 쓸 수 없나요?"

"처음 듣는 얘기구나."

퀸 경감은 신중하게 말했다.

"지방 검사 사무실에도 그런 유의 민원은 안 들어온 걸로 아는데."

"그거야 그 사람이 여전히 돈을 지불하고 있기 때문이죠. 그러면서 뒤로는 치명타를 준비하고 있을 거예요. 책에도 나오는 가장 오래된 사기 수법이에요!"

엘러리는 긴 팔을 휘두르며 열을 올렸다.

"그루스는 사람들의 돈을 걷어서 '투자'하는 게 아니에요. 단순히 오늘 걷은 돈을 3개월 전 투자자에게 지급해주는 거예요. 아버지도 한번 입소문이 나면 이런 일이 어떻게 커지는지 아시잖아요. 돈을 지급할 때마다 새로운 머저리들이 열 명씩 손님으로 찾아오는 거죠. 그는 언제나 게임을 앞서가고 있어요. 그러다 조만간 두 배로 늘지 않은 고객들의 돈을 트렁크에 가득 채워 아무도 모르게 휴가를 떠나겠죠."

"지방 검사 사무실에 이 얘기를 전하마."

"그렇게 오래는 못 기다려요! 찰리 펠리페즈도 그루스에게 맡기겠다며 고리대금업자에게 백 달러를 빌렸다고요."

찰리 펠리페즈는 전쟁에서 한쪽 팔을 잃은 상이군인으로, 엘러리의 집 근처에서 신문 가판대를 운영하고 있었다.

"다른 사람들도 똑같이 이 바보 같은 모험을 하고 있어요. 아버지, 우리가 이 그루스란 자를 깜짝 놀라게 해주자고요. 이자에게 엄포를 놓아 무언가 바보 같은 짓을 저지르게 할 수 있을 거예요."

경감은 관심을 보였다.

"뭐 생각해둔 계획이라도?"

"완벽한 작전이죠. 센터 스트리트의 잘나가는 경감님을 적극 활용하는 거예요."

다음 날 아침 8시 15분, 퀸 부자와 토머스 벨리 경사는 모든 준비를 마치고 암스테르담 애비뉴의 마법사를 찾아갔다. 이른 시간이었음에도 사무실이 자리한 7층 복도는 발 디딜 틈 없이 꽉 차 있었다. 엘러리는 움찔 놀랐다. 그곳에는 89번가 카페테리아 주방에서 일하며 뇌성마비 환자인 아이를 키우는 젊은 엄마 미니 벤더도 있었다. 또 크로퍼드 잡화점 직원인 노부인 두 명과 할렘가 이발소의 구두닦이 소년, 가비치 델리카트슨에서 콘드비프와 파스트라미를 파는 난민 출신 점원, 해니그센 그릴의 바텐더, 아들 둘을 한국전쟁에 보낸 아버지 등등…… 시선을 돌리는 곳마다 낯익은 얼굴이 보였고, 액면가가 낮은 지폐를 꼭 쥐고 있는 낯익은 손들이 보였다. 사람들이 하도 떠미는 바람에 그루스 사무실 문의 자물쇠는 망가져 있었다. 대기실인 듯한 방에도 사람들이 가득했다. 퀸 부자는 벨리 경사를 앞세워 간신히 안쪽 사무실까지 뚫고 들어갈 수 있었다.

"밀지 마요!"

"우리가 더 먼저 왔다고!"

"자기들이 뭐라고 생각하는 거야?"

퀸 경감이 왁자지껄한 소리를 뚫고 외쳤다.

"이 시어도어 F. 그루스란 자는 어디 있나?"

"아직 안 나오셨어요."

"문 여는 시간은 9시라고요."

"벨리! 다 내보내."

몇 분 후 대기실이 텅 비었다. 경사의 거대한 몸이 사무실 정문의 유리블록 앞을 가로막고 버티고 섰다. 밖에서 불안해하는 목소리가 잠시 들렸으나, 곧 군중의 낮은 야유 소리에 파묻혔다.

대기실 옆방으로 통하는 문에는 금색 글자로 'T. F. 그루스 사무실, 출입 금지'라고 쓰여 있었다. 엘러리가 문을 열어보았다. 문은 잠겨 있었다.

퀸 부자는 싸구려 가구들이 놓인 사무실의 나무 벤치에 앉아 기다렸다.

8시 35분에, 밖에서 파도 같은 함성이 밀려왔고 두 사람은 벌떡 일어섰다. 곧이어 문이 벌컥 열리더니 장밋빛 뺨의 남자가 금의환향하는 영웅처럼 미소를 지으며 손을 흔들었다. 그는 벨리 경사의 벌린 팔 아래를 통과해 대기실로 들어왔다. 경사는 쾅 소리가 나도록 세게 문을 닫았고 기쁨의 함성은 신음 소리로 바뀌었다.

"안녕하세요, 여러분."

'돈을 두 배로 불려주는' 그루스가 기운차게 말했다.

"밖에서 무슨 중요한 일 때문에 경찰이 날 만나려고 기다리신다고 하더군요. 무엇을 도와드릴까요?"

그렇게 말하면서, 그루스는 사람들의 발에 밟혀 흩어진 우편물을 줍기 시작했다. 그는 뚱뚱한 몸집에 전형적인 아버지 상을 한 남자였다. 회색 구레나룻은 군대식으로 길렀고, 반짝이는 대머리에, 건조한 목소리에, 나이 많은 정치가 스타일로 은은한 정장을 말쑥하게 차려입고 있었다.

"아이고, 또 문을 부수고 들어왔나 보군요. 이 자물쇠를 이번 주에만 두 번이나 고쳤다니까요."

퀸 경감은 별 감흥이 없어 보였다. 그는 배지를 꺼내 들고 조용히 말했다.

"경찰청의 퀸 경감입니다. 이쪽은 엘러리 퀸이고."

"오…… 그렇군요. 제 오랜 고객 중에 경찰도 계시죠."

그루스는 환한 얼굴로 말했다.

"투자를 고민하시는 겁니까?"

"뭐, 그렇다고 할 수도 있겠네요, 그루스 씨."

엘러리가 말했다.

"우리가 여기 온 건 그 투자에 대해 그루스 씨와 함께 고민해 보기 위해서입니다. 속속들이 말이죠."

"아. 그러시군요! 그런데 먼저 이 편지들을 읽을 시간을 잠깐만 주시면……."

그루스는 부산스럽게 시곗줄에 걸린 열쇠를 더듬거리면서 개인 사무실로 다가갔다.

"15분. 더 이상은 안 돼요."

엘러리가 말했다.

"그러고 나면 당신에게 줄 것이 좀 있어요, 그루스 씨."

경감이 이를 드러내며 손바닥으로 안주머니를 부드럽게 어루만졌다.

그러나 마법사의 뺨은 여전히 발그레했다. 그는 약간 멍하니

고개를 끄덕였고, 사무실 문을 열고 들어가서는 안에서 문을 잠갔다.

"노련한 놈이군."

경감이 중얼거렸다.

"작전이 잘 안 통할 것 같은데."

"그야 모르는 일이죠."

엘러리는 시계를 보고는 자리에 앉아 담배에 불을 붙였다. 건물의 출구는 모두 제복 입은 경관들이 지키고 있었고, 누구도 내보내지 말라는 엄한 지시가 있었다. 혹시 그루스가 분별력을 잃는다면…….

13분이 지났을 때 밖에서 소동이 일었다. 퀸 경감은 자리에서 벌떡 일어나 문을 열었다. 축축한 갈색 머리에 유령 같은 얼굴을 한 마르고 창백한 남자가 한가득 걱정스런 표정으로 벨리 경사의 주먹에 매달려 있었다.

"난 여기 직원이라니까요!"

작은 남자가 울부짖었다.

"전 앨버트 크로커라고, 여기 사무실 비서예요. 제발 들여보내주세요. 지각하면…… 그루스 씨가 미친 듯이 화를……."

"들여보내, 벨리."

경감은 남자를 한 번 흘깃 보고는 무시했다. 돈을 불려주는 그루스의 너그러움은 자기 직원에게는 해당되지 않는 모양이었다. 크로커의 옷차림은 초라했고, 영양가 많은 아침 식사가 절실히 필요해 보였다.

"그루스는 사무실에 있어요, 크로커. 이제 데리고 나오는 게 좋겠는데."

"뭐가…… 잘못됐습니까?"

크로커의 윗입술 위에 땀방울이 맺혔다.

"가서 시간 다 됐다고 전해요."

엘러리가 말했다.

비서는 한층 더 긴장했다. 그는 허둥지둥 달려가 '출입 금지'라고 쓰인 문을 열고 안으로 들어갔다.

"크로커가 쓸모가 있을 것 같아요."

엘러리가 중얼거렸다.

"그래. 어디 노래자랑에 내보내서 노래라도 시키면 딱이겠다. 무슨 일이오, 크로커?"

불쌍한 직원이 문 앞에 서 있었다. 아까보다 훨씬 더 근심스러운 표정이었다.

"이 안에 그루스 씨가 있다고 하셨나요, 경감님?"

"안에 없어?"

경감이 외쳤다. 그는 만면에 승리의 웃음을 띠고는 크로커를 옆으로 밀치고 사무실로 들어갔다.

방은 길고 좁은 모양이었고 전체적으로 우중충했다. 가구라고는 평평한 책상 하나, 나무 의자 두 개, 카드 색인이 꽂힌 서랍 몇 개, 옷걸이가 전부였다. 방에는 아무도 없었다.

"우리한테 겁을 먹고 달아난 모양이다!"

경감은 큰 소리로 웃었다.

"출구를 지키는 경관이 녀석을 잡겠지. 현금을 가득 채운 여행 가방과 함께."

"아닐걸요."

엘러리의 목소리가 기묘했다.

"뭐라고 했나, 아들아?"

"그루스가 이 방에서 나갈 수 있었다면 경관이 문을 지키고 서 있어도 그를 막을 수 없을 거예요."

퀸 경감은 엘러리를 바라보았다.

"여길 둘러보세요. 자세히."

경감의 행복은 사라졌다. 그루스의 개인 사무실에는 출구가 둘뿐이었다. 하나는 그루스가 이 사무실로 들어오는 순간부터 퀸 부자가 기다리며 지키고 있던 대기실로 난 문이고, 다른 하나는 암스테르담 애비뉴를 내려다보는 7층 높이의 창문이었다. 창밖에 벽을 따라 좁은 창턱이 붙어 있었지만, 창문의 잠금 장치가 안쪽에서 단단히 잠겨 있었다.

하나뿐인 문은 한순간도 놓치지 않고 관찰하고 있었다. 하나뿐인 창문은 안쪽에서 잠겨 있다. 그리고 방 안에는 작은 원숭이 한 마리조차 숨을 공간이 없다!

"그 사람 별명이 마법사라고 했던가?"

퀸 경감이 힘없이 말했다.

이후 한참 동안 엘러리는 정신병원 한복판에 앉아 심오한 문제를 고민하는 남자의 모습을 하고 있었다. 사람들은 엘러리가 앉아 있는 그루스의 사무실 책상 주위를 소용돌이치듯 돌면서 자신들이 힘들게 번 돈을 찾지 못하면 마법사의 피를 보고야 말겠다며 고함을 질러댔다. 벨리 경사가 크로커를 깔고 앉아 보호하며 권총을 꺼내 들지 않았다면 가엾은 크로커는 사람들 손에 산산조각이 났을 것이다. 경사는 추가 병력을 요청하며 계속 소리를 질러댔다. 마침내 순경들이 도착했다. 퀸 경감과 여섯 명의 제복 순경은 어리둥절한 표정이었다. 순경들은 사람들과 씨름하기 시작했고 경감은 무리를 간신히 뚫고 책상으로 다가가 골똘히 생각에 잠긴 아들을 내려다보았다.

"엘러리!"

엘러리가 고개를 들었다.

"아. 아무것도 없어요, 아버지?"

"없어!"

경감이 으르렁거렸다.

"순경들은 각자의 어머니에 대한 추억을 걸고 절대 그루스고 누구고 아무도 건물 밖으로 내보내준 적 없다고 맹세를 했다! 그럼 도대체 어디 있다는 거야? 아니, 애초에 이 방에서 도대체 어떻게 나갈 수가 있었느냐고?"

"맞아요, 마법사는 지금 어디 있냐고요?"

여자의 고함 소리가 들렸다.

"우리 돈은 어딨어?"

순경에게 붙들려 있는 남자가 외쳤다.

엘러리는 마법사의 책상 위로 올라갔다.

"여러분이 조용히만 해주시면, 질문에 전부 답해드리겠습니다!"

사람들은 즉시 입을 다물었다.

"그루스는 영리한 사기꾼이에요. 그는 비상사태에 대비해 미리 탈출 계획을 세워두었던 겁니다. 오늘 아침 경찰이 온 걸 보고 여기 사무실로 들어와 문을 잠갔죠. 이 방에는 출구가 두 개뿐입니다. 퀸 경감님과 제가 기다리고 있던 대기실로 나가는 문, 그리고 저기 암스테르담 애비뉴를 내려다보는 창문이죠.

그루스가 이쪽 대기실로 나오지 않았다는 사실은 우리가 증언할 수 있으니, 나갈 수 있는 출구는 창문뿐입니다. 창문 밖에는 좁은 창턱이 있으니까, 그자는 그 위로 조금씩 전진해서…….”

“창문으로 나갔다고?”

경감이 중얼거렸다.

“하지만 엘러리. 창문은 안에서 잠겨 있었다고!”

“제가 말씀드렸듯이.”

엘러리가 말했다.

“그루스는 창턱을 타고 조금씩 전진해서 옆 사무실의 창문으로 들어갔습니다. 분명 이 옆 사무실은 그자가 도피 목적으로 오래전부터 빌려두었을 거예요. 그간 긁어모은 돈을 들고 옆방 사무실에서 나온 그는 복도로 나와 사람들 속에 섞입니다. 그러고 나서 건물을 나가려고 시도해봤겠죠. 하지만 출구마다 경찰들이 감시하고 있는 데다 몸수색을 하지 않고는 나갈 수 없다는 걸 알고, 다른 방법을 생각해내야 했습니다.

그가 직면한 가장 큰 문제는 사람들의 흥분이 가라앉을 때까지 돈을 숨긴 다음 그걸 가지고 달아나는 것이었습니다. 돈은 어디에 숨길 수 있을까요? 미리 마련해둔 옆 사무실, 그가 가명으로 빌려 아무도 알지 못하는 그 방이겠죠. 하지만 그 사무실에 돈을 안전하게 두려면, 그 사무실에 시어도어 F. 그루스가 드나드는 것을 들켜서는 안 됩니다. 그럼 어떻게 그는 다른 사람들 몰래 옆 사무실로 들어갈 수 있었을까요? 그래서 창문을 통해 들어간 겁니다……. 이 방 창문으로 나가 창턱 위를 기어가던 동안에는 분명히 이 창문은 잠기지 않은 상태였습니다. 나중에 이 창문을 잠글 수만 있다면 사람들이 그가 어떻게 이 방을 탈출했는지 절대 알아내지 못할 거라고 생각한 거죠. 그래서 그루스는 다시 이곳 사무실로 되돌아와서 창문을 안에서 잠그고……."

"잠깐, 잠깐."

경감이 신음했다.

"여기로 다시 돌아오다니 그게 무슨 소리냐? 그러려면 저 대기실에서 우리 눈앞을 지나갔어야 하는데……."

"맞습니다."

"하지만 저 대기실에서 우리 앞을 지나간 사람은 오직…… 크로커뿐인데……."

"네, 크로커예요."

엘러리가 말했다.

"크로커는 대기실을 거쳐 이 방으로 걸어 들어왔죠, 표면상으로는 그루스를 불러내기 위한 것이었지만, 실제로는 창문을 잠그기 위해 들어온 겁니다. 여러분, 크로커는 시어도어 F. 그루스입니다. 몸에 댄 패드를 떼고, 대머리 가발과 구레나룻과 붉은 혈색과 입안에 넣은 종이 뭉치를 빼고, 은신처인 옆 사무실에 비치해둔 옷으로 잽싸게 갈아입은 것이죠……."

엘러리는 돈과 그루스의 변장 도구들을 옆 사무실에서 찾을 수 있을 거라고 설명을 이어갔지만, 그의 설명을 끝까지 들은 사람은 없었다. 경감이 이미 사람들을 헤치고 뛰어나가버렸고, 사람들은 와, 하는 함성과 함께 경감의 뒤를 좇아 복도로 달려나갔다. 벨리 경사의 다리 사이에 끼어 있던 깡마른 남자가 갑자기 공격적인 자세를 취하는 바람에 경사는 몸을 웅크리며 넘어졌다. 크로커-그루스가 대기실로 뛰어나가자 엘러리가 고함을 지르며 그 뒤를 쫓았다.

작은 남자는 문 앞에 멈춰 섰다. 이번에는 그의 얼굴에서 핏기가 싹 가셨다. 사람들이 일제히 뒤를 돌며 그를 보고는, 입을 꾹 다물고 팔을 벌려 그에게 달려들었다.

보물찾기 부서

구두쇠의 황금

'지하철 위에 건설된 바그다드'*의 일대기를 기록하는 작가라 하더라도 엉클 맬러키의 이야기보다 더 재미있는 이야기를 쓴 적이 있었을 것 같지는 않다. 이 이야기는 분위기와 주제가 살아 있으면서도 묘하게 뒤틀려 있고, 감상적이면서 아이러니가 가득하고, 거기에 놀라운 결말까지 갖추고 있다.

엉클 맬러키는 뉴욕 3번 애비뉴에서 태어나서 살다가 그곳의 빛바랜 그림자 아래에서 죽었다. 그는 전당포 주인이었고, 일터인 동시에 집인, 외벽이 다 벗겨져 무너지기 직전의 낡은 건물을 한 채 가지고 있었기 때문에 부자라는 소리를 들었다. 그는 은행을 믿지 않고 쥐처럼 검소하게 사는 까다로운 늙은이였기 때문에 구두쇠라는 소리를 들었다. 그는 책을 열정적으로 사 모으는 것으로 유명했는데, 희귀본이나 초판본이나 완벽한 상태의 책들이 아니라 아무 책이고 닥치는 대로 모았기 때문에 괴짜라는 소리를 들었다.

이 소문들은 모두 사실이었다. 그는 부자였고, 구두쇠였고, 괴짜였다. 그러나 나름 사연이 있었다. 그의 재산은 증조부가 물려준 맨해튼의 부동산을 팔아서 생긴 것이었다. 그가 구두쇠

* 오 헨리가 뉴욕에 붙인 별칭.

인 이유는 전당포 주인이라면 기본적으로 물건을 모으는 기질을 가지고 있기 때문이었다. 그리고 그의 기이한 열정은 책을 수집하는 데서 그치지 않고 읽는 데까지 뻗어 있었다.

책은 꿀벌처럼 전당포를 거쳐 거주 공간인 위층까지 퍼져나갔다. 집에는 방이 두 개 있었는데, 놀랄 만큼 많은 물건들로 가득 채워져 있었다. 방 안에는 자욱이 덮인 먼지 아래로 뒤마, 스콧, 쿠퍼, 디킨스, 포, 스티븐슨, 키플링, 콘래드, 트웨인, 오 헨리, 도일, 웰스, 잭 런던의 작품들이 쌓여 있었다. 전부 염가 도매 서적들이었다. 가게 일을 잠시 접고 쉴 때면 그는 언제나 흔들리는 가스등 불빛 아래에서 글로 쓰인 세상의 보물을 탐색하며 시간을 보냈다. 나이가 들고 시력도 약해지면서 책 읽는 속도는 점점 느려졌다. 인쇄물 형태의 유명한 책들은 모두 섭렵한 맬러키가 이제 한층 더 흥미로운 작업에 착수했기 때문이다. 그것은 참으로 아름다운 바보짓이며, 거미줄 같은 그의 영혼과 맥락을 알 수 없는 유머 감각과 잘 어울리는 것이었다. 그는 항상 미소를 짓고, 킬킬거리고, 하하하 큰 소리를 내서 웃었다. 그러나 뭐가 그리 우스운지는 아무도 알지 못했다.

엉클 맬러키의 고객들은 맬러키를 두고 심장도 없는 늙은 구두쇠라고 험담을 했지만, 이는 근거 없는 비방이었다. 맬러키에게는 심장이 있었다. 이 사실은 옆의 옆 건물에서 병원을 운영하는 의사 벤 버나드가 기꺼이 증언해줄 터였다. 버나드 선생의 말에 따르면 맬러키의 심장은 판막이 부어 있고 색은 악마처럼 검어서, 지금껏 그가 본 중에 가장 좋지 않은 심장이라고 했다. 그러나 엉클 맬러키는 키득거리며 웃을 뿐이었다.

"당신은 바보요, 의사 선생!"

버나드 선생은 한숨을 쉬고는 자신이 바보가 아니었다면 3번 애비뉴에서 개업을 하는 짓은 하지 않았을 거라며 쏘아붙였지만, 월말 청구서 대금을 지불하는 마음으로 늙은 전당포 주인을 계속 성실하게 돌봐주었다.

이브 워렌에 대해 이야기하자면, 그녀 역시 대부분의 사람들과 비슷한 방식으로 엉클 맬러키의 인생에 끼어들었다. 이브는 전당포 맞은편에 있는 작은 카드 가게와 사설 도서관을 운영하고 있었는데, 채권자들의 손아귀로부터 가게를 지키기 위해 무진 애를 쓰던 중이었다. 그러니 그녀가 맬러키의 고객이 된 것은 당연한 일이었다. 맬러키가 앞을 보지 못하게 되자, 이브는 이 세상에 몇 남지 않은 애서가에 대한 엄숙한 책임감을 느꼈다. 그래서 가게 문을 닫으면 맬러키의 집에 들르게 되었고, 그러다 자연스럽게 책을 읽어주게 되었다. 처음에 맬러키는 그녀를 의심했다. 그러나 이브가 벤 선생과 같은 바보라는 것을 알게 되자 늙은 맬러키는 웃었고, 그 후로 이브에게 차라는 이름이 붙은 뜨거운 물을 한 잔 대접하는 고풍스러운 손님 접대도 할 정도가 되었다.

어느 날 밤 이브가 《보물섬》을 읽어주던 중에, 엉클 맬러키의 검은 심장은 마지막으로 신나게 뛰어놀다가 갑자기 멈췄다. 부상당한 검둥개와 리베시 선생의 의료용 메스에서 고개를 든 이브는 맬러키가 바닥에 쓰러져 있는 것을 발견했다. 양옆으로 쌓아놓은 책 무더기 사이에 머리를 묻고 쓰러져 있었는데, 눈은 불룩 튀어나오고 얼굴은 푸르뎅뎅하게 뒤틀려 있었다.

"변호사…… 증인…… 유언장……."

머리힐 법률사무소의 서기로 사회생활을 시작한 프랭키 파글루이기 변호사는 그때 바로 옆 건물 앞에서 이웃들에게 최근 대법원 판결에 대해 장광설을 늘어놓고 있었다. 그때 이브가 프랭키에게 소리를 질러 필요한 것을 챙겨 오도록 부탁하고 그 길로 벤 선생에게 달려갔다. 이브와 젊은 의사가 돌아왔을 때에는, 엉클 맬러키는 붉은색으로 장정한 리처드 하딩 데이비스의 책을 베고 누워 있었고, 파글루이기 변호사는 그의 옆에 무릎을 꿇고 앉아 미친 듯이 무언가를 쓰고 있었다.

"……내 전 재산, 부동산, 개인 물건…… 숨겨놓은 현금도…… 나에게 그리스도인의 자비를 보여준…… 사람들에게만 똑같이……."

벤 선생은 이브를 올려다보며 슬프게 고개를 저었다.

"……이브 워렌과 벤 버나드 선생에게."

"아!"

이브는 탄식하며 울음을 터뜨렸다.

식료품점 주인 스벤드센, 팻 컬리히 순경, 포목점 주인 조 리트먼이 증인으로 유언장에 서명했다. 프랭키 파글루이기는 숨을 헐떡이는 맬러키 위로 몸을 굽히고 큰 소리로 물었다.

"이 숨겨놓은 현금 말인데요. 금액이 얼마나 됩니까?"

늙은 맬러키는 푸르스름한 입술을 달싹였지만 아무 말도 나오지 않았다.

"5천 달러? 1만 달러?"

"4백만."

맬러키가 간신히 속삭였다.

"1만 달러짜리 지폐로."

젊은 변호사는 침을 꿀꺽 삼켰다.

"4백만…… 4백만이라고요? 달러로? 어디요? 어디에 있습니까? 어디에 숨겼어요? 맬러키 씨!"

엉클 맬러키는 말을 하려고 애를 썼다.

"이 건물 안에 있습니까?"

"그래."

맬러키의 목소리가 갑자기 맑아졌다.

"그래, 이 안에……."

그러나 곧 그의 몸은 굳어갔고, 시선은 저 너머 먼 곳을 향했다. 잠시 후 벤 선생이 사망 선고를 했다.

엘러리가 이 사건을 맡기로 결심한 것은 퍼즐이 그만의 산해진미이기 때문일 뿐만 아니라, 그를 찾아온 두 사람이 대책 없이 서로에게 반해 있다는 게 누가 봐도 명백했기 때문이다. 사랑과 보물찾기. 이런 요리를 누가 거부할 수 있겠는가?

"그러니까 노인의 상상력이 빚어낸 4백만 개의 산물이 아니라 진짜 4백만 달러를 숨긴 거라고 확신하시는 겁니까, 버나드 선생님?"

벤 박사는 열심히 설명했다. 전당포 금고 안에서 장부가 발견되었는데, 거기에는 1만 달러짜리 지폐의 일련번호가 적혀 있었고 여러 은행에서 이를 확인해주었다. 그리고 이브는 평소 엉클 맬러키가 "현금 은닉" 같은 미심쩍은 말들을 자주 했다고 했다. 그는 말장난과 트릭을 좋아하는 노인이었으며, 돈을 "자기 구역 안에" 숨겨놨지만 누구도 찾지 못할 거라며 장담하곤 했다는 것이다. 또 이브와 벤 선생이 지하실부터 지붕까지 그 작은 건물의 안팎을 샅샅이 뒤졌지만 벌레와 거미줄밖에 찾지 못했다고 했다. 그러나 이브는 얼굴을 붉히며 수색이 아주 허튼짓만은 아니었다고 고백했다. 지하실을 뒤지던 중 놀라 뛰쳐나온 쥐 때문에 이브가 비명을 지르며 벤 선생의 품에 안겼는데, 그로 인해 두 사람은 결혼을 약속한 사이가 된 것이다.

"자, 그럼 어디 한번 볼까요."

엘러리는 기분 좋게 말하고는 그 길로 곧장 두 사람과 함께 3번 애비뉴로 향했다.

그로부터 열여섯 시간 후, 엘러리는 엉클 맬러키 집의 하나뿐인 의자에 주저앉았다. 술 장식이 달린 빨간색 플러시 천으로 만든 의자로, 어느 빅토리아 시대 연립주택에서 주워 온 것이었다. 주저앉은 엘러리는 엄지손가락을 깨물었다. 이브는 비탄에 잠겨 엉클 맬러키의 침대에 걸터앉아 있었고, 벤 선생은 브렛 하트 전집과 윌키 콜린스 소설 전집 더미 사이에 앉아 있었다. 가스등의 불꽃은 흔들리며 춤을 추었다.

한 시간이 더 지났을 때 엘러리가 중얼거렸다.

"이건…… 아무래도 지폐 4백 장을 숨기지 못했을 것 같은데……. 그걸 다……."

"따로따로 숨기지 않는다면 말이죠. 하나는 여기에, 하나는 저기에. 그럼 숨겨놓은 장소가 4백 곳이 있는 거죠."

벤 선생이 도와주려는 듯 말했다.

이브는 고개를 저었다.

"아녜요, 벤. 맬러키 씨가 저에게 준 힌트를 보면 한곳에 숨겨둔 게 틀림없어요. 한 덩어리로."

"힌트? 힌트라고요, 워렌 양?"

엘러리가 물었다.

"아, 모르겠어요……. 수수께끼 같은 말이었는데. 무슨 단서와 상황 같은……."

"단서!"

"네, 단서요."

이브는 죄책감이 든 듯 숨을 들이마셨다.

"오, 맙소사!"

"맬러키가 단서를 남겼어요?"

"생각해봐요, 이브!"

벤이 애원했다.

"바로 이 방에서였어요. 제가 책을 읽어주고 있었는데……."

"무슨 책을?"

엘러리가 날카롭게 물었다.

"에드거 앨런 포의 작품이었는데…… 아, 맞아요. 〈도둑맞은 편지〉. 엉클 맬러키가 웃었어요. 그러고는 이렇게 말했는데……."

"정확하게 말해줘요. 기억나는 대로!"

"이렇게 말했어요. '그 뒤팽이란 친구, 영리한 악동이야. 가장 명백한 장소에 숨기란 말이지? 아주 멋져! 사실, 그걸 숨겨놓은 장소에 대한 단서가 있어요, 이브. 그리고 그건 바로 이 방에 있어……. 단서가 말이야. 돈이 아니라.' 그리고 그는 배를 움켜쥐고 웃어댔어요. '그거야말로 이 세상에서 가장 명백한 장소지!' 너무 심하게 웃어서 심장마비가 온 줄 알았어요."

"이 방 안의 가장 명백한 장소에 단서가 있다……. 책. 맬러키는 이 수천 권의 책들 중 하나를 말한 것일 거예요. 하지만 어떤 책이냐고!"

엘러리는 이브를 물끄러미 바라보았다. 그러다가 그는 의자에서 벌떡 일어섰다.

"말장난과 트릭이라고 했죠. 그렇다면……."

그러더니 그는 책들의 산과 계곡 사이를 거칠게 뒤지기 시작했다. 책들이 산사태처럼 무너져 내렸다.

"하지만 여기여야 하는데……. 이봐요, 의사 선생. 지금 그 위에 앉아 있잖아요!"

벤 선생은 책이 갑자기 살아 움직이기라도 한 듯 흠칫 놀라며 그때까지 앉아 있던 전집에서 벌떡 일어섰다.

엘러리는 털썩 무릎을 꿇고 앉아 전집의 책들을 뒤졌다.

"아!"

그러더니 전집 중 한 권을 마치 전설 속에 등장하는 새의 알인 것처럼 소중히 붙들고 바닥에 주저앉았다. 맨 먼저 코끝으로 책등을 탐색하고는, 책을 한 장 한 장 넘겼고, 마지막으로 첫 장으로 돌아가 중얼거리며 내용을 읽었다.

엘러리가 고개를 들었을 때 이브와 벤 선생이 한목소리로 외쳤다.

"어때요?"

"두 분께 몇 가지 물어보겠습니다. 웃지 마시고요. 여기에 두 분의 미래가 달려 있다는 생각으로 진지하게 대답해주세요. 실제로 그러니까요."

엘러리는 책을 들여다보았다.

"이 건물 안 또는 근처에 화분에 심은 야자나무가 있습니까?"

"화분에 심은 야자나무?"

벤 선생이 힘없이 말했다.

"아뇨."

이브가 연인을 바라보며 대답했다.

"야자나무 화분은 없단 말이죠. 그럼 천장에 채광창이 있는 방은 있나요?"

"채광창……."

"없어요."

"아래층의 도자기, 조각상, 꽃병 같은 미술품 중에, 개 모양이거나 아니면 개 그림이 그려진 작품이 있는지 기억하시나요? 노란 개?"

"파란 말은 있어요. 이가 나간 그릇에 그려진 건데……."

벤 선생이 입을 열었다.

"없어요, 퀸 씨!"

이브가 말했다.

"활과 화살은? 과녁은? 궁수의 그림이나 조각상은? 아니면 큐피드 조각상? 아니면 초록색으로 칠해진 문은요?"

"그런 건 하나도 없어요, 퀸 씨!"

"그럼 시계는……."

엘러리는 다시 책을 들여다보며 중얼거렸다.

"아, 그거야 열댓 개쯤 있죠!"

벤이 말했다.

"시계는 전부 다 살펴봤습니다. 어디에도 숨겨둔 돈은 없었어요. 상황이 그렇다면……."

엘러리는 미소를 지으며 일어섰다.

"엉클 맬러키는 농담을 즐겨 했다고 하니, 오직 한 가지 가능성만 남습니다."

"그게 뭔데요?"

엉클 맬러키의 상속자들이 동시에 물었다.

"맬러키의 명백함의 규칙으로부터 나뭇잎을 한 장 훔치는 거죠."

엘러리는 말을 이었다.

"이 수천 권의 책에 그의 단서가 숨어 있을 수 있을까요? 그의 보물이란 것은 무엇입니까? 4백만 달러입니다. 4백만……. 책. 이 표준 전집 사이에는 오 헨리의 작품도 수록되어 있습니다. 그리고 오 헨리의 가장 유명한 책의 제목은, 《4백만》입니다."

엘러리는 들고 있던 책을 휘둘렀다.

"이 책에서는 이상한 점은 전혀 찾을 수 없었어요. 그렇다면 단서는 그 내용일 겁니다. 명백한 전개죠. 목차를 봅시다. 여러 단편의 제목이 있죠? 〈토빈의 야자나무〉. 그래서 화분에 심은 야자나무가 있냐고 물은 겁니다. 〈채광창이 있는 방〉. 하지만 채광창은 없습니다. 〈노란 개에 관한 추억〉. 노란 개는 없습니다. 〈황금의 신과 사랑의 신〉, 〈녹색 문〉, 〈칼리프, 큐피드, 그리고 시계〉. 전부 해당 사항이 없습니다. 이 단편들 가운데 가능성이 있는 것은 오직 하나뿐인데, 그렇다면 그 제목이 현금을 숨겨둔 장소에 대한 맬러키의 단서가 됩니다. 바로 〈라운드와 라운드 사이(between rounds)〉*입니다."

"〈라운드와 라운드 사이〉."

* 국내에서는 〈중간 휴식 시간〉이라는 제목으로 번역되었다.

벤 선생이 손톱을 깨물며 말했다.

"도대체 그게 무슨 의미입니까? 맬러키는 프로 권투 선수가 아니었어요. 게다가……."

"그렇습니다."

엘러리가 미소를 지으며 말했다.

"맬러키는 말장난의 고수이자 애매한 명백함을 섬기는 대사제였죠. 라운드…… 라운드는 원 또는 원형의 모양을 뜻하기도 합니다. 전당포라면 어디나 있는 물건으로 모양이 둥글고 지폐 4백 장이 들어갈 만큼 큰 것이 뭐가 있습니까?"

이브는 숨을 들이마시며 창문으로 달려갔다. 3번 애비뉴를 비난하듯 가리키고 있는 녹슨 지지대에, 엉클 맬러키의 직업을 상징하는 낡은 금색 구슬이 걸려 있었다.

"벤 선생님, 적당한 도구를 찾아 오세요. 저 금색 구슬을 열어봅시다!"

마술 부서

7월의 스노볼

다이아몬드 짐 그레이디는 반쯤은 농담처럼 스스로를 마술사라고 부르길 좋아했다. 이 말에 대해 아무도, 그중에서도 특히 경찰은 이견을 내놓지 않았다. 그레이디의 장기는 보석 절도였는데, 그는 자신의 강도 행위를 이를테면 극악무도한 희가극의 한 분야로 예술의 경지까지 올려놓았다. 그의 강도 행위는 사전 정보와 타이밍, 팀워크, 속임수가 이루어내는 기적이었다. 일단 그가 손을 대면 보석은 빛의 속도로 사라져버렸고, 가공업자가 만든 원래의 모습으로는 세상에 다시 나타나지 않았다.

그러나 그레이디의 가장 극적인 트릭은 그 자신과 동료 예술가들이 한 번도 감옥에 들어가지 않았다는 것이었다. 그는 자신의 최정예 조직을 일말의 자비도 없이 엄격하게 훈련시켰다. 무대에 오르면 얼굴은 철저히 가리고 손에는 장갑을 끼고 입은 꾹 다물었다. 실전에서 실수는 거의 일어나지 않았다. 간혹 실수가 발생하면, 실수를 한 부하는 쥐도 새도 모르게 사라졌다. 다이아몬드 짐 그레이디의 말처럼, '어떤 증인이 세상에 존재하지도 않는 멍청이를 범인으로 지목할 수 있겠는가?'

어쩌면 그레이디는 영원히 남의 보물을 수집하며 법률회사와 보험회사를 돌아버리게 만들 수도 있었을 것이다. 그러나 그는 한 가지 트릭을 너무 많이 우려먹었다.

여기에 대해 설명을 하자면 다이아몬드 짐의 연애 생활을 엿볼 필요가 있다. 리즈벳은 2년 10개월 동안 그의 연인이었다. 그레이디의 컬렉션에서 선택된 보물처럼 휘황찬란하고 반짝거리는, 사람들의 눈길을 사로잡는 호리호리한 여인이었다. 지하세계에서 거의 3년에 가까운 기간 동안 로맨틱한 관계를 유지했다는 것은 그야말로 서사시적 열정이나 다를 바 없었다. 그러니 리즈벳이 어리석게도 이 관계가 영원토록 지속될 거라는 망상을 키운 것은 어찌 보면 너그러이 이해해줄 만한 일이었다. 불행히도 그녀가 키운 것은 망상만이 아니었다. 피자와 프랑스 아이스크림의 맛에 눈을 뜨면서 몸매도 후덕하게 키웠던 것이다. 그래서 어느 날 밤 그레이디의 퉁퉁한 눈이 스와힐리 클럽의 앙증맞은 몸매의 댄서 메이블린에게로 향하자, 리즈벳은 그걸로 끝이었다.

그레이디 팀의 일원 중 다이아몬드 세공뿐 아니라 음모를 꾸미는 데에도 능한 자가 있었다. 이자는 리즈벳에게 남몰래 마음을 품고 있었다. 그래서 다이아몬드 짐이 잇몸을 드러내고 활짝 웃으며 메이블린을 집으로 데려다줄 준비를 하는 동안, 스와힐리 클럽의 남자 화장실 안 전화 부스에 몰래 들어가 리즈벳에게 나쁜 소식을 알려주었다.

리즈벳은 남자의 배신에 분개했다. 동시에 서둘러 달아나지 않으면 그녀의 인생은 가까운 5센트 잡화점 계산대에 진열된 형편없는 팔찌만큼의 값어치도 없게 될 것임을 깨달았다. 그녀는 다이아몬드 짐의 직업적 비밀에 대해서는 많은 것을, 그야말로 굉장히 많은 것을 알고 있었다. 심지어 조직원의 시체 두어 구가 묻힌 곳까지도 알고 있었다.

그래서 리즈벳은 낡은 여름용 밍크코트와 그레이디의 최근 모습이 담긴 사진을 기념품으로 한 움큼 간신히 챙기고는 그길로 사라져버렸다.

그 순간 리즈벳은 뉴욕에서 가장 유명한 여자가 되었다. 모든 사람들이, 그중에서도 특히 경찰과 그레이디가 그녀를 간절히 원했다. 도박꾼들은 이전의 기록들을 엄격하게 따진 끝에 그레이디의 승리를 점쳤으나, 이번만큼은 도박꾼들이 엉덩방아를 찧은 셈이 되었다. 리즈벳은 아예 뉴욕에서 사라진 것이다. 그녀는 이미 캐나다로 넘어가 있었다. 그간 리즈벳이 즐겨보던 캐나다 경찰 영화에 의하면 캐나다의 기마경찰들은 덩치도 크고 부정부패와는 거리가 멀었다. 캐나다에서라면 등에 칼을 맞을 걱정 없이 깊은 생각을 할 수 있을 것 같았다. 그렇게 깊이 생각한 끝에, 리즈벳은 여름용 밍크코트를 포동포동한 어깨에 두르고 택시로 가장 가까운 경찰서로 달려가서, 이제 뉴욕으로 돌아가 증인석에 서서 턱이 뻣뻣해질 때까지 주절거릴 테니 그 대가로 보호와 면책을 제공해달라고 요청했다.

그리고 그녀는 몬트리올 경찰이 뉴욕 경찰과 연락을 취할 동안 유치장에서 지내겠다고 고집을 부렸다.

장거리 협상은 24시간 동안 이어졌다. 소문이 새나가 뉴욕 신문의 1면에 실리기에 충분한 시간이었다.

"이제 그레이디는 여자가 어디 있는지 알게 되었어."

이번 사건을 맡게 된 퀸 경감은 분통을 터뜨리며 말했다.

"그럼 당연히 여자를 찾으러 가겠지. 피고트와 헤스가 몬트리올로 날아가 여자를 만났을 때, 그 여자가 1급 살인죄로 그레이디의 뚱뚱한 목에 교수대 올가미를 씌울 수 있을 만한 이야기를 해줬다고."

"그 여자를 뉴욕으로 안전하게 데려와야 한다면, 저 같으면 기차로 움직이지는 않겠습니다."

벨리 경사가 침울하게 말했다.

"직접 비행기라도 조종하시게요? 그럼 비행기로 데려와요."

엘러리가 말했다.

"비행기는 안 탈 거야. 고소공포증이 있대."

퀸 경감이 쏘아붙였다.

"그 여자 말이 거짓말은 아니야, 엘러리. 리즈벳은 그레이디의 여자 중에서 꼭대기 층의 펜트하우스를 거절한 유일한 여자야."

"그럼 기차나 자동차로 오면 되죠. 뭐가 문제예요?"

"기차는 그자가 끝장내버릴 거예요."

벨리 경사가 말했다.

"자동차로 온다면 트럭을 하나 납치해서 들이받아 도로 밖 3백 미터 깊이 구덩이로 몰아넣을걸요."

"소설 참 잘 쓰시네요, 경사님."

"마에스트로, 그레이디를 몰라서 그래요!"

"그럼 직접 모셔 오든가요."

엘러리는 무심히 말했다.

"아버지, 그레이디와 그의 일당한테 아무 혐의나 씌워서 유치장에 가둬놓으세요. 풀려날 때쯤엔 이 아가씨는 얼음판 위로 스르륵 미끄러지듯 맨해튼에 안전하게 도착하겠죠."

"그리고 바로 그 얼음판 위에서 그 여자는 최후를 맞이하겠죠. 얼음 얘기가 나와서 말인데, 누구 얼음 띄운 칵테일 한 양동이 드실 분 있습니까?"

벨리 경사가 말했다.

다이아몬드 짐이 경찰의 개입을 예상하고 메이블린과 그의 조직과 함께 사라졌다는 소식이 들려오자, 엘러리는 그에게 존경심을 표하며 눈빛을 반짝거렸다.

"우리 쪽에서 한두 가지 트릭을 써보죠. 그레이디는 경찰이 리즈벳을 뉴욕으로 최대한 빨리 데려오리라고 생각할 거예요. 리즈벳이 비행기를 못 탄다는 건 당연히 알 테고, 위험을 무릅쓰고 자동차 장거리 여행을 택하지는 않을 거라고 예상하겠죠. 그러면 남은 방법은 철도뿐이에요. 가장 빠른 기차는 고속열차니까, 몬트리올 1등 열차를 노리겠죠. 그레이디가 피고트와 헤스의 얼굴을 아나요?"

"일단 안다고 치고."

맹렬한 더위에도 불구하고 퀸 경감은 기운이 났다.

"네 말이 무슨 뜻인지 알겠다. 존슨과 골드버그를 그쪽으로 보내야겠어. 리즈벳과 체격과 외모가 비슷한 여경도 함께 보내는 거다. 그럼 피고트와 헤스는 리즈벳으로 변장한 여경을 데리고 특급열차에 타는 거야. 그리고 골드버그와 존슨은 리즈벳과 함께 완행열차로……."

"지금 이 위대한 그레이디가 공깃돌 놀이를 하고 있다고 생각하십니까? 그보다는 더 잘하셔야 할 겁니다, 경감님."

벨리 경사가 비아냥거렸다.

"아, 제발요, 경사님. 그 사람도 그냥 피와 살로 이루어진 인간이라고요."

엘러리가 달래듯 말했다.

"아무튼, 우리도 그보다는 잘할 거예요. 놈의 정신을 완전히 쏙 빼놓기 위해, 중간에 리즈벳을 빼돌려서 나머지 길은 자동차로 이동하죠. 가로채는 건 우리가 직접 하자고요, 아버지. 어때요, 경사님? 기분이 좀 나아졌어요?"

그러나 벨리 경사는 고개를 저었다.

"그레이디를 몰라서 그래요."

그렇게 해서 골드버그 형사와 존슨 형사는 전직 코러스걸 출신의 브루스가드 순경을 데리고 몬트리올로 날아갔다. 작전 개시 시각이 되자 피고트 형사와 헤스 형사는 우쭐대는 걸음으로 허세를 부리며, 겹겹이 베일을 뒤집어쓰고 리즈벳의 밍크까지 둘러 땀범벅이 된 여경을 캐내디언 리미티드 열차의 1등 객실에 밀어 넣었다. 30분 후 리미티드 열차는 역을 빠져나갔다. 잠시 후 존슨 형사와 골드버그 형사가 북부 시골뜨기 같은 옷차림에 여행 가방을 끌며 으스대는 걸음으로 나타나, 리즈벳과 함께 그을음이 잔뜩 묻은 완행열차의 답답한 일반석에 올라탔다. 열차 시간표에 올라 있는 완행열차의 이름은 우습게도 스노볼이었다. 리즈벳의 옷차림은 볼품없었고, 머리는 푸른빛이 도는 검은색으로 염색을 한 데다 화장을 지운 얼굴에는 잔주름이 잔뜩 잡혀 있어 보통 사람은 물론 그레이디까지도 충분히 속여넘길 수 있을 정도였다.

게임은 본궤도에 올랐다.

7월의 타는 듯 무더운 아침, 아무 표지 없는 경찰차 두 대가 맨해튼 센터 스트리트를 출발해 뉴욕 북부로 향했다. 앞차에는 퀸 부자와 벨리 경사가, 뒤차에는 여섯 명의 건장한 형사들이 타고 있었다.

앞차는 침울한 표정의 벨리 경사가 운전했다.

"잘 안 될 거예요."

경사는 예언처럼 중얼거렸다.

"그레이디는 사실상 레이더로 작전을 지휘하는 거나 마찬가지예요. 15킬로미터 떨어진 곳에 있는 사람의 가려운 손바닥을 찾아 기름을 발라줄 정도라고요. 내가 장담하는데 그레이디는 이미 비책을 마련해두었을 겁니다."

"꼭 배앓이하는 주술사처럼 궁얼거리는군."

퀸 경감이 땀에 젖어 축축한 옷 안에서 몸을 꼬며 말했다.

"아무튼 이것만 기억해, 벨리. 시간 여유 있게 와포그에 도착하지 못하면……."

와포그는 C. & N. Y. 철도의 작은 간이역으로 급행열차는 정차하지 않고 통과하는 역이었다. 가마에서 구워낸 것 같은 아늑한 역사 옆에는 석탄 더미가 무너질 듯 쌓여 있고, 건물 앞으로는 외줄기 도로가 뻗어 있었다. 두 대의 경찰차가 작은 갈색 건물 앞에 멈춰 서자 경감과 엘러리는 역사로 들어갔다. 후텁지근한 대합실에는 팔에 완장을 차고 챙 모자를 쓴 나이 지긋한 역장 말고는 아무도 없었다. 역장은 멈춰 선 선풍기의 안쪽을 맹렬히 찔러대고 있었다.

"스노볼은 언제 들어옵니까?"

엘러리가 물었다.

"113호요? 정시 도착입니다, 손님."

"시간은……?"

"10시 18분입니다."

"3분 남았네요. 갑시다."

경찰차 두 대가 플랫폼의 양 끝에 바짝 붙어 섰다. 형사 여섯 중 두 명이 빈 손수레에 피곤한 듯 기대섰다. 햇볕에 달궈진 반대쪽 플랫폼에는 아무도 없었다.

그들은 모두 눈을 가늘게 뜨고 북쪽을 바라보았다.

10시 18분이 되었다.

10시 18분이 지났다.

10시 20분, 아직도 그들은 북쪽을 바라보고 있었다.

역장이 밖으로 나오더니, 역시 북쪽을 바라보았다.

"이봐요!"

경감이 모기를 찰싹 때려잡으며 쉰 목소리로 물었다.

"정시에 온다는 기차는 어딨소? 버몬트에?"

"그로브 분기점은 지났다는데요."

역장이 철로를 들여다보았다. 철로는 마치 뜨거운 용광로에서 지금 막 건져낸 것 같았다.

"그곳에 조차장과 기관고가 있습니다. 북쪽으로 두 역 떨어진 곳인데 그곳에서는 모든 열차가 정차하거든요."

"그리고 바로 다음 역으로 들어간단 말이죠? 마미온 역? 마미온 역에서 113호 열차에 대한 보고를 받았소?"

"지금 확인하려던 참입니다."

그들은 역장을 따라 한증막 같은 역사로 돌아왔다. 역장은 땀 때문에 미끄러지는 헤드폰을 쓰고 분주하게 전신기의 키를 두드렸다.

"마미온 역장이 열차가 정시 도착 후 출발했다고 하는군요. 마미온 역을 10시 12분에 출발했답니다."

"마미온에서는 정시에 출발했다고요? 마미온에서 와포그까지는 6분밖에 안 걸리는데……."

엘러리는 목에 흐르는 땀을 닦았다.

"재미있군."

퀸 경감은 초조해졌다. 지금 시각은 10시 22분이었다.

"6분 걸리는 거리를 어떻게 10분이 넘게 걸릴 수 있지? 아무리 철로가 이런 상태라고 해도?"

"뭔가 잘못됐어요."

역장이 말했다. 그는 챙 모자의 끈에서 땀을 닦았다. 그리고 다시 전신기의 키를 두드렸다.

퀸 부자는 플랫폼으로 돌아와 마미온으로 향하는 철로를 바라보았다. 잠시 후 엘러리가 대합실로 서둘러 돌아갔다.

"역장님. 열차가 마미온에서 급행열차 선로로 방향을 바꾸어 와포그를 거치지 않고 지나쳤을 가능성이 있나요?"

그는 이미 답을 알고 있었다. 와포그로 오는 길에 철로를 따라 몇 킬로미터를 나란히 운전해 왔기 때문이다. 그러나 그의 뇌는 이성적 판단이 불가능할 만큼 지글지글 끓고 있었다.

"남쪽 방향 철로로는 오늘 아침 7시 38분 이후로 기차가 한 대도 지나가지 않았습니다."

엘러리는 손가락으로 목덜미에 붙은 옷깃을 떼며 다시 서둘러 나왔다. 퀸 경감은 경찰차를 향해 플랫폼을 전력으로 질주하고 있었다. 형사 두 명은 이미 다른 차에 타고 있던 동료와 합류했고, 차는 북쪽을 향해 고속도로를 질주했다.

"빨리 와!"

퀸 경감이 외쳤다. 엘러리가 간신히 차를 잡아타자마자 벨리 경사가 로켓처럼 차를 출발시켰다.

"무슨 수를 썼는지는 몰라도 그레이디가 속임수를 눈치챘어. 본부에서 말이 샌 거겠지! 그자가 와포그와 마미온 사이에서 스노볼을 세웠어. 기차를 파괴한 거야!"

그들은 침묵만 계속 바라보았다. 도로는 거의 6미터 정도 거리를 두고 철길과 나란히 뻗어나갔다. 도로와 철길 사이에는 자갈밖에 없었다.

그리고 어디에도 여객열차의 흔적은 없었다. 부서진 기차도, 온전한 기차도, 달리는 기차도, 멈춰 선 기차도, 아무것도 없었다. 남쪽이건 북쪽이건 어느 곳을 봐도 화물열차나 심지어 손수레조차도 없었다.

퀸 부자와 벨리 경사는 마미온에 도착했다는 사실도 깨닫지 못한 채 역을 지나칠 뻔했다. 마미온 역은 와포그 역보다 더 작은 간이역이었는데, 먼저 출발했던 다른 경찰차가 비바람에 색이 바랜 처마 아래 서 있었다. 벨리 경사가 차를 반대 방향으로 돌리자 형사 네 명이 역사에서 뛰어나왔다.

"열차가 마미온 역을 10시 12분에 떠났답니다, 경감님!"

형사가 외쳤다.

"역장이 우리더러 미친 거 아니냐고 하는데요. 어디선가 기차를 놓친 게 틀림없습니다!"

또다시 경찰차 두 대가 마구 흔들리며 와포그 역 쪽으로 질주했다.

퀸 경감이 옆으로 나란히 난 철길을 노려보았다.

"놓쳐? 여객열차를 통째로? 벨리, 속도 좀 늦춰."

"이 그레이디 놈이."

벨리 경사가 신음했다.

엘러리는 아무 말도 하지 않고 반짝이는 철길을 노려보며 미친 듯이 손가락만 깨물어댔다. 철길이 그를 놀리듯 윙크를 보냈다. 마미온과 와포그 사이의 철길은 자로 잰 듯 반듯하게 뻗어 있었다. 철길과 도로를 가로막는 것은 아무것도 없었다. 나무 한 그루, 건물 한 채조차도 없었다. 물이나 빗물이 고인 웅덩이 같은 것도 없었다. 굽은 길도, 비탈도 없었다. 대피선도 없고, 철로의 지선도 없고, 터널도, 교각도, 아무것도 없었다. 도랑이나 협곡, 산골짜기도 없었다. 그리고 부서진 기차의 흔적도 없었다……. 철길은 조금도 흐트러지지 않은 완벽한 모습으로, 섬뜩하리만치 평평한 계곡을 따라 쭉 뻗어 있었다. 생각할 수 있는 모든 은닉과 속임수들을 고민해봐도, 백지 위에 자로 그린 평행선처럼 아무런 접점 없이 뻗어나갈 뿐이었다.

그들은 다시 펄펄 끓는 간이역 와포그에 도착했다.

스노볼은 없었다.

경감의 목소리가 갈라졌다.

"열차는 그로브 분기점에 정시에 들어왔어. 마미온에도 정시에 도착했고, 마미온에서 정시에 출발했어. 그런데 와포그에는 나타나지 않았어. 그렇다면 마미온과 와포그 사이에 있어야 하는 거잖아! 도대체 뭐가 문제지?"

그는 무언가 정답을 기대하며 사람들에게 질문을 던졌다.

벨리 경사가 공허한 목소리로 답을 내놨다.

"문제야 하나뿐이죠. 열차가 마미온과 와포그 사이에 없는 겁니다."

결국 경감은 폭발했다.

"그레이디가 감춘 거야! 열차는 마미온과 와포그 사이 어딘가에 있어. 난 열차를 찾을 거야. 내가 못 찾으면…… 못 찾으면…… 나한테 점괘판을 갖다 달라고!"

그들은 다시 시속 15킬로미터로 마미온으로 향했다. 그리고 마미온에서 방향을 돌려 다시 와포그로 돌아왔고, 터덜터덜 대합실로 들어가 애처로운 눈빛으로 역장을 바라보았다. 그러나 역장은 오븐 같은 사무실에 앉아 벗겨진 이마를 훔치며 북쪽 창문 너머 희미하게 빛나는 계곡을 눈을 깜박이며 보고 있었다.

한동안 아무도 입을 열지 않았다.

누군가 입을 열자, 모두 다 펄쩍 뛰었다.

"역장님!"

엘러리였다.

"마미온 역에 전신을 다시 보내세요. 혹시 스노볼이 10시 12분에 마미온 역을 출발하고 나서 되돌아오지 않았는지 문의하시는 겁니다."

"되돌아가요?"

나이 많은 역장의 얼굴이 환해졌다.

"그러죠!"

그는 전신기의 키를 잡았다.

"그래, 그거다, 엘러리!"

퀸 경감이 외쳤다.

"열차는 남쪽을 향해 마미온 역을 출발했어. 그런데 수리를 한다거나 하는 이유로 방향을 돌려 마미온 역을 지나친 후 북쪽으로 간 거야. 장담하건대 열차는 지금 그로브 분기점의 조차장이나 기관고에 있을 거야!"

"그로브 분기점에서 연락이 왔는데요……."

역장이 속삭였다.

"현재 조차장이나 기관고에 열차는 없고 온 적도 없답니다. 정시에 통과했을 뿐이라고요. 그리고 마미온 역장 말로는 113호는 남쪽으로 출발했고 돌아온 적이 없답니다."

또다시 침묵이 깔렸다.

경감이 급강하 폭격 중인 청파리 함대를 손으로 때려잡고는, 벌떡 일어서며 외쳤다.

"도대체 어떻게 기차가 통째로 사라질 수가 있어? 스노볼! 7월의 스노볼! 그레이디가 도대체 무슨 짓을 한 거야? 녹여서 얼음물로 만들어버리기라도 한 건가?"

"그러고는 마셔버리는 거죠."

벨리 경사가 입술을 핥으며 말했다.

"잠깐."

엘러리가 말했다.

"잠깐만요. 스노볼이 어디 있는지 알겠어요!"

그는 종종걸음으로 문으로 향했다.

"만일 제 생각이 맞는다면 지금 바로 출발하는 게 좋겠어요. 아니면 리즈벳에게 작별 키스를 해야 할걸요!"

"도대체 어디 있는 건데?"

퀸 경감이 애걸하며 물었다. 두 대의 경찰차는 다시 북쪽, 마미온 역 방향으로 쏜살같이 달리고 있었다.

"그레이디의 배 속이라니까요."

경사가 핸들과 씨름을 하며 외쳤다.

"그레이디는 우리가 그렇게 생각하도록 노린 거예요."

엘러리가 큰 소리로 대꾸했다.

"더 빨리요, 경사님! 기차는 마미온 역을 출발했고, 우리가 리즈벳을 데려가려고 기다리고 있던 와포그 역에는 나타나지 않았어요. 흔적도 없이 사라진 거죠. 마미온과 와포그 사이에는 기차를 통째로 사라지게 할 만한 것이 전혀 없어요. 떨어질 다리도 없고, 빠질 물이나 계곡도 없고, 숨을 터널도 없죠. 아무것도 없이 그냥 평탄하고 헐벗은 대지 위에 쭉 뻗은 철길뿐이죠. 믿기 힘든 마술이에요. 그와 똑같은 마술 같은 사실만이 이 문제를 설명할 수 있죠……. 안 돼요, 벨리. 속도 늦추지 마세요."

작고 음침한 마미온 역 건물이 시야에 들어오자 엘러리가 외쳤다.

"계속 북쪽으로 가세요. 마미온을 지나서요!"

"마미온을 지나 북쪽으로?"

퀸 경감이 당황해서 물었다.

"하지만 열차는 마미온을 지나쳐 왔어, 엘러리. 남쪽을 향해서……."

"스노볼은 마미온 남쪽 어디에도 없어요. 안 그래요? 모든 사실을 종합해볼 때 기차가 마미온 남쪽 어딘가에 있는 건 물리적으로 불가능해요. 따라서 기차는 마미온의 남쪽에 없는 거예요, 아버지. 기차는 마미온을 아예 지나치지 않았던 거예요."

"하지만 마미온 역장 말은……."

"그레이디가 준 뇌물을 받고 시킨 대로 말한 거예요! 우리가 마미온과 와포그 사이를 계속 왔다 갔다 하게 만들려는 속임수인 거예요. 그러는 동안 그레이디와 그의 일당은 기차를 마미온과 그로브 분기점 사이에 잡아둔 거고요! 저 앞에서 들리는 게 총소리 아닌가요? 아직 늦지 않았어요!"

그리고 그곳에, 마미온 역으로부터 북쪽으로 6.5킬로미터 떨어진 곳, 계곡이 끝나고 언덕이 시작되는 곳에, 스노볼이 웅크리고 꼼짝도 않은 채 서 있었다. 거대한 견인 트럭이 철길 위에 기차를 가로막고 서 있었다. 총소리를 들어보니 근처 숲에 잠복한 무장 강도 대여섯 명 정도가 기차를 공격하고 있었다.

두 사람이 보였는데, 하나는 바닥에 쓰러져 있고 다른 하나는 다리를 끌며 숲을 향해 기어가고 있었다. 그걸로 보아 일방적인 전투는 아닌 것 같았다. 기차의 깨진 유리창 두 개에서 총알이 연속적으로 숲을 향해 쏟아지고 있었다. 그레이디와 그의 일당이 몰랐던 사실이 하나 있는데, 골드버그와 존슨이 낡은 여행 가방에 기관단총 두 정과 엄청난 양의 실탄을 가지고 여행 중이었다는 것이었다.

두 대의 경찰차에서 내린 뉴욕 형사들까지 총의 안전장치를 풀며 달려가자, 그레이디 일당은 낙담한 모습으로 무기를 버리고 손을 든 채 터덜터덜 걸어 나왔다…….

엘러리와 경감이 흡연실 바닥에서 다른 승객들과 함께 엎드려 있던 리즈벳을 찾았다. 바닥에는 뜨거운 탄피가 잔뜩 나뒹굴고 있었고, 존슨과 골드버그는 다소 떨리는 손으로 얼룩진 담배에 불을 붙이고 있었다.

"괜찮아요, 아가씨? 내가 어떻게 도와줄까요?"

경감이 근심 가득한 목소리로 물었다.

자욱한 연기와 땀과 눈물로 범벅이 된 리즈벳은 엉망이 된 머리를 쳐들고 씩씩거리며 말했다.

"아저씨가 절 도와주시겠단 말씀이죠! 그럼 증인석 의자를 갖다 주세요!"

허위 주장 부서

타임스퀘어의 마녀

작년에 타임스퀘어 올소울즈 교회의 보언 신부를 만나 눈에는 눈 이에는 이로 갚으라는 〈신명기〉 말씀에 동의하느냐고 물었다면, 그는 선량한 성공회 성직자로서 〈마태복음〉 5장 38, 39절의 '오른뺨을 치려는 자에게 왼뺨을 내주라'는 예수의 말씀을 들어 온화하게 나무랐을 것이다. 그러나 오늘, 신부에게 같은 질문을 던진다면, 보언 신부는 턱을 어루만지며 뻣뻣한 미소를 띤 얼굴로 세속적인 사건의 권위자 엘러리 퀸에게 의뢰했던 거짓 주장 사건을 인용할 것이다.

웨스트 40번가 지역에서 보언 신부가 돌보는 양 떼에는 검은 양이 많이 섞여 있었다. 작년에 그중에서도 가장 안쓰러웠던 신자는 어느 방탕한 노파였다. 근방의 암표상, 신문 판매상, 바텐더, 서커스단 소년들, 경찰, 그리고 브로드웨이에 자주 드나드는 사람들이 '마녀'라고 부르는 여인이었다. 그녀는 영국 태생이었고, 이름이 위칭검이었던 탓에 '마녀'라는 별명이 붙은 것이었다. 금발 머리는 볼품없는 회색으로 빛이 바랬고, 나무껍질 같은 뺨에 푸른 눈은 항상 눈물로 축축하게 젖어 있었으며, 길바닥을 쓸고 다니는 치마와 별난 모양의 숄을 걸치고 어느 나이트클럽 쓰레기통에서 주운 남성용 중절모를 쓰고 다

냈다. 마녀는 10번 애비뉴의 어느 지하실 입구에서 혼자 노숙을 했고, 밤이면 4번가의 천막과 네온사인 불빛 아래에서 바이올렛과 치자 꽃으로 만든 작은 코르사주와 숫자 알아맞히기 티켓 같은 것을 팔았다. 날이 밝아오면 대개는 24시간 영업을 하는 바에서 빈 진토닉 잔을 앞에 놓고 거친 목소리로 〈아침의 위대한 아들들〉이나 〈교회의 참된 터전〉 같은 찬송가를 기쁜 듯이 부르며 하루를 마감했다. 타임스퀘어의 올소울즈 교회에 출석한 기록은 칭찬할 만한 것은 아니었지만, 그럼에도 고해실에는 꾸준히 나타나 미주알고주알 열심히 고해성사를 하곤 했다.

보언 신부는 이 척박한 포도밭을 가꾸기 위해 열심히 노력했지만 기쁨의 결실을 얻진 못했다. 그러던 어느 겨울날, 밤새 새로 내려 덮인 눈을 담요로 착각한 바람에 마녀는 대엽성 폐렴에 걸려 벨뷰 병원으로 실려 가게 되었다. 병세는 위중했고, 마녀는 사망의 골짜기를 들락날락하다가 간혹 비치는 생명의 빛을 보았다. 마녀는 보언 신부를 찾았고 신부는 가장 고집스러운 포도밭을 비옥하게 할 기회를 놓치지 않으려 서둘렀다. 요란스레 사이렌을 울리는 구급차에 몸을 누인 마녀의 손을 보언 신부가 잡아주자, 그녀는 끝없이 죄를 뉘우쳤다.

"그럼 뭐가 문제입니까, 보언 신부님?"

엘러리는 침대에 누워 통증으로 움찔거리면서 돌아눕기 위해 몸을 뒤척였다. 그는 고통스러운 좌골신경통이 도져 열흘째 자리를 보전하고 누워 있던 중이었고, 신부가 방문했을 때는 거의 미치기 일보 직전이었다.

보언 신부는 앙상한 팔을 엘러리의 팔 아래 걸고 능숙하게 부축해주었다.

"문제의 근원은 바로 물욕입니다. 〈디모데전서〉 6장 10절을 보십시오. 사람들 소문대로 위칭검 양은 부자입니다. 엄청난 값어치의 부동산과 상당한 양의 현금과 채권을 보유하고 있었던 겁니다. 이 가엾은 여인은 재산을 감추고 구두쇠로 지냈던 거죠. 이제 영적으로 새로 태어난 위칭검 양은 자신의 전 재산을 내놓겠다고 마음먹었습니다."

"어느 가난한 바텐더에게 준다던가요?"

"사실은 저도 그랬으면 좋겠다고 바랐습니다."

늙은 성직자는 한숨을 쉬었다.

"도움의 손길이 절실한 사람을 적어도 셋은 알거든요. 하지만 아닙니다. 위칭검 양의 재산은 현재 살아 있는 유일한 상속자에게 갈 겁니다."

그리고 보언 신부는 엘러리에게 마녀의 조카에 관한 흥미로운 이야기를 들려주었다.

위칭검 양은 쌍둥이였다. 겉보기에 자매의 외모는 완전히 똑같았지만, 취향은 전혀 달랐다. 한 예로 위칭검 양은 일찍부터 증류주와 귀리술을 무척 좋아했지만, 쌍둥이 동생은 증류주를 악마의 윤활유로 여겼고 귀리는 아침 식사용 시리얼이라는 건전한 방법으로만 섭취했다.

이런 취향의 차이는 남자에 있어서도 마찬가지였고, 이는 위칭검 양에게는 불행이었다. 그녀는 체구가 작고 잘생기고 피부가 가무잡잡한 이탈리아 남자나 스페인 남자를 좋아했는데, 45년을 살도록 마음에 드는 남자를 만나지 못했다. 반면 그녀의 동생은 '유사 개체 간 교배'라는 우생학적 신조를 신봉했고, 순수한 처녀의 마음을 '순수한 유럽 인종' 남자에게 바쳤다. 보언 신부가 들은 내용에 따르면, 동생의 마음을 빼앗아 간 사람은 미네소타 주 퍼거스 폴스 출신의 에릭 가드로, 바이킹의 후손답게 차분하고 덩치가 큰 남자였다. 그는 성공회 신자였으며 신부가 되어 선교 사역을 떠날 예정이었다. 위칭검 양이 만났던 이탈리아 남자나 스페인 남자들은 하나같이 건달이었고, 그녀와의 결혼 약속을 저버린 채 즐겁지만 다소 남부끄러운 기억만 남기고 떠나갔다. 신중한 사람이었던 가드 신부는 위칭검 양의 동생에게 성스러운 청혼을 하고 영광스런 승인을 받아냈다.

가드 부부에게서 아들이 태어났고, 아이가 여덟 살이 되던 해 가드 가족은 배편으로 아시아 지역으로 떠났다. 자매는 한동안 편지를 주고받았지만, 위칭검 양의 주소가 계속 바뀌다 보니 한국에서 날아오는 선교사의 편지가 위칭검 양에게 도착하기까지 시간이 점점 오래 걸렸고, 결국 편지 왕래는 완전히 끊기고 말았다.

"알 것 같습니다."

엘러리는 조심스럽게 왼쪽 다리를 움직이며 말했다.

"신부님의 신자가 자기 죄를 뉘우치면서 동생을 찾아달라고 부탁한 거군요."

"네. 그래서 선교 분과를 통해 수소문을 했습니다."

보언 신부가 고개를 끄덕이며 말했다.

"그러다 가드 신부 부부가 몇 해 전 살해당했다는 사실을 알아냈지요. 전쟁 전에 일본인들이 한국에서의 기독교 선교 사업을 매우 어렵게 만들었거든요. 부부가 세운 선교 사업 시설은 전부 불에 타버렸습니다. 두 분의 아들인 존은 중국으로 탈출한 것으로 여겨졌는데, 존을 찾을 수 있는 흔적은 없었습니다."

보언 신부는 점점 불안해하며 이야기를 이어갔다.

"위칭검 양은 이 시점에서 뜻밖의 단호한 모습을 보이더군요. 조카는 살아 있으니까 무조건 찾아서 미국으로 데려와야 한다고, 그래서 자기가 죽기 전에 조카를 안아주고 전 재산을 물려줘야 한다는 겁니다. 이 얘기에 관해서 신문과 언론이, 그중에서도 특히 칼럼니스트들이 지대한 관심을 보였던 건 기억하실 겁니다. 수색 과정을 자세히 설명해 퀸 씨의 인내심을 시험할 필요는 없겠지요. 돈은 많이 들었고 희망은 없었습니다……. 저같이 믿음이 적은 자에게는 절망적이었지요. 그러나 위칭검 양은 완벽한 확신을 가지고 있었습니다."

"그리고 조카인 존을 찾았군요."

"그렇습니다. 두 명을 찾았죠."

"뭐라고요?"

"제 사제관에 두 명의 존이 나타났습니다. 둘 다 얼마 전에 한국에서 돌아왔고, 둘 다 자기가 에릭 가드와 클레멘타인 가드의 아들인 존 가드라고 주장합니다. 둘 중 하나는 뻔뻔한 사기꾼이죠. 위칭검 양이 얼마나 당혹스러워하던지. 솔직히 저로서도 굉장히 곤란한 상황입니다."

"두 사람은 많이 닮았겠죠?"

"전혀요. 둘 다 금발이고 서른다섯 살입니다. 이 나이가 맞는 나이죠. 그렇지만 닮은 곳은 전혀 없습니다. 그리고 가드 부부의 옛날 사진과 비교해봐도 두 사람 다 부부와는 전혀 닮지 않았어요. 존 가드를 증명할 만한 사진도 따로 없고요. 그러니 두 사람이 서로 닮지 않은 것도 도움이 안 됩니다."

"하지만 비자나 여권, 일반적인 신원 증명서, 여러 가지 기록들을 조사하면…….”

엘러리가 항변했다.

“퀸 씨.”

보언 신부가 굳은 목소리로 입을 뗐다.

“최근의 한국 정세가 어떤지 잊으셨군요. 지금 한국은 고요한 정원과는 완전히 거리가 멉니다. 두 젊은이는 꽤 오랫동안 친한 친구 사이였던 것 같습니다. 둘이 함께 중국의 정유회사에서 일했다더군요. 그러다 중국 공산당이 집권하면서 위협을 느낀 두 사람은 불법으로 북한으로 넘어갔고 그곳에서 체포되었습니다. 이후 공산당 군대가 서울을 점령하자 다른 피난민 무리와 함께 북한을 빠져나왔죠. 미국에 입국할 때는 행정상으로 엄청난 혼란이 있었고, 일반적인 입국 보안 조치들은 융통성 있게 완화되었던 겁니다. 두 젊은이는 각각 존 가드라는 이름으로 서류를 제출했어요. 둘 다 다른 비행기를 타고 다른 비행장을 통해 도착했고요.”

“두 사람은 동일한 문서에 대해 어떻게 설명하고 있습니까?”

“상대방이 자기 서류를 훔쳐서 복사한 거라고 주장하고 있습니다. 물론 여권의 사진만 제외하고요. 두 사람은 자기가 상대방에게 미국에 사는 이모 얘기를 해줬다고 주장하고 있어요. 현재로서는 한국으로의 진위 확인은 불가능하고, 중국의 정유회사의 기록은 불행히도 접근할 수가 없습니다. 외교 중개자를 통해 중국 공산당 관리에게 요청을 하고는 있는데, 모두 무시당하고 있고요. 제 말을 믿으십시오, 퀸 씨. 이들의 신원을 확인할 방법이 정말로 없는 겁니다.”

엘러리는 자신이 침대에서 일어나 앉아 있는 것을 알아차리고는 깜짝 놀랐다. 지난 일주일 동안 그렇게 애를 써도 할 수 없었던 일이었다.

"그럼 마녀는요?"

"어리둥절해하고 있죠. 마지막으로 조카를 본 게 일곱 살 때, 그러니까 동생 부부가 극동지역으로 막 떠나기 직전이었어요. 존은 떠나기 전 이모와 함께 뉴욕에서 즐거운 한 주를 보냈다고 합니다. 위칭검 양도 그 일주일을 일기로 기록해두었다고 하고요. 그 일기는 아직도 간직하고 있다는데……."

"그겁니다."

엘러리가 말했다.

"마녀에게 그 일주일 동안 무슨 일이 있었는지 두 남자에게 각각 물어보라고 하세요. 진짜 존이라면 어린 시절의 굉장한 모험을 어느 정도는 기억하고 있겠지요."

"그렇게 했습니다."

보언 신부의 목소리가 슬프게 들렸다.

"두 사람 다 조금씩 기억을 떠올렸어요. 두 사람은 당황하며 옆의 남자가 그런 질문에 대답을 할 수 있는 이유는 자기가 상대에게 전부 얘기를 해줬기 때문이라고 말했습니다. 제 이야기가 헷갈린다면 양해해주십시오. 아무튼 가엾은 위칭검 양은 두 사람의 실수를 유도하려다가 지쳐 떨어졌어요. 이제는 재산을 둘로 나눌 준비를 하고 있습니다. 하지만 그건 제가 용납하지 않을 거예요!"

늙은 양치기는 단호하게 말했다.

"해결책이 보이십니까, 퀸 씨?"

엘러리는 생각해낼 수 있는 질문을 모두 던졌다. 생각해낼 수 있는 질문의 수는 어마어마하게 많았다.

"음……. 아무래도……."

엘러리는 마침내 고개를 저었다. 수척해진 보언 신부가 고개를 떨구었다.

그러다 고개를 젓던 엘러리가 갑자기 멈췄다.

"뭡니까?"

성직자가 외쳤다.

"어쩌면 알지도 모르겠어요! 진실을 찾을 방법이…… 그래……. 이 두 존은 지금 어디 있죠, 신부님?"

"제 사제관에요."

"두 사람을 여기에 데리고 오실 수 있습니까? 한 시간 안에?"

"아, 그럼요. 물론이죠!"

보언 신부가 엄숙하게 말했다.

한 시간 후, 나이 지긋한 성직자가 화난 표정의 두 젊은이를 데리고 엘러리의 침실로 들어와 문을 닫았다. 문에서 나는 딸깍 소리가 불길하게 들렸다.

"이 둘이 서로 거칠게 싸우는 걸 뜯어 말리느라고 정말 힘들었습니다. 자, 이분은 엘러리 퀸 씨일세."

보언 신부는 냉랭하게 말했다.

"이분이 곧 이 말도 안 되는 짓거리를 끝장내주실 거야."

"저 사람이 누구인지 무슨 말을 하는지 신경 안 써요."

첫 번째 젊은이가 으르렁거렸다.

"내가 진짜 존 가드라고요."

"이 거짓말쟁이가!"

두 번째 젊은이가 고함을 질렀다.

"그 말은 내 입에서 나와야 할 말이라고!"

"너 시체로 뒤통수 맞아본 적 있냐?"

"한번 해보시지, 이 파렴치한……."

"두 사람 다 나란히 서주시겠습니까? 창문 쪽을 보고 서세요."

엘러리의 말에 두 사람은 입을 다물었다.

엘러리는 두 사람을 날카롭게 관찰했다. 첫 번째 젊은이는 금발 머리에 키가 크고 어깨가 넓었으며, 햇빛에 부셔 가늘게 뜬 눈은 갈색이었다. 코는 들창코였고, 발이 컸고 손은 노동으로 인해 거칠었다. 두 번째 남자는 다소 작은 키에 모래색 머리카락을 지녔으며, 가늘게 뜬 눈은 푸른색이었고 코는 굽어 있었다. 발은 작고 손은 날렵해 보였다. 두 사람은 뒷골목 쓰레기통에 함께 사는 두 마리 새끼 고양이처럼 서로 비슷하지는 않았지만, 둘 다 주먹을 불끈 쥐고 서로를 노려보고 있었다. 어느 쪽이 진짜로 분노하고 있는지, 누가 진짜 마녀의 조카이고 누가 그를 사칭한 사람인지 알아내기란 불가능했다.

"보셨죠?"

보언이 절망적인 목소리로 말했다.

"실제로 보고 있습니다, 신부님."

오랜 관찰 끝에 엘러리가 미소를 지으며 말했다.

"그리고 신부님을 위해 진짜 존 가드를 확인해드릴 수 있게 되어 기쁘군요."

두 젊은이는 상대방을 제압하려는 듯 매섭게 노려보았다.

"괜찮아요, 신사 분들."

엘러리가 말했다.

"옆방에 톰 벨리 경사가 기다리고 있습니다. 덩치가 아주 큰 분인데, 손에 든 담배에서 재를 떨어뜨리지 않고도 둘 중 한 사람의 등을 부러뜨릴 수 있답니다. 자, 제가 어떻게 아는지 궁금하십니까, 보언 신부님?"

"어, 음, 네, 퀸 씨."

신부는 당황하며 말했다.

"여기 두 사람에게 질문 한번 하지 않았잖습니까."

"신부님, 저기 선반에서요."

엘러리는 다시 미소를 지으며 말했다.

"그 크고, 두껍고, 으스스하게 생긴 책 좀 갖다 주시겠습니까? 네, 흰 종이로 싼 책요……. 감사합니다……. 신사 분들. 이 책의 제목은 《법의학과 법률 생물학》이라고 합니다. 제목이 꽤 험상궂죠. 이 분야에서 가장 저명한 권위자인 멘델리우스와 클라겟이 공동으로 집필한 책입니다. 그럼 볼까요. 500페이지 근처였을 텐데……. 아, 그런데 신부님. 전에 저에게 위칭검 양과 쌍둥이 동생은 외모가 완벽하게 똑같다고 말씀하셨죠. 위칭검 양의 눈이 파란색이니까, 가드 부인도 파란 눈일 테고요. 그리고 위칭검 양의 이야기에 따르면 가드 신부는 '순수한 유럽 인종'이라고 했으니, 인종학적으로 존 가드의 아버지 역시 파란 눈이 됩니다……. 아, 여기 있네. 이제 제가 이 권위 있는 책의 563페이지 두 번째 문단을 읽겠습니다."

엘러리의 눈은 커다란 책의 펼쳐진 페이지에 고정되어 있었다.

"'파란색 눈을 가진 두 사람 사이에서는 파란색 눈의 아이만 태어날 수 있다. 갈색 눈의 아이는 태어나지 않는다.'"

"그렇군요!"

보언 신부가 외쳤다.

"벨리! 저자를 잡아요!"

엘러리가 외쳤다.

그러자 벨리 경사가 마술처럼 나타나 평소처럼 강한 태도로 남자를 잡았다.

경사가 키 크고 어깨가 넓고 눈동자가 갈색인 사기꾼을 끌고 나가자, 키가 작은 푸른 눈의 진짜 존 가드는 영어, 중국어, 한국어가 뒤섞인 말로 엘러리에게 열심히 감사 인사를 했다. 보언 신부는 엘러리가 덮어놓은 두꺼운 책을 침대에서 집어 563페이지를 펼쳤다. 신부의 얼굴에는 곧 주름이 잡히고 당혹스러운 표정이 떠올랐다. 그는 겉에 싼 흰 종이를 벗겨 책 표지를 살펴보았다.

"아니, 퀸 씨."

보언 신부가 외쳤다.

"이 책의 제목은 《법의학과 법률 생물학》이 아닌데요. 이건 《명사 인명록》의 옛 판본이잖습니까!"

"그런가요?"

엘러리가 미안한 듯 말했다.

"사실 신께 맹세를 할 수도 있지만……."

"하지 마십시오."

보언 신부가 심각한 목소리로 말했다.

"사실 멘델리우스와 클라겟도 존재하지 않는 거죠. 파란 눈 갈색 눈 이야기도 몽땅 지어낸 거고요! 맞죠?"

"푸른 눈의 부모가 푸른 눈의 아이만 낳는다고 책에서 말하던 시절이 있었습니다."

엘러리가 슬픈 목소리로 말했다.

"하지만 이제 더 이상 그런 얘기는 나오지 않아요. 흠잡을 데 없이 완벽하게 정직한 푸른 눈의 부모에게서 갈색 눈의 아이가 태어나는 경우가 너무 많거든요. 그렇지만 이 방에 있던 갈색 눈의 사기꾼은 그걸 몰랐던 거죠. 안 그렇습니까? 그러니 이제."

엘러리는 바보처럼 숨을 헐떡이고 있는 푸른 눈의 젊은 존에게 말했다.

"수수료를 청구하겠습니다. 나를 이 빌어먹을…… 아, 죄송합니다, 신부님……. 이 침대 위에서 좀 뒤집어주세요!"

투기 부서

증권투기자 클럽

증권투기자 클럽에서의 생활은 즐거운 것이었다. 클럽 회원들이 모이는 시간은 매우 짧았고, 자정이 되면 사라져버렸다. 이 클럽의 존재에 대한 만족스러운 설명을 찾기 위해 갖가지 억측이 난무했다. 그러나 회원들은 굳게 맹세를 하고 클럽에 가입했고, 그 구속력은 피로 맺은 맹세보다 더 단단했다. 탈퇴한 회원 중에서도 침묵의 결의를 배신하는 사람은 하나도 없었다. 이들 대부분은 사업가였고, 대부분은 자수성가한 백만장자로 최근에 은퇴한 사람들이었다. 따라서 주위에서도 이들이 클럽의 회원이라는 것을 아는 사람은 없었다.

어느 겨울날 아침, 엘러리는 뜻하지 않게 증권투기자 클럽의 성스러운 미스터리에 뛰어들게 되었다. 87번가의 진창마저도 감히 더럽히지 못할 것 같은, 티끌 한 점 묻지 않은 고급 승용차가 엘러리의 아파트 앞 계단에 멈춰 서더니, 남자 셋이 차에서 내렸다. 마침 그날 집에서 경찰국장에게 올릴 기밀 보고서를 작성하던 퀸 경감은 어마어마한 차의 크기에 놀라 숱 많은 눈썹을 치켜세우고는 아무 말 없이 서류를 들고 서재로 물러났다. 그러나 서재 문을 조금 열어두는 것은 잊지 않았다.

세 남자는 각각 찰스 밴와인, 커닐리어스 루이스, 고먼 피치라고 자신을 소개했다. 호리호리한 체격의 밴와인은 푸른빛이 도는 옷을 입었고, 덩치가 큰 루이스는 갈색 옷을, 비쩍 마른 피치는 분홍색 옷을 입었다, 밴와인이 파크 애비뉴 식료품점에 화려하게 진열된 귀한 치즈처럼 바스라질 것 같은 인상이라면, 루이스는 월스트리트 레스토랑 테이블에 차려진 통째로 구운 고기 같았고, 피치는 기묘한 분홍색 의상 때문에 엘러리가 어릴 적 좋아했던 과자인 폭시 그랜드파를 연상시키는 모습을 하고 있었다. 피치는 자신이 여성 속옷 사업으로 돈을 번다고 재빨리 덧붙였다.

그들의 설명에 따르면 증권투기자 클럽은 증권투기를 좋아하는 열일곱 명의 은퇴자가 함께 즐기기 위해 만든 모임이라고 했다. 보통은 클럽 룸에서 통상적인 그룹 확률 게임을 하지만, 그 밖에도 개인적으로 특이한 투기 정보를 알고 있다면 멤버들에게 제안하도록 서약을 맺고 있다. 서약으로 지워진 의무 안에서 각자의 상상력과 독창성을 발휘하게 되는 것이다. 제안은 익명의 편지로 이루어지며, '증권투기자 클럽'을 수신인으로 지정해 모든 회원이 열람할 수 있도록 했다.

"왜 익명입니까?"

엘러리는 이야기에 흥미를 느끼며 질문을 던졌다.

"행여 누군가가 손해를 본다면, 제안을 한 회원에게 원한을 품지 않도록 하기 위해서죠."

피치가 대답했다.

"물론입니다. 우리는 모두 신용이 좋은 사람들이거든요."

지팡이의 손잡이를 자근자근 씹던 밴와인이 중얼거렸다.

"그렇지 않으면 당연히 모임이 지속될 수 없죠. 이것이 우리

클럽의 핵심입니다."

"그렇다면 누군가가 신뢰할 수 없는 제안을 던졌나 보군요. 아니면 여러분이 여기 와 계실 이유가 없죠."

엘러리의 말에 세 사람은 시선을 교환했다.

"자네가 말해, 밴와인."

덩치 큰 루이스가 말했다.

"루이스가 오늘 아침에 저에게 들렀습니다."

밴와인이 불쑥 입을 열었다.

"지금 즐기고 있는 도박에 저도 참가하고 있는지 물어보기 위해서죠. 서로 쪽지를 비교해보고는 우리 둘 다 같은 건에 투자하고 있다는 걸 알았습니다. 그래서 혹시 또 다른 누군가가 참여하고 있는지 궁금했어요. 마침 피치가 저희 집 근처에 살고 있어서 내친김에 찾아갔고, 피치도 참여하고 있다는 걸 알았습니다.

정확히 3주 전 우리 세 사람은 긴 봉투 하나씩을 우편으로 받았습니다. 클럽 편지지에 타자기로 친 메시지로 어느 물건에 대한 정보를 담고 있었습니다. 그 주식은 상태가 다소 불안정해서 하루는 올랐다가 다음 날은 폭락하기를 반복하고 있었습니다. 그야말로 진짜 도박이었죠. 우리는 각각 그 주식을 샀습니다. 곧 주가가 크게 뛰었고, 깨끗이 팔아치웠지요.

2주 전 아침에도 또 다른 주식을 구매할 것을 제안하는 두 번째 편지를 받았습니다. 첫 번째와 마찬가지로 불안한 주식이었죠. 이틀 후 이 주의 주가가 크게 상승했고, 우리는 또 한 번 큰돈을 벌었습니다.

그리고 일주일 전……."

"같은 일이 반복됐습니다."

커닐리어스 루이스가 성급하게 끼어들었다.

"그 사람이 어떻게 그런 일을 하는지 알고 싶은 겁니까?"

엘러리가 물었다.

"아, 그건 이미 알고 있어요."

통통한 피치 씨가 재빨리 대답했다.

"당연히 내부 정보를 가지고 있는 거죠. 그렇지 않고서야……."

"그렇다면 오늘 아침에 받은 편지가 수상쩍은 것이겠군요."

전직 은행장인 루이스가 엘러리를 노려보았다.

"오늘 아침에 그자에게서 편지를 받은 걸 도대체 어떻게 안 겁니까?"

"그 사람을 미스터 엑스라고 해봅시다."

엘러리는 열의를 보이며 말했다.

"이 미스터 엑스의 첫 번째 편지는 3주 전 오늘 왔습니다. 두 번째 편지는 2주 전 오늘 왔고요. 세 번째 편지는 일주일 전 오늘 도착했습니다. 그러니 오늘 아침에도 편지가 왔을 거라고 넘겨짚어도 맞힐 가능성이 상당히 높겠죠. 편지 내용 중에 뭔가 마음에 걸리는 게 있습니까?"

찰스 밴와인은 긴 봉투를 내밀었다.

"읽어보십시오, 퀸 씨. 그리고 논쟁을 매듭지어주세요."

고급 봉투였다. 반송 주소나 다른 정보는 없었다. 밴와인의 이름과 주소가 말끔히 타자되어 있었고, 전날 밤 날짜로 소인이 찍혀 있었다.

엘러리는 봉투에서 묵직한 편지지를 꺼냈다. 편지지 위에는

'증권투기자 클럽'이라는 금색 글씨가 멋지게 새겨져 있었다.

친애하는 동료 회원께.

제가 보내드린 세 건의 시장 정보가 마음에 드셨습니까? 이번에도 최신 정보를 드릴 텐데, 아마도 지금까지 나온 것 중 최고일 것 같습니다. 하지만 비밀 유지가 절대 중요합니다. 그래서 이 정보는 개인적으로 전해드려야 할 것 같습니다. 조금이라도 정보가 새면 전부 끝장입니다. 이 화끈한 기회를 놓치지 않고 7일 안에 돈을 두 배로 불리고 싶다면, 현금 2만5천 달러를 방수 포장지에 싸서 내일 오전 3시 30분 정각에 트리니티 교회 묘지의 도미니커스 파이크의 무덤 발치에 놓아두십시오. 질문은 일체 허용되지 않으며, 엿보는 행위도 절대 금합니다. 약속을 지키지 않으면 거래는 결렬됩니다.

편지에 서명은 없었다.

"저는 루이스에게 이건 정정당당한 도박이라고 말했죠."

밴와인이 말했다.

"이 남자는 스스로의 능력을 입증해왔습니다. 저는 돈을 걸겁니다."

"저도 걸지 않겠다는 건 아닙니다. 다만……."

커닐리어스 루이스가 낮게 웅얼거렸다.

"그 얘기를 하러 여기 온 건 아니잖아요?"

고먼 피치는 코웃음을 쳤다.

"어떻게 생각해요, 퀸? 이게 말이 되는 것 같습니까?"

"피치, 자네는 지금 동료 회원의 진실성을 의심하고 있어."

밴와인이 냉랭하게 말했다.

"난 그냥 궁금한 것뿐이라고!"

"의심할 수도 있지, 밴와인. 안 그래?"

루이스가 말했다.

"만일 누군가가 사기를 치기로 마음먹으면 클럽은 끝장이야. 자네도 알잖아. 당신 의견은 어떻습니까, 퀸?"

"끝내주게 근사한데요."

엘러리가 중얼거렸다.

"하지만 이 사건을 맡기 전에 조금 더 따져봐야 될 것 같습니다. 밴와인 씨 말고 편지를 가져오신 분 있습니까?"

"제 건 집에 있어요."

루이스가 말했다.

"제 편지도 밴와인의 것과 완전히 똑같은데요."

피치가 따지듯 말했다.

"그래도 직접 보고 싶습니다. 봉투와 편지지 전부요. 배달원 편으로 편지를 저에게 보내주시죠. 세 분께는 정오 전에 전화로 연락드리겠습니다."

현관문이 닫히는 순간, 서재 문이 열렸다. 그리고 믿을 수 없다는 표정을 한 퀸 경감이 나왔다.

"내가 제대로 들은 거 맞나? 저 사람들한테 '끝내주게 근사하다'고 말한 게 너냐? 뭐가 끝내줘? 웃기에?"

"아버지의 문제가 뭔지 아세요?"

엘러리가 짜증을 내며 말했다.

"몸 안에 도박사의 피가 흐르지 않는다는 거예요. 얘기가 어떻게 전개되는지 지켜보시는 게 어때요?"

정오가 되기 전 경감이 다시 서재에서 나와보니 그의 유명인 아들이 두 통의 편지와 편지 봉투를 살펴보고 있었다. 커닐리어스 루이스가 받은 봉투에는 전날 밤 소인이 찍혀 있었고, 찰스 밴와인이 받은 편지와 모든 것이 정확하게 똑같았다. 편지지와 편지의 내용도 정확히 같았지만, 밴와인의 경우 트리니티 교회에 2만5천 달러를 가져다 놓도록 지정한 시간이 3시 30분이었는데 루이스는 3시 45분이었다. 고먼 피치는 작고 평범한 편지 봉투를 받았는데, 마찬가지로 전날 밤 소인이 찍혔고 메시지의 내용도 같았다. 피치가 돈 보따리를 갖다 놓을 시간은 4시였다.

경감이 말했다.

"너 그 돈놀이에 심취한 세 명의 고객에게 편지에 적힌 대로 끝내주게 근사한 지령을 따르라고 충고할 생각이지?"

"물론이죠."

엘러리는 활기차게 말했다. 그러고는 밴와인, 루이스, 피치에게 순서대로 전화해서, 자신의 전문가적 소견으로 볼 때 이 게임은 포트 녹스*만큼이나 안전하다고 판단되며, 자신도 회원이라면 어디서든 2만5천 달러를 마련해서 그들과 함께 이 판에 끼어들고 싶을 정도라고 했다. 옆에서 듣고 있던 경감은 너무 놀라 몸이 마비되어버렸다.

"너 정신 나간 거 아니냐, 엘러리?"

엘러리가 세 번째 전화를 끊자 퀸 경감이 버럭 소리를 질렀다.

"이 사기도박에서 확실한 건 하나뿐이야. 그 바보들이 손에 쥔 2만5천 달러어치 막대사탕을 잃어버릴 거라는 거다!"

* 미국 연방 금괴 보관소가 있는 곳.

"사기도박요?"

아들이 중얼거렸다.

노신사는 간신히 감정을 억눌렀다.

"잘 들어라. 이 미지의 남자는 물고기 떼한테 작전을……."

"미스터 엑스 말씀인가요? 그리고 '물고기 떼'라는 게 무슨 뜻이에요? 정확히 정의해보세요."

"회원 열일곱 명 말이다! 클럽 회원 열일곱 명 중 하나가 맛이 간 거야. 아마 파산하거나 해서 돈이 궁한 거겠지. 아무튼 그자가 그냥 일반적인 시장 정보를 가지고 사기 칠 계획을 세운 거다. 주가가 널을 뛰는 주식 하나를 골라서 회원들 절반한테는 주가가 오를 거라고 하고, 나머지 절반한테는 떨어질 거라고 알린 거야. 주식 가격이 오르든 내리든 상관없이 회원 절반은 잃고 나머지 절반은 따는 거지. 그럼 돈을 딴 사람들 사이에서는 그자는 천재가 되는 거야.

자, 이제 2단계. 그자는 첫 번째 단계의 패자들은 무시하고 승자들에게만 두 번째 팁을 보내는 거다. 또 다른 불안한 주식을 가지고. 거기에서도 승자들만 챙겨서……."

"숫자는요? 정확히 몇 명이 두 번째 정보를 받은 건가요?"

"원래 열여섯 명의 절반이지! 여덟 명! 첫 번째에서 돈을 딴 여덟 명 말이다. 이제 그자는 이 여덟 명의 절반에게 주가가 오를 거라고 귀띔하고, 나머지 절반에게는 내릴 거라고 알려주는 거야. 다시 이 중 절반이 게임에 이기고……."

"숫자로 말씀해주세요."

엘러리가 말했다.

"너는 유치원 산수도 못 하냐? 여덟의 반이면 네 명이지! 이제 그에게는 두 번 이익을 본 네 명의 추종자가 생겼어. 그다음에 또 캥거루처럼 껑충껑충 뛰는 주식을 찾아 세 번째 편지를 보내는 거야. 이번에는 네 명의 절반에게 주가가 오를 거라고, 나머지 절반에게 떨어질 거라고 알려주지.

이렇게 해서 그자는 세 번이나 돈을 딴 얼간이들을 확보했어. 그의 시장 정보를 백 퍼센트 신뢰하는, 언제라도 돈을 던질 준비가 되어 있는 바보들을 말이지. 그리고 이제 그자는 커다란 걸 하나 노리는 거야. 네 번째 편지를 두 명의 얼간이들에게 보내고……."

"몇 명의 얼간이라고요?"

엘러리가 물었다.

"남아 있는 두 명의 승자들 말이다!"

"붕어 열여섯 마리로 시작해서 그렇게 줄어들었군요. 좋아요."

엘러리가 신음했다.

"다만, 숫자가 맞지 않아요. 지금 남은 건 세 명이라고요."

천천히, 경감은 자리에 앉았다.

엘러리가 말했다.

"한 명이 더 있어요. 자, 그럼 질문입니다. 그는 누구일까요? 그리고 그는 어떻게 2분의 1 확률 법칙을 거스를 수 있었을까요? 정답. 그렇게는 할 수 없어요. 따라서 그자가 사기꾼이고, 우리의 친구 미스터 엑스이고, 열여섯 마리 붕어에 속하지 않는 존재인 겁니다."

"밴와인, 루이스, 피치. 이 셋 중 하나가 거짓말을……."

"그런 것 같아요. 오늘 아침 그자는, 셋 중 누구인지는 몰라도, 두 명의 희생자와 함께 상담을 받으러 온 겁니다. 그로서는 짜증 나는 일이었겠죠. 무덤으로 돈을 가져오라는 편지는 전날 밤 보냈고 아침에 벌써 배달이 되었으니, 편지에 대해서는 뭘 더 어떻게 할 수가 없었을 테고요. 그래서 그냥 자기도 세 번째 승자인 척한 거예요! 그 세 사람이 나에게 상담을 하러 왔을 때 내가 속임수를 눈치채고 무고한 희생자들에게 그만두라고 경고했다면, 미스터 엑스는 오늘 밤 트리니티에 나타나지 않을 겁니다. 그러나 내가 전혀 의심하는 기색을 보이지 않고 그자의 작전에도 위험이 없을 것 같으면 자기 계획을 계속 밀고 나가겠죠. 아시겠어요?"

"아인슈타인 같구나."

경감은 껄껄 웃었다. 그러고는 서둘러 경찰서로 달려가 교회 묘지의 도미니커스 파이크 무덤에 경찰들을 배치했다.

그날 밤 유령들은 브로드웨이와 월스트리트를 산책했다. 그러나 새벽 1시가 되자 유령들은 묘지의 각양각색의 아름다운 묘비들 뒤로 사라지고, 동네는 고요해졌다. 엘러리는 아버지에게 조지 워싱턴이 앉았던 낡은 교회 의자에 자신과 함께 앉자고 고집을 부렸고, 추운 밤 기나긴 기다림이나 '진리의 아버지'에 대해 이런저런 말을 중얼거렸다.

시계가 3시 15분을 가리키자, 퀸 부자는 삼위일체의 성모의 치맛자락 뒤에 몰래 숨어 악귀들과 함께 몸을 떨었다.

3시 30분, 찰스 밴와인의 호리호리한 그림자가 도미니커스 파이크의 무덤 위에 드리웠다. 그림자는 얼어붙은 땅 위에 무언가를 내려놓고는 스르륵 미끄러져 사라졌다.

3시 45분, 커닐리어스 루이스의 거대한 형체가 나타나, 무언가를 떨어뜨리고는 사라졌다.

마지막으로 4시가 되자, 땅딸막한 고먼 피치의 그림자가 앞서 동료들이 했던 행위를 반복하고, 마찬가지로 사라졌다.

"그자가 누구이든 간에, 성공할 가능성은 없어."

퀸 경감이 말했다.

"뭐 하나라도 까딱 잘못되면 그자도 2만5천 달러를 갖다 놓은 얼간이 중 하나가 되는 거야. 이제 잠시 기다리겠지. 그러고 나면 몰래 숨어들어 돈 보따리 세 개를 챙겨 갈 거야. 그게 누구일지 궁금하군."

"왜 모르시는 것처럼 말씀하세요?"

엘러리는 놀란 목소리로 속삭였다.

"난 모르는데."

경감은 심술궂게 속삭였다.

"너는 안다고 말하지 마라!"

엘러리는 한숨을 쉬었다.

"엑스는 분명히 자기 자신에게 편지를 보내지 않았어요. 자신이 '희생자'가 되어 문제에 뛰어들어야 한다는 건 전혀 예상을 못 했으니까요. 어제 아침 돌발 상황으로 인해 희생자 시늉을 내야 하는 난처한 상황에 처했죠. 네, 다른 두 사람에게는 자신도 네 번째 편지를 받았다는 거짓말을 할 수 있었어요. 하지만 내가 그자에게 편지와 봉투를 전부 가져오라고 요청한 거죠. 진짜처럼 보이려면 그 봉투에는 다른 두 사람과 같은 날짜의 소인이 찍혀 있어야 했어요. 전날 밤에 찍힌 소인요! 그렇지만 그건 불가능했어요. 이미 아침이 되어버렸으니까요.

그래서 엑스는 나름대로 최선을 다한 거예요. 그자는 아침에 받은 우편물을 뒤져 적당한 것을 찾아냈어요. 수신자 주소가 자기 집으로 되어 있고 반송 주소가 없는 평범한 봉투를 찾은 거죠. 전날 밤 소인이 찍힌 걸로요. 그자는 그 봉투에 급하게 타이핑한 편지를 넣어서 저에게 보낸 거예요. 한 가지 문제가 있었는데, 그 봉투가 다른 희생자들에게 보낸 것과 크기와 종류가 다르다는 것이었죠. 아마 그자는 제가 그 사실을 눈치채지 못하기만 바랐을 거예요."

"밴와인의 봉투는 길었는데……."

"그리고 루이스의 봉투도 밴와인의 것과 완전히 똑같은 것이었죠. 하지만 세 번째 봉투는 크기가 작았어요. 그리고 그걸 저에게 보낸 사람은 바로……."

비명 소리가 묘지의 정적을 깨뜨렸다. 불빛이 터져 나왔고, 마치 수박 밭에서 서리하던 소년처럼 빛줄기 안에 한 남자가 무덤 위 세 개의 돈뭉치를 감싼 채 쭈그리고 앉아 있었다. 땅딸막하고 키 작은 고먼 피치였다.

다잉메시지 부서

GI 이야기

엘러리는 귀를 덮는 모자와 머플러, 스키로 중무장을 한 모습으로, 이번에는 무슨 일이 있어도 겨울 휴가를 망치지 않겠다고 굳은 결심을 하며 애틀랜틱 스테이트 급행열차에서 내렸다. 그러나 볼드 산의 빌 요크 산장에 도착해서 미처 짐을 풀기도 전에 전화벨이 울렸다. 전화를 건 사람은, 당연한 일이지만, 라이츠빌의 경찰서장이었다.

"아직 모자도 못 벗었어요."

엘러리가 불평을 했다.

"이곳 범죄자들은 〈라이츠빌 레코드〉의 기차 출발 도착 기사를 꼬박꼬박 챙겨 읽나 보죠?"

"이건 진짜 특이한 거요. 그리로 바로 차를 보내도 될까요?"

데이킨 서장의 목소리에는 감정이 실려 있었다.

마르고 늙은 데이킨 서장은 스테이트 스트리트의 지방법원 청사 후문 앞에서 조바심을 내며 기다리고 있었다. 그는 엘러리가 타고 온 경찰차에 올라타 엘러리의 어깨를 두드리며 인사를 건넸다.

"요즘 계속 밤을 새고 있어서."

데이킨이 쉰 목소리로 말했다.

“클린트 포스딕 기억나요?”

“그럼요. 어퍼 휘슬링 근처 슬로컴에 있는 가정용 조명 기구 상점 주인이죠. 클린트가 뭘 어쨌는데요?”

“어젯밤 살해당했어요.”

데이킨이 중얼거렸다.

“누가 죽였는지도 말해줄 수 있죠. 하지만 말해주지 않을 생각이오. 당신이 나에게 범인을 알려줬으면 좋겠어요.”

경찰차는 얼어붙은 광장을 지나 데이드 스트리트를 올라가기 시작했다. 엘러리는 예상치 못한 말에 놀라 서장을 빤히 바라보았다.

“왜요? 확신이 없어서요?”

“나도 저 천국의 교회 의자만큼 확신이 있으면 좋겠소.”

데이킨 서장이 외쳤다.

“누가 클린트를 죽였는지도 알고 어떻게 죽였는지도 알아요. 뿐만 아니라 그자에게 유죄를 선고할 증거도 충분하고. 이거면 틀림없이 사형에 처하게 할 수 있을 거요.”

“그럼 뭐가 문제인데요?”

“GI.”

라이츠빌의 경찰서장이 말했다.

“G…… 뭐라고요?”

“GI요. 이 두 글자에 대해 뭐 생각나는 게 있어요, 퀸?”

“글쎄요…….”

“문제는 단 하나, 이게 내가 가진 증거와 맞지 않는다는 거요.”

데이킨이 말했다.

“그리고 이것과 내 증거와의 상관관계를 설명하지 못하면, 영리한 변호사는 그걸 가지고 배심원단을 현혹시킬 것이고 멍청한 배심원단은 당연히 의심을 품게 될 거란 말이지. 그러니 편견 없이 사실만 들어요, 퀸. 그리고 이 GI 문제를 해결해줘요.”

서장은 엄숙하게 말했다.

“스미스 씨네 아들들 기억하죠? 우리가 항상 대통령 집안이라고 불렀던 그 형제들.”

“스미스? 대통령요?”

엘러리는 당황스러웠다.

“그 애들 아버지가 제프 스미스요. 토머스 제퍼슨 스미스. 라이츠빌 고등학교의 역사 선생님이었어요. 제프는 마사 히긴스와 결혼해서 아들 셋을 뒀죠. 워시가 장남인데, 전쟁에 참전했었고 지금은 변호사요. 일은 잘 안 하지만. 둘째 링크도 군 복무를 마쳤고, 제대한 후에는 의대에 진학했어요. 이제 막 라이츠빌 종합병원에서 인턴 과정을 끝낸 친구고. 그리고 막내 우디는 3개월 전 군에 징집되었죠.

클린트 포스딕은 마사 히긴스가 제프 스미스와 결혼하기 전부터 그녀에게 마음을 품고 있었어요. 하지만 클린트는 4학년도 마치지 못한 데다 마사보다 열여덟 살이나 많았어요. 필기체 쓰는 법도 못 배워서 글씨는 전부 인쇄체로 쓰는 사람이오. 그에 반해 제프는 대학도 졸업했고, 여러모로 클린트에게는 상대가 안 되는 사람이었지.

그런데 1937년에 제프 스미스가 소년 여름 캠프에 지도교사로 갔다가 퀘토노키스 호수에서 익사하는 바람에, 마사는 졸지에 동전 한 닢 없는 과부 신세가 되어 세 아들을 먹여 살려야 하는 처지가 된 거요. 늙고 믿음직스런 클린트는 여전히 묵묵히 기다리고 있었고……. 결국 마사는 그와 재혼했어요."

데이킨은 낮은 목소리로 말했다.

"클린트는 힐 드라이브에 큰 집을 샀죠. 정원에 수령이 120년이나 되는 큰 나무가 서 있는 집이오. 클린트는 마사와 아이들을 위해 집을 마련하고 자신은 마치 일요 성경학교 피크닉 장소에 서 있는 아이스크림 트럭처럼 그들 곁에서 살기로 결심한 거요."

경찰차가 산등성이 꼭대기를 넘어 무덤처럼 누워 있는 힐 드라이브의 고급 대저택들 사이로 미끄러지듯 내려가는 동안 서장의 이야기는 계속됐다.

"클린트는 그 애들을 위해 할 수 있는 건 뭐든 다 해줬어요. 대학도 다 보내주고, 아이들에게 한 대씩 차도 사주고 주머니엔 용돈도 두둑이 채워주고……. 전쟁 중 독감이 유행할 때 마사가 세상을 뜨고 나서는 클린트가 아이들의 아버지이자 어머니가 되어주었어요. 더 이상 잘해줄 수가 없을 정도였소.

아이들도 거기에 어느 정도는 보답했다고 말할 수 있겠지. 그 애들은 클린트를 아버지라고 불렀어요. 클린트의 생일과 아버지의 날과 크리스마스를 놓치지 않고 챙겼고. 문제가 생기면 진짜 친구 사이처럼 클린트와 상의했어요. 막내 우디는 얼마 전 제대한 친군데, 사춘기 시절에 한동안 크로스비 씨네 황소처럼 거칠게 날뛴 적이 있었어요. 하지만 클린트는 줄곧 애가 그러는 게 자기 때문이라는 거요. 사실 그 둘은 굉장히 가까운 사이였어요. 의사인 링크는 공부도 잘하고 항상 진지한 친구죠. 클린트는 항상 이렇게 멋진 아들을 둔 사람은 또 없을 거라고 자랑하곤 했소. 장남 워시는 좀 유들유들한 구석이 있는 친구인데, 지나치게 유들유들한 편이라고 클린트는 말하곤 했죠. 항상 문제를 일으켜서 거의 한 주 걸러 한 번 꼴로 클린트가 나서서 해결해줘야 할 정도였소. 뭐 도박 빚을 갚아주거나 로우빌리지의 아가씨 문제를 해결해주거나 그런 거지. 변호사 사무실까지 실어다 줘야 할 때도 있었고. 하지만 클린트는 항상 워시가 뼛속까지 나쁜 놈은 아니라고 입버릇처럼 말했죠.

결국 그 녀석들 중 하나에 대해서는 클린트가 잘못 본 거요."

늙은 경찰서장은 엘러리를 바라보며 말했다.

"그놈들 중 하나가 클린트를 독살했으니까. 그리고 나는 이 살인자가 더러운 프라이팬 위의 소시지처럼 괴로워하며 지글지글 튀는 꼴을 꼭 보고 말 거요. GI가 무슨 뜻인지만 나에게 말해준다면 말이오, 퀸!"

"기꺼이 해드리죠."

엘러리가 인내심을 가지고 말했다.

"하지만 한 가지 궁금한 게 있는데……."

그러나 차가 눈 덮인 포스딕 집의 잔디밭 앞에 멈춰 서자 데이킨은 입을 다물었다. 그들은 스테인드글라스로 장식된 현관문 앞에서 덧신의 눈을 털고 집 안으로 들어섰다. 경찰서장은 어둑한 넓은 현관 안으로 엘러리를 안내했고, 두 사람은 문 앞을 지키고 선 젊은 경관을 지나쳐 클린트 포스딕의 서재로 들어갔다.

"어젯밤 이곳에서 클린트의 가정부인 레티 다울링이 클린트를 발견했어요. 레티 말로는 의자가 부서지는 소리를 듣고 뛰어 들어왔다고 했소."

서재는 천장이 높고 벽면이 참나무로 장식된 멋지고 고풍스러운 방이었다. 그러나 전반적으로 우중충하게 가라앉은 분위기 때문에 엘러리는 조금 위축되는 기분을 느꼈다. 시체가 어디에 있었는지는 설명하지 않아도 바로 알아볼 수 있었다. 책상 앞에 놓인 가죽 등받이의 회전의자가 옆으로 넘어져 있었고, 그 아래 동양풍의 깔개는 누군가 고통스럽게 마구 움켜쥔 듯 심하게 구겨져 있었다.

책상 위에는 종이 여러 장이 구겨진 채 뭉쳐져 있었는데, 그 가운데 칵테일 잔이 뒤집혀 있었다. 근처 쟁반 위에는 무색투명한 액체가 반쯤 채워진 유리병이 놓여 있었다. 엘러리는 유리병 위로 몸을 굽혀 냄새를 맡았다.

"그래요. 칵테일을 마시고 쓰러진 거요."

데이킨 서장이 고개를 끄덕였다.

"클린트는 원래 나처럼 술이라고는 한 방울도 입에 대지 않는 사람이었어요. 하지만 마사가 세상을 뜨자 마티니를 마시기 시작했지. 그는 아내가 그리워지는 밤마다 이곳 서재에 앉아 술을 벌컥벌컥 마시곤 했어요."

"이건 누가 만들었나요?"

엘러리가 날카롭게 물었다.

"그걸로는 아무것도 알아내지 못할 거요. 클린트가 직접 만들었으니까. 원칙을 조금 무시하고 상황을 알려주죠."

데이킨은 매서운 목소리로 말했다.

"가정부 레티의 방은 부엌에서 약간 떨어져 있어요. 요즘 레티가 감기에 걸려서 밤에 고생을 많이 했다고 하더군요. 그래서 어제 아침 6시 15분쯤에 아스피린을 먹으려고 나온 거요. 술을 보관해놓은 식료품 저장실에서 달그락거리는 소리가 들려서 문을 조금 열어보았는데, 누가 진 병을 만지작거리는 걸 봤대요. 수요일 밤 워시가 클린트에게 준다며 가져온 술이라더군. 그 남자 손에 작은 약병 같은 것이 들려 있었다고 레티가 증언했소. 물론 그자의 얼굴도 제대로 봤고.

그러고 나서 클린트의 목소리가 들렸대요. 커피를 마시려고 부엌으로 내려오는 길이었다고 했어요. 평소보다 이른 시간이었지만, 클린트는 레티가 아프다는 걸 알고 직접 커피를 만들러 일찍 나온 거지. 클린트가 저장실에 있던 아들에게 지금 뭘 하고 있느냐고 물었고, 그자는 뭐라고 중얼거리고는 위층으로 올라갔소. 하지만 클린트가 들어오는 소리를 듣고 그자가 잽싸게 빈 약병을 목욕 가운 주머니에 넣고 진 병을 제자리에 놓는 것을 레티가 봤어요. 퀸, 이 '약병'은 내가 증거로 확보했소. 어젯밤 늦게 뒷마당 쓰레기 구덩이에서 파냈는데, 어제 폭설로 쓰레기차가 제시간에 못 온 덕분에 쓰레기가 그대로 남아 있어 찾을 수 있었던 거요. 이 병에는 독이 들어 있었소. 레티의 증언대로 한 병 가득 들어 있었다면 하이 빌리지 사람 절반을 독살할 만큼의 양이지. 콘헤이븐 실험실에서도 술병에서 검출한 것과 같은 종류의 독이라고 확인했어요. 약병에는 그의 지문도 찍혀 있으니, 그 악마는 꼼짝없이 잡힌 거요."

"다만 그 GI가 문제란 말이죠……?"

엘러리가 말했다.

데이킨 서장은 외투 주머니에서 종잇조각을 조심스럽게 꺼냈다.

"클린트는 칵테일을 마시면서 가게의 월말 계산서를 작성하고 있었어요. 그는 술을 마신 즉시 가망이 없다는 걸 안 것 같아요. 빨리 작용하는 독이니까. 게다가 독을 마셨다는 걸 느낀 순간 누구 짓인지도 알았을 거요. 커피를 마시러 부엌에 들어섰을 때 레티가 본 것을 봤던 거지. 당시에는 어리둥절했겠지만, 자기가 뭘 삼켰는지 알게 된 순간 그 답이 머릿속에 섬광처럼 스쳤겠죠. 그래서 죽기 전 클린트는 볼펜을 움켜쥐고 어린아이가 꾹꾹 눌러쓴 것 같은 인쇄체로 범인의 머리글자를 쓴 거요. 그러고 나서 의자와 함께 바닥에 쓰러져 약 먹은 개처럼 숨을 거둔 거지."

"GI?"

엘러리가 손을 내밀었다.

데이킨 서장은 엘러리에게 종잇조각을 건네주었다.

평범한 사업용 계산서 종이였다. 거기에는 '클린트 포스딕, 가정용 조명 기구, 하이 빌리지, 기한 30일'이라는 문구가 새겨져 있었고, 그 아래 떨리는 손 글씨로 두 글자가 적혀 있었다.

"GI라."

엘러리가 되뇌었다.

"형제들이 모두 군 복무를 했었다고 하셨죠?"

"그렇소."

"그리고 어제 아침엔 모두 집에 있었고요?"

"링크는 병원에서 며칠 휴가를 얻었소. 우디는 캠프 헤일에서 휴가를 받았고. 워시는 원래 이 집에서 살고 있고요."

엘러리는 말없이 클린트 포스딕의 다잉메시지를 바라보다가 한참 후에 입을 열었다.

"범인은 자기가 의심받고 있는 걸 알고 있나요?"

"아니오. 레티는 자기가 본 걸 나 말고 다른 사람에게는 말하지 않았어요. 나도 이 종이 쪽지 때문에 누구에게도 말하지 않았고. 삼형제가 모두 용의자인 것처럼 해두었지요."

"음."

엘러리가 말했다.

"그렇다면 그…… 그들을 뭐라고 불렀었죠? 대통령들? 그 대통령들을 한자리에 모시고 애기를 나눠볼까요?"

키 크고 창백한 세 남자가 호위 경관 손에 붙들려 들어왔다. 모두 잠과 면도가 절실히 필요해 보였다. 어두운 낯빛, 푹 꺼진 갈색 눈, 웅송그리고 앉은 자세를 보면 세 사람이 형제라는 것은 누가 봐도 명백해 보였다.

형들과 닮았지만 한결 앳된 얼굴에 구겨진 미군 군복을 입은 사람은 이병 우디 스미스였다. 스미스 이병의 갈색 눈은 공포와 혼란으로 탁했고, 소년 같은 입술은 떨리고 있었다.

두 번째는 의사다운 예리한 얼굴에 눈이 불그스름했고, 두 손은 지나치게 문질러 닦아 표백한 것처럼 희었다. 말할 것도 없이 인턴인 링크 스미스였다. 말이 없는 그는 수척하고 예민

해져 있었다. 틀림없이 울다가 끌려 온 모양이었다.

세 번째는 변호사인 워시였다. 태평스런 표정의 워시는 회색빛 얼굴에 물렁한 체형이었고, 입가에는 희미한 미소가 걸려 있었다. 마치 비극을 마주한 전문 코미디언이 필사적으로 농담을 생각해내려는 것 같았다.

"GI."

엘러리가 중얼거렸다.

"여러분의 의붓아버지가 쓴 겁니다, 스미스 이병. 이 말을 들으면 뭐가 생각납니까?"

"나더러 뭘 어쩌라고요."

제복을 입은 청년이 이를 악물고 말했다.

"아버지가 GI라고 썼으니 나더러 자백하란 말인가요?* 전 아버지를 죽이지 않았어요. 제가 왜 아버지를 죽여요?"

"데이킨 서장님, 스미스 이병에게 아버지를 죽일 동기가 있나요?"

엘러리가 물었다.

데이킨은 거칠게 대답했다.

"클린트가 명을 다해 죽을 때까지 기다릴 수가 없어서죠. 클린트가 죽어야 스미스 삼형제에게 남겨질 재산 중 3분의 1을 차지할 수 있을 테니 말이오."

"제발 나 좀 내버려둬요!"

우디가 고함을 질렀다.

"우디."

둘째 형 링크가 달래듯 말했다.

* GI는 미군을 뜻하는 말이다.

"GI를 의학 분야에 적용할 수도 있죠, 스미스 선생. 안 그렇습니까? GI는 의학용어로 위장(gastrointestinal)의 약자니까요."

엘러리가 말했다.

피곤에 절은 젊은 인턴의 눈이 휘둥그레졌다.

"진담이세요? 물론 그렇긴 하죠. 위장병을 다루지 않고 소화기내과를 공부할 수는 없습니다. 심지어는 지난봄에 아버지가 갑작스런 위염에 걸려서 제가 치료한 적도 있었어요. 아버지가 고집을 부려서요. 만일 병원 이사회가 이 사실을 알면……. 당연히 저는 여러 가지 독극물에 접근할 수 있습니다. 하지만 저는 아버지를 독살하지 않았어요."

"하지만 GI는요, 스미스 선생?"

엘러리가 끈질기게 물었다.

인턴은 어깨를 으쓱했다.

"아버지가 저를 범인으로 생각하셨다면 제 이름을 쓰셨겠죠. 그게 말이 되지 않나요? GI는 앞뒤가 안 맞아요. 적어도 저한테는 그렇습니다."

"저도요."

워시 스미스는 기다릴 수 없다는 듯 외쳤다.

그래서 엘러리는 변호사를 흘깃 쳐다보았다.

"진(gin)도 첫 글자가 GI입니다. 그리고 독은 진 병에 넣었어요, 스미스 씨. 듣기로는 그 술은 워시 스미스 씨가 포스딕 씨를 위해 집에 가져온 것이라고 하던데요."

"네, 맞습니다. 아버지가 부탁해서요."

장남은 괴로워하며 말했다.

"하지만 범인을 지목하는 데 그런 방법을 쓰다뇨? 링크의 말이 맞습니다. 클린트가 범인으로 누구를 떠올렸든, 이름을 쓰지 않았을까요?"

엘러리는 슬픈 미소를 지었다. 그는 미소의 한쪽 끝을 잘근잘근 씹고 있었다. 데이킨 서장의 얼굴에서는 아무것도 읽을 수 없었다.

그러다 갑자기, 입안에 감도는 맛을 깨달은 것처럼, 엘러리의 미소가 사라졌다.

"대통령……."

그가 중얼거렸다.

"그래요, 대통령! 여러분의 친부의 성함은 토머스 제퍼슨 대통령의 이름을 딴 것이라고 들었습니다. 그리고 세 아들의 이름도 대통령의 이름을 따와서 지었죠?"

"네, 맞습니다."

워시 스미스가 냉하세 대답했다.

"아버지 말씀으로는 역사상 최고의 대통령들의 이름에서 따온 거라고 하셨죠. 저는 워싱턴의 이름을 물려받았습니다."

"저는 링컨요."

링크 스미스가 말했다.

"저는 우드로 윌슨이죠."

떨리는 목소리로 우디 스미스 이병이 말했다.

삼형제는 동시에 물었다.

"그래서요?"

그러나 엘러리의 대답은 이게 전부였다.

"고맙습니다. 이제 방에서 나가주시겠습니까?"

호위 경관이 스미스 삼형제를 데리고 방에서 나가자 엘러리는 데이킨에게 말했다.

"이제 클린트가 누구를 범인으로 지목했는지 말씀드릴 수 있습니다."

"듣고 있소."

데이킨 서장이 말했다.

엘러리는 의자와 함께 쓰러진 노인이 아직도 그 자리에서 펜을 쥐고 계산서에 글씨를 쓰려 몸부림치고 있기라도 한 듯 넘어진 의자를 바라보았다.

"링크 스미스의 말이 맞아요."

엘러리가 말했다.

"말장난의 곡예사들은 추리소설에 지나치게 집착하는 경향이 있죠. 현실 세계에서 그런 일은 일어나지 않습니다. 죽어가는 두뇌를 혹사시키고 근육에 남은 힘을 쥐어짜 종이에 메시지를 남기는 기적을 일으키려는 사람은 미묘하거나 영리한 메시지를 남기지 않아요. 누가 자기에게 그런 짓을 했는지 안다면 해야 할 일은 오직 하나뿐입니다. 자신이 아는 정보를 최대한 직접적으로 전달하는 거죠. 클린트 포스딕이 GI라는 두 글자를 쓴 이유도 그런 겁니다. 범인의 이름을 밝히는 거죠."

그러나 데이킨의 표정은 변하지 않았다.

"GI는 세 명의 이름 중 어디에도 해당되지 않아요, 퀸. 내가 그 생각을 안 해봤을 것 같소?"

"그런데, 문제가 하나 있어요, 데이킨. 범인이 워시 스미스였다고 가정해보죠. 클린트는 워시, 또는 워싱턴의 이름을 쓰려다가 첫 글자 이상은 쓸 힘이 없다는 걸 깨달았을 겁니다. 곧 숨이 끊어지려 했던 거죠. 하지만 워싱턴의 W를 쓴다면, 이 W

는 윌슨 대통령의 이름을 딴 막내 우디에게도 똑같이 해당되거든요. 그래서 오해를 피하기 위해, 클린트는 자신을 독살한 범인의 '첫 번째' 이름을 쓰기 시작한 겁니다."

"첫 번째 이름?"

경찰서장의 표정이 멍해졌다.

"토머스 제퍼슨 스미스는 세 아들의 이름을 대통령의 이름을 따 지었습니다. 따라서 삼형제의 완전한 이름은, 토머스 제퍼슨 스미스처럼, 대통령의 완전한 이름이 되는 겁니다. 스미스 이병은 우디라고 불렸지만, 완전한 이름은 우드로 윌슨 스미스인 거죠. 링크 스미스 선생의 이름은 에이브러햄 링컨 스미스일 것이고요. 링크 선생의 머리글자는 에이브러햄의 A이거나 링컨의 L일 테고, 우드로 윌슨은 W이겠죠. 둘 다 GI와는 맞지 않습니다.

하지만 워싱턴 스미스는 어떻습니까. 항상 말썽을 피워 문제를 해결해주어야 하고, 사무실에 나가 '일할 때에만' 변호사이고……. 분명히 빚이 머리끝까지 차올라 있을 것이고 클린트의 재산의 3분의 1이 지금 당장 절실하게 필요하겠지요? 서장님의 프라이팬에 올라갈 범인은 이자입니다. 레티 다울링이 어제 아침 식료품 저장실에서 진 병에 독을 타는 걸 본 그 남자. 레티가 본 게 조지 워싱턴 스미스였죠? 독이 든 약병에 묻은 지문도 그의 것이었겠죠?"

"맞소."

라이츠빌의 경찰서장이 천천히 대답했다.

"워시가 범인이오. 맞아요. 하지만 퀸. 클린트는 GI라고 썼어요. 그리고 워시의 첫 번째 이름은 조지잖아요. GE로 시작하는."

"교묘한 문제죠."

엘러리는 조용히 데이킨의 팔을 잡았다.

"가엾은 클린트는 G는 제대로 썼어요, 데이킨. 하지만 E의 세로획까지만 간신히 쓰고는 숨을 거둔 겁니다."

마약 부서

검은 장부

'검은 장부' 사건은 엘러리가 맡았던 사건 중에 규모가 가장 큰 축에 속하며, 엘러리의 활약이 적었다고 해서 결코 평가절하되지 않는다. 이 사건에서 엘러리가 맡은 역할은 단순한 심부름꾼으로서 장부책을 뉴욕 시에서 워싱턴까지 운반하는 것이었다.

왜 3달러짜리 장부책을 한 도시에서 다른 도시로 운반하는 것이 그토록 심각한 일이었는지, 왜 연방 요원이 아닌 엘러리가 배달원이 되어야 했는지, 왜 엘러리는 이 임무를 무기도 없이 혼자 수행했는지…… 이런 흥미진진한 문제들은 다음에 적절한 기회가 생기면 논하도록 하자. 이 자리는 그런 얘기를 하기에는 적합하지 않다. 이야기는 이런 질문들이 끝난 지점에서부터 시작된다.

검은 장부의 겉모습은 볼품없었다. 검은 인조가죽 표지에 가로 15센티미터, 세로 20센티미터, 두께 1.5센티미터 정도 되는 크기였고, 흐늘흐늘한 속지 쉰두 장에는 파란색과 빨간색 줄이 쳐져 있었다. 전반적으로는 다소 더러웠다. 그러나 이 장부는 미국 범죄 도서관에서 가장 악명 높고 역사적인 기록물 중 하나였다. 쉰두 장의 빽빽한 속지에는 불법 향정신성 약물의 미국 내 주요 지역 공급책들의 이름과 주소가 적혀 있었는데, 그것도 반지의 제왕의 친필로 작성된 것이었다.

미 전역 마흔여덟 개 주에서 마약 중독이 전염병처럼 퍼졌고, 사태가 심각해지자 연방 정부 관리들은 이 장부를 절실히 원하게 되었다. '검은 장부'를 만든 건 말도 안 될 만큼 무분별한 짓이었고, 장부를 작성한 침묵의 괴물은 정부에게 빼앗기지 않기 위해 그야말로 걷잡을 수 없이 폭주했다. 정부 측 요원들이 나서 고생 끝에 장부를 손에 넣었지만, 그 대가로 요원 두 명이 목숨을 바쳐야 했다. 아무튼 그렇게 해서 검은 장부는 잠시나마 뉴욕에 안전하게 머물러 있었다.

바로 이 시점에서 엘러리가 이 문제에 뛰어들었다.

그가 장부를 살펴보고 임무 제안을 받아들이고 작전을 준비했던 곳은 도청당하고 있었고, 이는 그들도 모두 아는 사실이었다. 전국에 퍼져 있는 범죄 조직의 수장은 단순한 똘마니들의 두목과는 차원이 달랐다. 그는 엄청난 권력과 재물과 인맥을 가진, 영혼이 병든 천재였고, 포악하고 악랄한 범죄를 통해 존경스러우리만치 어마어마한 규모의 사업을 이끌고 있었다. 그들의 전략이 조금이라도 노출되었다간 수많은 지역이 유혈이 낭자한 전쟁터로 변하고 무고한 인명의 희생이 뒤따를 터였다. 엘러리의 계획은 채택되었다.

엘러리는 전화로 캐피톨 리미티드 열차의 특별 객차를 예약했고, 기차 시간에 맞춰 거리로 나섰다.

잿빛 하늘이 낮게 깔린 가을날이었다. 엘러리는 대나무 손잡이가 달린 우산을 왼쪽 팔에 걸었다. 그는 줄무늬 외투를 입고 안을 가득 채워 불룩한 서류 가방을 들고 있었다.

그가 첫발을 인도에 내디딘 그 순간부터 기대 수명이 소실점을 향해 곤두박질쳤다는 사실을 미처 깨닫지 못하는 것 같았다. 들장미나무로 만든 커다란 파이프로 차분히 연기를 뿜으며, 엘러리는 차도를 향해 걸어가 택시를 찾아 주위를 둘러보았다.

그 순간 두 가지 일이 동시에 일어났다. 뒤에서 누군가가 그의 팔을 잡았고, 7인승 세단이 길모퉁이에서 튀어나와 그의 앞을 가로막았다.

다음 순간 그는 차 안에 있었고, 덩치 큰 네 명의 남자들에게 붙들려 꼼짝도 할 수 없었다. 완전한 침묵이 자아내는 극심한 공포에 그는 입을 다물었다.

세단은 엘러리와 남자들을 펜실베이니아 역에 내려주고 떠났고, 침묵의 포획자 중 세 명이 뭐라 반박할 틈도 주지 않고 3번 게이트를 통과해 미리 예약된 캐피톨 리미티드의 5호차 A객실로 엘러리를 몰아넣었다. 그러나 엘러리는 놀라지 않았다. 세 남자 중 둘이 엘러리와 함께 객차에 올라타고는 신중하게 객실 문을 잠갔다.

엘러리가 예상한 대로 객차 안에는 괴물이 그를 기다리고 있었다. 그는 가장 좋은 팔걸이의자를 차지하고 앉아 있었다. 티끌 하나 없이 깔끔한 옷을 차려입은 중년의 남자는 희끗해진 머리카락을 가운데 가르마로 말끔히 빗어 붙였다. 눈은 불그스름하게 열이 있는 듯했고 짓물러 있었다. 엘러리는 속으로 생각했다. 이 남자는 백만장자다. 수천 명이 넘는 바보들의 영혼과 건강과 미래를 파괴하여 막대한 재산을 얻은 백만장자. 그 바보들 중 대부분은 어린아이와 청소년이다.

엘러리가 입을 열었다.

"물론 전화를 도청한 거겠죠."

마약왕은 아무 말 없이 덩치 큰 부하에게 눈짓을 보냈다. 부하는 코뼈가 무너져 있었다.

무너진 코가 곧장 대답했다.

"이분은 밖에 나와서는 아무에게도 말씀을 안 하신다. 이분 목소리를 들은 사람은 아무도 없어. 이분은 아무것도 만지지 않으시고, 아무 흔적도 남기지 않으신다."

의자에 앉은 괴물이 그 옆의 다른 부하에게로 시선을 돌렸다. 이자는 오른쪽 눈썹에 미세한 경련이 일었다.

경련이 말했다.

"이자 외엔 아무도 나오지 않았습니다. 그리고 앨이 기차역 라운지에서 대기하면서 우리 쪽 연락을 기다리고 있습니다."

짓무른 눈의 시선이 엘러리에게로 향했다.

"살고 싶은가?"

부드럽고 여성스러운 목소리였다.

"여느 사람과 마찬가지로."

엘러리는 덜덜 떨리는 턱을 애써 누르며 말했다.

"그럼 내놔."

엘러리는 침을 한 번 꿀꺽 삼켰다.

"아, 이러지 맙시다."

무너진 코가 씩 웃었지만, 괴물이 그에게 명령했다.

"아니. 먼저 가방을 열어봐."

무너진 코는 엘러리의 서류 가방을 뒤집어 내용물을 바닥에

쏟았다. 가방 안에는 새로 나온 맨해튼 지역 전화번호부밖에 들어 있지 않았다.

"다른 건 없나?"

"없습니다."

무너진 코는 빈 서류 가방을 옆으로 던지고, 전화번호부를 집어 들어 두어 장 넘겼다.

"가방에 넣어 가지고 다니기엔 이상한 물건인데."

경련이 말했다.

"기차에서 읽기엔 최고지."

엘러리가 말했다. 그는 물을 한 컵 달라고 부탁하고 싶었지만, 그러지 않기로 마음을 바꿨다.

"여기엔 없습니다."

무너진 코가 말했다.

"외투와 모자를 뒤져봐."

무너진 코가 옥수수 껍질 벗기듯 엘러리의 옷을 벗겼고, 그 동안 경련은 엘러리의 중절모 챙을 조사했다.

"여긴 없을 텐데. 그러기엔 너무 커."

경련이 투덜거렸다.

무너진 코가 비웃었다.

"표지까지면 그렇지. 하지만 이자는 영리한 친구라고. 분명 한 장 한 장 찢어 구겨서 숨겼을 거야."

"하지만 쉰두 장인데."

경련이 쏘아붙였다.

괴물은 아무 말도 하지 않았다. 붉은 눈은 엘러리가 다시 빼앗아 와 꼭 쥐고 있는 접힌 우산을 바라보고 있었다. 갑자기 그가 손을 뻗어 우산을 확 가로챘다. 괴물은 우산 커버를 천천히 벗기고 잠금쇠를 천천히 눌러 우산을 폈다. 우산이 펼쳐졌다. 잠시 후 그는 우산을 던져버렸다.

무너진 코가 말했다.

"외투엔 없습니다."

옷의 안감이 바닥에 흩어져 있었다. 무너진 코는 주머니도 갈기갈기 찢어놓았고, 지금은 옷감이 맞물려 있는 솔기란 솔기는 다 뜯어보고 있었다.

"전부 벗겨."

무너진 코의 손아귀에 무릎을 잡히자 엘러리는 고통을 느꼈다. 경련이 무자비하게 옷을 벗기기 시작했다. 짓무른 눈은 눈을 깜박이지 않는 악어처럼 인내심을 가지고 옷 벗기는 과정을 지켜보고 있었다.

"팬티는 남겨놔, 이 자식들아!"

엘러리가 거칠게 외쳤다.

그러나 그들은 아무것도 남겨주지 않았다. 태어난 그대로의 모습이 된 엘러리는 갈기갈기 찢긴 외투 조각으로 몸을 감싸는 것만 간신히 허락받고, 의자에 쪼그려 앉아 담배를 피웠다. 연기에서 녹슨 구리 맛이 났지만, 그래도 그에게는 큰 위안이 되어주었다.

캐피톨 리미티드가 펜실베이니아 역을 벗어나자 그는 맨해튼 전화번호부로 손을 뻗었다. 차장도 이미 매수되었을 것이고, 워싱턴에 도착할 때까지 누구도 이 객실을 들여다보지 않을 것이 뻔했다. 아무튼 워싱턴에 도착할 수 있다면 말이다.

그러나 그의 생각은 틀렸다. 뉴어크에서 기차가 정차하자,

한 남자가 객실로 들어왔다. 무너진 코는 그를 '의사 선생'이라고 불렀다. 의사 선생은 키가 작고 뚱뚱한 남자였는데, 삼중 턱에 머리는 다 벗어지고 손에는 검은 가방을 들고 있었다. 그는 해부실의 시체 안치관으로 다가가는 검시관처럼 기대에 찬 눈빛으로 엘러리를 바라보았다.

엘러리는 맨해튼 전화번호부를 꽉 쥐고 마음을 단단히 먹었다.

리미티드 열차는 뉴브런즈윅을 통과하며 우렁차게 기적을 울렸고, 의사 선생은 바쁘게 작업을 하며 농담조로 자신을 내무부 장관이라고 소개했다. 기차가 트렌튼 역을 지나갈 즈음에는 의사 선생은 더 이상 농담을 하지 않았다. 그는 땀을 흘리고 있었다.

가방을 닫으며, 의사 선생은 짓눌린 목소리로 팔걸이의자에 앉은 남자에게 보고했다.

결과는 부정적이었다.

팔걸이의자에 앉은 남자가 경련에게 말했다.

"앨에게 필라델피아로 전화하라고 해. 지그더러 장비를 가져오라고."

그러고는 엘러리를 쳐다보았다. 그는 처음으로 의치를 내보이며 악몽 같은 미소를 지었다.

"비밀 메시지를 찾는 거야. 혹시나 모르니까."

그는 부드럽게 말했다.

지그는 북필라델피아에서 기차에 올라탔다. 윌밍턴에서 무너진 코가 바깥소식을 보고했고, 지그가 나머지 내용을 보고했다. 지그는 키가 크고 빼빼 마른 남자로 어깨도 좁았고 발은 안쪽으로 휜 기형이었다.

전부든 일부든 엘러리의 옷에 검은 장부는 없었다. 엉망으로 찢긴 바지와 재킷이 이를 증명하고 있었다. 옥스퍼드 셔츠, 넥타이, 러닝셔츠, 팬티, 양말은 꼼꼼히 분해되었다. 신발은 두들기고 찌르고 길게 잘리고 통째로 뒤집혔다. 심지어는 누가 봐도 통가죽으로 만든 허리띠조차도 조각조각 쪼개어졌다.

그의 소지품이 전부 바닥에 널렸다. 열쇠와 동전은 빈 공간 없이 단단한 소리가 났다. 지갑 안에는 지폐 97달러, 우편환 조각, 뉴욕 주 운전 면허증, 미국 추리소설작가협회 회비 영수증, 명함 다섯 장, 소설의 아이디어를 적은 메모지 일곱 장이 들어 있었다. 수표책은 떼어주고 남은 부분까지 포함해 낱장으로 뜯어졌다. 담뱃가루 주머니에는 파이프 담뱃가루가 들어 있었고, 개봉하지 않은 담뱃갑도 뜯었지만 안에는 담배뿐이었다. 출판사에서 보낸 편지는 마감이 3주 지난 교정쇄를 빨리 보내라고 독촉하는 내용이었고, 뉴욕 오렌지버그 소인이 찍힌 편지는 조지프 맥커티라는 사람이 보낸 것이었는데, 눈에 보이지 않는 적으로부터 탐정을 구해주지 않으면 엘러리 퀸을 죽이겠다고 위협하는 내용이었다.

지그는 울대뼈를 어루만지며, 이 남자의 안팎이고 주위고 어디에도 비밀 메시지 같은 것은 없다고 선언했다. 자신은 메시지를 기록할 수 있는 부드러운 표면은 모두 점검했으며, 이 남자의 표피도 예외는 아니었다고 말했다. 지그는 정말로 '표피'라는 단어를 썼다.

이 무렵 기차는 메릴랜드 주 엘크턴에 접근하고 있었다.

괴물은 말없이 아랫입술을 깨물었다.

"어쩌면……."

무너진 코가 침묵을 깼다.

"어쩌면 저자가 이름들을 기억하고 있는지도 모르잖아요……. 안 그래요?"

"맞아요!"

경련은 안도하는 것 같았다.

"장부책은 아직 뉴욕에 있고 저자가 이름들을 모두 머릿속에 집어넣고 가는 겁니다."

의자에 앉은 남자가 고개를 들었다.

"한 장에 스물여덟 개의 이름이 있어. 장부는 전부 쉰두 장이고. 그럼 거의 천5백 개의 이름이 있는 거라고. 저자가 무슨 아인슈타인이야?"

그가 갑자기 말했다.

"저 전화번호부를 다시 집어 들었어. 무슨 속임수지?"

엘러리는 딱히 할 일이 없어 파이프에 새 담뱃가루를 채워 넣고 있었다.

"어떤 사람들은 미스터리 소설을 읽으며 긴장을 풀죠. 난 그렇겐 못 해요. 소설을 쓰는 사람이니까. 나는 전화번호부를 읽어야 긴장이 풀린다고요."

"그렇겠지."

짓무른 눈에서 빛이 났다.

"지그, 저 책을 뒤져봐."

무너진 코가 엘러리의 손에서 전화번호부를 낚아챘다.

"하지만 저 책엔 비밀 메시지가 없다는 걸 이미 확인했는데요."

지그가 말했다.

"비밀 메시지 따윈 지옥에나 가라고 해. 우리는 명단을 찾고 있는 거야. 뉴욕 전화번호부에는 거의 모든 종류의 이름이 다 실려 있다고! 이름 옆의 기호를 찾아봐. 작은 점이나 연필 표시나 손톱자국이나. 뭐든!"

"누가 저한테 담뱃불 좀 빌려주시겠어요?"

엘러리는 무덤덤한 목소리로 물었다.

지그가 임시 실험실을 차린 객실에서 돌아올 즈음에 기차는 워싱턴으로 들어서고 있었다.

"기호 같은 건 없어요."

지그가 중얼거렸다.

"아무것도 없어요. 출판사에서 찍혀 나온 상태 그대로예요."

"그리고 감시 중인 뉴욕의 연락 지점을 나온 사람도 아무도 없습니다. 앨이 볼티모어에서 보고했습니다."

경련이 중얼거렸다.

의자에 앉은 남자가 천천히 입을 열었다.

"그러니까 이 남자는 미끼군. 다른 사람을 내보낼 동안 이 남자로 우리의 관심을 끌려는 속셈이야. 또 다른 사람이 있는 거야. 조만간 진짜 보이스카우트가 그곳을 몰래 빠져나오려 하겠지. 경련, 앨에게 뉴욕으로 전화하라고 해. 마노에게 일러서 누구든 밖으로 나오는 자가 있으면 목을 따라고 해……. 그리고 너."

그는 엘러리를 쳐다보았다.

"이제 옷 입어."

캐피톨 리미티드는 워싱턴 역에 멈춰 섰다. 엘러리는 존경받는 추리소설 작가라기보다는 불경기를 맞은 떠돌이 일꾼 같은 모습이었다. 그는 우산을 집어 들고 약간은 장난스럽게 말했다.

"내가 떠나면 내 등에 총을 쏠 거요? 아니면 모든 계획이 백지가 된 거요?"

"잠깐."

괴물이 말했다.

"네?"

긴장한 엘러리는 우산을 꽉 움켜쥐었다.

"그 우산을 가지고 어딜 가는 거야?"

"우산?"

엘러리는 멍하니 우산을 내려다보았다.

"이건, 아까 당신이 직접 검사했는데……."

"그거였군."

여성스러운 부드러운 목소리에 사악한 기색이 실렸다.

"내가 검사했지. 그건 맞아. 하지만 엉뚱한 데를 본 거야! 대나무 손잡이였어! 장부의 속지를 돌돌 말아 속이 빈 대나무 손잡이 안쪽에 밀어 넣은 거지! 저 우산을 빼앗아!"

엘러리는 경련에게 붙들린 채 무너진 코가 우산 손잡이를 산산이 부수는 것을 홀린 듯 바라보았다.

손잡이는 완전히 부서졌고, 객실 바닥에는 휘어진 대나무 조각만 흩어져 있었다.

괴물이 일어섰다. 짓무른 눈에 다크서클이 끼었다. 그는 목이 졸린 것 같은 목소리로 외쳤다.

"저놈을 걷어차. 등짝을 차서 쫓아버리라고!"

그로부터 26분 후 엘러리는 워싱턴의 대단히 중요한 정부 지청의 대단히 중요한 건물 안, 대단히 중요한 요원의 개인 사무실로 안내되었다.

"뉴욕에서 온 메신저입니다. 검은 장부를 가져왔습니다."

엘러리가 말했다.

엘러리가 괴물을 다시 만난 것은 연방 법원에서 열린 재판에서였다. 두 사람은 휴정 시간에 복도에서 마주쳤다. 마약왕은 법정 집행관, 변호사, 신문기자에게 둘러싸여 있었고, 최악의 결과를 예상하는 범죄자의 모습이었다. 그럼에도 불구하고, 엘러리를 본 순간 마약왕의 표정이 순식간에 밝아지더니 앞으로 뛰어나가 엘러리의 팔을 잡아채 한옆으로 끌고 갔다.

"저 원숭이들은 잠깐 저쪽으로 가 있으라고 해!"

그는 이렇게 외치고는, 엘러리에게 애처롭게 말을 걸었다.

"퀸, 당신은 구세주요. 그때 생각만 하면 정말 돌아버릴 것 같아요. 당신이 그 빌어먹을 기차에서 날 속였던 그날부터 지금까지 한순간도 잊은 적이 없어요. 도대체 당신이 어떻게 그렇게 한 건지 생각하고 또 생각해봤소. 당신 몸의 겉에도, 안에도 없었고, 전화번호부에도 우산에도 없었잖아요. 도대체 그게 어디 있었던 거요? 제발 가르쳐줘요."

"기차에서 내릴 때 뒤에서 발길질했던 건 눈감아주죠."

엘러리가 냉랭하게 말했다.

"당신 같은 사람이라면 충분히 그럴 만하니까. 물론 말해드리지요. 그 전화번호부와 우산은 눈가림용이었어요. 당신 스스로가 영리하다는 착각에 계속 사로잡혀 있도록 하기 위한 도구였죠. 장부는 한 번도 내 손을 떠난 적이 없었습니다."

"지금 무슨 말을 하는 거요?"

괴물이 울부짖었다.

"당신은 장부의 크기와 부피와 내용물에 발이 걸려 넘어진 거예요. 그 크기와 부피가 줄어들 수 있다는 건 전혀 생각 못 했죠?"

"뭐?"

"마이크로필름."

엘러리가 말했다.

"전쟁 중에 정부는 모든 군사우편을 사방 2.5센티미터 안에 집약시키기 위해 마이크로필름 기술을 사용했습니다. 일반 우편으로 약 8만5천 통 정도면 1톤이 되는데, 마이크로필름에 담으면 9킬로그램밖에 되지 않아요. 나는 가로 15센티미터, 세로 20센티미터, 두께 1.5센티미터의 쉰두 장짜리 장부를 사방 1센티미터 크기의 사진으로 제작해 마이크로필름으로 제작했습니다. 그렇게 해서 폭 1센티미터에 길이 34미터짜리 필름이 완성되었죠. 이걸 단단히 말면……."

"하지만 당신 손에는……."

괴물이 멍하니 말했다.

"당신 손에는 아무것도 없었는데. 거기에 1백만 달러라도 걸 수 있는데……."

"나라면 그런 바보 같은 내기는 하지 않겠어요."

엘러리가 말했다.

"맞아요. 필름 롤은 다른 데 들어 있었어요. 이중으로 포장되어 있었죠. 뉴욕에서 워싱턴으로 가는 내내 계속 성냥불을 갖다 댔고요."

"성냥! 거기에 불을 붙였다고?"

"멋진 솜씨죠, 안 그래요? 아, 물론 그 상자는 방화 재질로 만든 거예요. 필름이 들어가기에 충분한 크기였죠. 필름은 작은 상자에 꼭꼭 채워 내 파이프 안쪽에 박아 넣었어요. 내가 계속 들고 다녔지만 당신들이 조사하지 않은 유일한 물건이죠. 연기에서 금속 맛이 나긴 했지만요."

엘러리는 미소를 지었다.

"하지만 당신이 공급한 마리화나 피우는 법을 배우고 헤로인에 흠뻑 절은 꼬마들을 생각하면, 가치 있는 일이었다고 말하겠어요. 당신 생각은 어때요?"

유괴 부서

아이가 사라졌다!

토머스 벨리 경사의 예스러운 표현을 빌려 설명하자면, 빌리 하퍼 유괴 사건에서 가장 압권이었던 부분은 전문가들의 예측이 보기 좋게 쓰레기통에 처박혀버렸다는 점이다. 여러 예가 있겠지만 그중 한 가지를 들면, FBI가 한 번도 개입하지 않았다는 것이었다. 미연방수사국의 기권에 대해 퀸 경감은 어린애 장난만도 못한 문제를 가지고 박사 학위까지 받은 후버 국장을 성가시게 할 수야 없지 않겠느냐고 논평했다.

그러나 퀸 경감의 이 말은 엘러리가 사건을 해결한 후에 나온 것이었다. 사건 당시에는 단순함과는 거리가 멀어 보였다.

빌리 하퍼는 일곱 살이었고, 모두가 인정하듯 똑똑하지만 불행한 아이였다. 일곱 살 난 아이가 어느 날 갑자기 엄마 아빠와 함께 살던 공원 옆 커다란 집을 나와 부어오른 코의 엄마와 예쁘지만 결코 아빠 대신이 될 수 없는 유모와 함께 마을 건너편 작은 아파트로 이사를 가는 것은 불행한 경험일 수밖에 없다.

빌리는 "이혼"이니 "아니, 난 그렇게 쉽게 내 인생의 10년을 포기하지 않을 거야, 로이드 하퍼!" 같은 무서운 말들을 들어야 했다. 또, 뭔지는 모르겠는데, "재릴 존스"라는 이름을 가진 이상한 것이 엄마 아빠의 부부 싸움에 계속 등장하며 걷어차이고 있었다. (이 재릴 존스는 "모델"이라고 했는데, 그것도 전혀 말이 안 되는 것 같았다. 왜냐하면 모델이란 비행기나 배나 그런 것들을 가리키는 말이었기 때문이다.) 그 끔찍했던 밤, 빌리는 남몰래 2층 계단에서 매서운 고함 소리를 엿듣고 있었다. 엄마 아빠의 말에는 "바람기" 같은 의미를 알 수 없는 말이 몇 번인가 등장했고, "양육권"이란 말은 막연히 무서운 기분이 들게 했는데, 이 말이 나오자 엄마 아빠 둘 다 굉장히 화를 냈다. 그러다 마침내 엄마가 날카로운 목소리로 "6개월간 시험 삼아 별거를 해보자. 그때까지도 그 여자와 결혼할 생각이 있으면 그땐 이혼해줄게"라는 말을 했다. 무슨 뜻인지는 여전히 알 수 없었다. 그 일이 있고서 빌리의 엄마와 맥거번 양은 아빠만 집에 혼자 남겨두고 빌리를 데리고 공원 반대편에 있는 상자처럼 작은 아파트로 갔다. 그리고 매주 금요일 오후가 되면 맥거번 양이 빌리를 데리고 아빠에게로 갔다. 이 세상에서 가장 위대한 사람이었던 아빠는 굉장히 나긋나긋해졌고, 빌리는 그런 아빠가 무서웠다. 왜냐하면 이 사람은 옛날의 아빠가 아니었기 때문이다. 예전의 아빠는 목소리가 우렁찼고 시끌벅적 야단법석을 떠는 사람이었다. 꼭 낯선 사람을 방문하는 것 같았다. 지하 저장고부터 다락방까지 절망적으로 헤매고 다녀보니, 집도 예전에 빌리가 살던 그 집이 아니었다. 그게 어떤 의미인지는 알 수 없었지만, 아무튼 빌리에게는 충격이었다.

그러고 나서 빌리 하퍼는 유괴되었다.

아이는 아빠 집을 방문한 지 5주째 되는 금요일 오후 6시가 조금 넘어서 사라졌다. 맥거번 양은 빌리에게서 등을 돌린 것은 그야말로 1초도 되지 않는다며 흐느껴 울었다. 하퍼 씨 집을 나와 아파트로 돌아가는 길에 공원 서쪽 출구에서 편지를 부치려 했는데, 편지를 부치고 돌아서니 빌리가 없어졌다는 것이다.

맥거번 양은 처음에는 자신의 엄격한 태도에 반항해서 빌리가 혼자 공원으로 되돌아갔다고 생각해 짜증이 났다. 그러나 아무리 찾아도 빌리가 보이지 않자 놀라서 경찰에게 도움을 청했다. 경찰이 나서도 결과는 마찬가지였다. 공원 파출소에서 하퍼 부인의 아파트와 로이드 하퍼의 집으로 연락을 하자 빌리의 부모가 한달음에 달려왔다. 두 사람은 각각 빌리가 '집'에 오지 않았다며 서로 안 좋은 말을 늘어놓으며 싸웠고, 내근 중이던 경사가 끈기 있게 상황을 정리하려고 애썼다. 공원이 완전히 어두워지자 순찰 경관들에게 '7세 소년 실종'이라는 경보가 떨어졌다. 새벽 3시가 되어 마지막으로 부정적인 보고가 들어왔고, 빌리의 실종이 암울한 결말로 끝나리라는 사실이 더욱 명백해졌다. 결국 일반 경보가 발령되었다.

로이드 하퍼는 부자였다. 하퍼 부부는 최근 몇몇 신문 칼럼에서 은밀히 언급되고 있었다. 한 칼럼니스트는 어린 빌리의 금요일 오후를 '볼모 교환을 위한 공원 산책'이라고 언급하며 이야기를 쌓아 올렸다.

이제 그 이야기에 살이 붙기 시작했다.

뉴욕 경찰청의 퀸 경감이 사건에 뛰어든 것은 다음 날 아침 8시였다. 9시 6분에 집배원이 로이드 하퍼의 편지를 배달했다. 9시 12분, 퀸 경감은 기밀 전화 통화를 했다. 9시 38분, 엘러리가 하퍼의 집 초인종을 눌렀고, 다른 누구도 아닌 벨리 경사가 문을 열러 나왔다.

"꽤 골치 아픈 사건일 거예요."

경사는 엘러리에게 으스스한 말투로 말했다.

엘러리가 거실에 들어가자 관객인 양 앉아 있던 아버지가 곧장 엘러리에게 다가왔다.

"FBI? 아니, 아직은 아니야."

경감은 나지막하게 말했다.

"좀 웃기는 사건인데……. 그래, 몸값을 요구한 편지는 있어. 일단 피고트가 저 유모의 심문을 마칠 때까지 기다려라……. 누구? 아, 저기 화내며 앉아 있는 아가씨. 재릴 존스라고, 사건과는 상관없는 여자야. 하퍼가 어젯밤에 저 여자와 데이트를 하기로 했는데 당연히 못 나갔지. 그래서 저 여자가 오늘 아침 해 뜨자마자 폭풍처럼 들이닥쳐서 하퍼에게 자기를 바람맞힌 이유가 뭐냐고 따지다가 여기 붙잡힌 거다. 지금쯤 후회하고 있을걸. 하핫! 쉿!"

재릴 존스는 아름다웠고 밉스 하퍼는, 적어도 오늘 아침엔 전혀 아름답지 않았다. 그럼에도 로이드 하퍼는 아내의 의자 뒤에 서서 거뭇거뭇 수염이 올라온 뺨과 퀭한 눈으로 아내를 굽어보고 있었고, 그의 위대한 사랑에게서 등을 돌리고 있었다.

맥거번 양은 숨을 헐떡이며 말했다. 아뇨, 숨길 건 아무것도 없어요. 어제 꼬마 빌리 하퍼를 잠시 방치하고 부쳤던 편지요? 그건 제 남자 친구에게 보내는 거였어요. 하퍼 씨가 말해주실 거예요. 이름요? 랠프 클라인슈미트예요. 랠프 클라인슈미트는 하퍼 씨 집안의 운전기사였는데…… 성질이 좀 급해서……. 그래요……. 가끔씩 좀 많이 마시기는 하죠…….

"2주 전 술 문제 때문에 그 친구를 해고했습니다."

로이드 하퍼는 통명스럽게 말했다.

"소개장도 써주지 않았어요. 꽤 고약하게 굴었거든요."

"로이드! 그렇다면 혹시……?"

"그래서 그자가 복수를 하는 것이군요."

벨리의 목소리가 슬프게 들렸다.

"이제 이 일에 더 이상 말려들고 싶지 않겠죠, 맥거번 양. 그러니 그 남자 주소를 불러봐요."

"그냥 일반 우편으로 사서함으로 보냈어요. 우리 중 누가 일자리를 찾아야 할 때 보통 이런 식으로 연락을 했는데……."

맥거번 양이 중얼거렸다.

"클라인슈미트는 어디 숨었어?"

피고트 형사가 고함을 질렀다.

"저도 몰라요! 절 못 믿으시는 거예요? 아무튼 랠프가 그런 게 아녜요……. 그런 짓을 할 사람이 아녜요……."

퀸 경감이 냉정하게 고갯짓을 하자, 피고트는 맥거번 양을 데리고 경찰서로 출발했다.

"귀중한 시간만 낭비했잖아요."

로이드 하퍼가 으르렁거렸다.

"난 아들만 찾으면 돼요."

밉스 하퍼가 신음했다.

"그 몸값 요구 편지는요, 경감님……!"

"그래요, 그 편지."

퀸 경감이 봉투를 꺼내며 말했다.

"엘러리, 이게 그거다. 어떤 것 같으냐?"

봉투는 큰 정사각형 모양에 짙은 크림색이었고, 많이 구겨져 있었다. 분명히 값비싼 제품이었다. 대문자로 쓴 로이드 하퍼의 주소는 연필로 적어 번진 데다 필체도 너무 거칠어 해독이 불가능할 정도였다. 편지 봉투는 전날 밤 지역 우체국에서 처리되었다. 소인으로 보아 빌리 하퍼가 유괴되기 두 시간 전에 부친 것이었다.

봉투 안에는 노트 종이 한 장이 들어 있었는데, 봉투보다는 크기가 한참 작았다. 연보라색 종이였고, 손으로 뜯어 가장자리가 울퉁불퉁했다.

똑같이 번져 있는 거친 필체의 대문자로, 인사말도 없이 메시지가 적혀 있었다.

'아이를 무사히 돌려받는 대가는 큰 걸로 쉰 장이다. 작은 액수의 지폐를 기름종이로 포장할 것. 오늘 오전 11시 15분 정각. 아이 아버지가 혼자 차를 몰고 라브레아와 윌셔 대로의 남서쪽 교차로에 와서 봉투를 인도로 던지고 계속 주행할 것. 명령에 따르지 않으면 결과는 보장 못 함.'

서명은 없었다.

"어제저녁에 부친 편지니까, 오늘 아침 9시 우편물이 배달되기 전에는 여기 도착할 수 없었을 거다."

퀸 경감이 말했다.

"아버지가 무슨 생각을 하시는지 알겠어요."

엘러리가 중얼거렸다.

"라브레아와 윌셔 대로가 만나는 남서쪽 교차로는 전 세계에서 오직 한 군데밖에 없어요. 캘리포니아 주 로스앤젤레스죠. 그런데 몸값을 거기 갖다 놓으라는 시간은 오늘 아침 11시 15분이에요. 이건 그냥 불가능한 일이에요."

"납치범은 당연히 알고 있겠지."

경감이 말했다.

"맨해튼에서 로스앤젤레스까지 두 시간 안에 가는 건 지금의 교통수단으로는 요원한 일이야. 그러니 너도 이 편지가 가짜라는 데 동의하지?"

"동의해요."

엘러리는 눈살을 찌푸리며 편지를 보았다.

"뭔가 굉장히 잘못됐어요……."

"좀 움직이라고요!"

빌리의 아버지가 외쳤다.

"자극이 필요하신 모양이군요, 하퍼 씨. 안 그래도 하퍼 씨의 물건을 살펴보고 있었습니다."

퀸 경감은 주머니에서 흰색의 커다란 정사각형 봉투들을 한 움큼 꺼냈다.

"몸값 요구 편지가 들어 있던 봉투와 똑같은 겁니다. 당신 봉투죠, 하퍼 씨. 혹시 아들을 납치해 엄마에게서 떼어놓으려고 했던 건 아니었겠지요? 그렇죠? 그리고 이 편지는 눈가림용으로 보내고?"

빌리의 아버지가 의자에 주저앉았다.

"맙소, 내가 맹세하지만……!"

"빌리 어딨어?"

그의 아내가 비명을 질렀다.

"내 아들한테 무슨 짓을 한 거야, 이…… 이…… 아동 유괴범아!"

"아, 제발 그만 좀 하세요, 부인."

여자 목소리가 들려왔다. 그들이 고개를 돌리자 다리를 꼬고 앉아 있던 아름다운 재릴 존스 양이 꼬았던 그 유명한 다리를 풀고 화보 사진 같은 모습으로 일어섰다.

“경감님, 그 편지 좀 잘 보세요. 그건 저 여자 거라고요.”

“하퍼 부인?”

엘러리가 눈썹을 치켜세우며 물었다.

“맞아요. 바로 지난주에 저것과 똑같은 종이에 협박 편지를 써서 저한테 보냈는걸요.”

재릴 존스는 웃었다.

“저 여자가 애를 어딘가에 숨겨두고 편지를 보낸 거예요. 로이드의 봉투를 써서 그이가 유괴한 것처럼 누명을 씌운 거죠. 여자가 한을 품으면 어쩌고 하는 말도 있잖아요. 자기, 자기는 어젯밤 저녁 식사를 나한테 빚진 거야. 대신 브런치는 어때?”

그러나 로이드 하퍼는 아내를 바라볼 뿐이었다.

하퍼 부인이 천천히 입을 열었다.

“그렇지 않아요. 로이드, 난 그런 짓 안 했어. 만일 내가 그랬다면, 내 노트 종이를 쓸 만큼 바보같이 행동하진 않았을 거야.”

“나도 내 봉투를 쓰진 않겠지, 밉스.”

하퍼가 신음했다.

“제 봉투는 아무라도 가져갈 수 있습니다, 퀸 경감님. 마찬가지로 아내의 문구류도 누구나 가져갈 수 있죠. 누군가 나에게, 아내에게, 우리에게 누명을 씌우고 있는 겁니다!”

경감은 동요하며 콧수염을 만지작거렸다. 그러다가 중얼거렸다.

“잠깐만요.”

경감은 엘러리를 한쪽 구석으로 데려갔다.

"엘러리……."

"일단 경사가 올 때까지 기다려보죠."

엘러리가 경감을 달랬다.

"벨리? 벨리가 어디 갔는데?"

"신문 기사 스크랩에서 뭘 좀 찾아 오도록 우리 아파트로 보냈어요. 제 기억을 확인하고 싶어서요."

"무슨 기억?"

"제가 몇 주 전 일요일에 특집 기사를 하나 읽었거든요. 아버지, 만약 제 기억이 맞는다면, 이 사건은 해결될 거예요."

벨리를 기다리는 동안 퀸 경감은 두 건의 보고를 받았다. 하나는 유모인 맥거번 양이 랠프 클라인슈미트의 소재를 아직 밝히지 않았다는 것이고, 다른 보고는 간밤에 시 전역에서 진행된 수색에서 빌리 하퍼의 흔적은 나오지 않았다는 것이었다. 하퍼 부인은 다시 흐느꼈고, 아름다운 재릴 존스 양은 하퍼 씨에게 호통을 치고 있었다. 그리고 하퍼 씨는 아름다운 재릴 존스 양을 핏발 선 눈으로 죽일 듯이 노려보고 있었다. 20분이 지나 벨리 경사가 돌아왔다.

"고마워요, 경사님!"

엘러리가 화려한 일요 증보판 신문을 낚아채고는 가운데 페이지를 펼쳤다.

"아…… 이거 보이세요?"

그는 신문을 흔들어댔다.

"1년쯤 전에 캘리포니아에서 일어난 아동 유괴 사건이에요. FBI가 유괴범을 체포하면서 아이는 무사히 돌아왔고요. 범인은 린드버그 법에 따라 재판을 받고 유죄 판결을 받았습니다.

이자가 몇 주 전 사형을 당했는데, 그래서 이 사건을 이번 일요판 신문에서 다시 다룬 거예요. 이제 이 캘리포니아 유괴범이 납치된 어린이의 아버지에게 보냈던 몸값 요구 편지의 원본을 읽어드리겠습니다."

엘러리는 신문을 읽었다.

"'아이를 무사히 돌려받는 대가는 큰 걸로 쉰 장이다. 작은 액수의 지폐를 기름종이로 포장할 것. 오늘 오전 11시 15분 정각. 아이 아버지가 혼자 차를 몰고 라브레아와 윌셔 대로의 남서쪽 교차로에 와서…….'"

"똑같은 편지군."

퀸 경감이 놀라 숨을 들이켰다.

"똑같아요, 아버지. 마지막에 '명령에 따르지 않으면 결과는 보장 못 함'까지요. 그리고 이 사실을 바탕으로……."

엘러리는 그 자리에서 빙그르르 돌며 말했다.

"빌리 하퍼 납치 사건의 배후에 누가 있는지를 알 수 있습니다."

사람들은 모두 빌리의 헬멧을 쓰고 있는 조지 워싱턴 흉상만큼이나 뻣뻣하게 몸이 굳었다.

엘러리는 신문을 흔들며 말을 이었다.

"빌리 하퍼의 유괴범은 1년 전 캘리포니아 사건의 몸값 요구 편지를 베낀 것도 모자라 돈을 전달할 장소로 로스앤젤레스의 거리 이름까지 그대로 베꼈습니다. 즉 가능하지 않은 장소를 정했다는 겁니다! 범인은 왜 이런 짓을 했을까요? 빌리를 납치한 것이 눈가림이었다면, 그러니까 예를 들어 하퍼 씨가 아들을 독차지하고 싶어서 사람들에게, 특히 그의 아내에게, 유괴범이 일반적인 몸값을 위해 납치를 한 걸로 위장하려는 것이었다면, 몸값 전달 장소를 갈 수 없는 곳으로 골라서 상황 전체를 의심스럽게 만들지 않았을 겁니다. 하퍼 씨 입장에서는 뉴욕 지역 내 아무 곳이나 만날 장소로 지정하고 단순히 그곳에 가상의 '유괴범'이 나타나지 않도록 하면 그만이니까요. 그러면 사람들은 범인이 마음을 바꾸었거나 겁을 먹었을 거라고 생각했겠죠.

따라서 이 사건에서 몸값 지불 장소를 로스앤젤레스로 정한 것은 전혀 앞뒤가 맞지 않습니다. 물론 이것은……."

엘러리가 부드러운 목소리로 말했다.

"납치범이 편지의 내용이 불가능하다는 걸 파악할 능력이 있는 자라고 가정할 경우에 그렇다는 것입니다. 하지만 이 편지를 쓴 사람이 뉴욕과 로스앤젤레스가 4천8백 킬로미터나 떨어져 있다는 걸 모르는 사람이라면?"

"이봐요, 마에스트로. 그건 바보 천치도 아는 거라고요."

벨리 경사가 쏘아붙였다.

"어른 바보 천치라면 그렇겠죠, 경사님."

엘러리는 미소를 지으며 말했다.

"하지만 아무리 영리해도 일곱 살 꼬마라면 이런 걸 몰라도 용서받을 수 있죠. 하퍼 씨, 하퍼 부인, 두 분의 아들 빌리가 다른 누구도 아닌 스스로에게 유괴되었다고 알려드리게 되어 대단히 기쁩니다! 빌리는 아마 이 일요 증보판 기사를 보고 아이디어를 얻었을 것이고, 어린아이다운 열정으로 캘리포니아 사건의 몸값 요구 편지를 고스란히 베낀 겁니다. 빌리는 하퍼 부인의 노트 종이와 하퍼 씨의 봉투를 사용했어요. 그럼으로써 엄마와 아빠 모두를 사건에 연루시키게 될 거라고는 꿈에도 몰랐겠죠……. 빌리가 지금 어디 있냐고요?"

빌리 하퍼의 아버지의 다소 암울한 질문에 엘러리는 미소를 지어 보였다.

"글쎄요, 제 직감으로는…… 이것저것 생각해봤을 때…… 빌리는 어제저녁 공원으로 다시 되돌아갔을 겁니다. 맥거번 양을 따돌리고 나서, 바로 이 집 안에 숨어들지 않았을까요……?"

그들은 다락방의 낡은 트렁크 뒤에 숨어 있는 어린 빌리를 발견했다. 빌리의 주위에는 크림치즈 젤리 샌드위치 여섯 개에서 나온 부스러기와 빈 우유병 두 개, 만화책 열세 권이 놓여 있었다. 벨리 경사는 이를 헤아리면서 진심으로 경외심을 감추지 못했다. 스스로를 납치한 이유를 묻자 빌리는 왠지 신나는 일일 것 같아서라고 대답했다. 그러나 엘러리는 언제나 그 아이가 무너져버린 자신의 세계를 다시 세우기 위해 까다로운 두 어른을 조종하는 방법을 아는 심리학의 천재라고 믿었다. 엘러리의 생각을 입증할 길은 없다. 그러나 재럴 존스가 로이드 하퍼와 함께 있는 모습은 다시는 보이지 않았고, 하퍼 부인이 곧바로 공원 너머 집으로 돌아온 사실은 여러모로 의미심장하다.

역자 후기
오후의 티타임처럼 가볍게 즐길 수 있는 엘러리 퀸의 단편들

나는 미스터리를 좋아한다. 그중에서도 단편을 특히 좋아한다. 수수께끼 풀이를 사랑하는 독자로서, 군더더기 없이 트릭만으로 깔끔하게 승부를 거는 단편이야말로 미스터리의 정수라고 생각한다. 등장인물이 많고 플롯이 복잡한 스케일 큰 작품도 열심히 머리를 굴리며 읽어 내려가는 맛이 있지만, 묵직하고 영양가 많은 메인 요리만 먹다 보면 달콤하고 산뜻한 디저트에 절로 끌리게 마련 아닌가.

수많은 미스터리 작가들이 그러했듯, 엘러리 퀸도 멋진 단편들을 많이 남겼다. 《엘러리 퀸의 모험》과 《엘러리 퀸의 새로운 모험》은 이미 국내에 소개되어 널리 알려져 있고, 다른 작가들의 작품과 함께 단편집에 수록된 경우도 있다. 그 자신이 작가가 아닌 편집자로서 엮어낸 단편집도 여럿 있다. (라디오 드라마를 단편으로 엮은 《Calendar of Crime》도 검은숲에서 곧 출간될 예정이다.)

가끔씩 심심하거나 골치 아픈 일 때문에 현실에서 도피하고 싶을 때면 아무래도 장편보다는 단편 쪽으로 손이 가게 된다. 아무 페이지나 들춰 짧게 한 편씩 읽는 것으로 간단히 기분 전환을 할 수 있기 때문이다. 국내외에서 발간된 엘러리 퀸 단편집을 거의 다 소장하고 있는 나에게 있어 이 《퀸 수사국》은 독자의 입장에서 오랫동안 나오기를 기다렸던 책이다. 존재는 알고 있었지만 한 번도 실체를 본 적 없었던 이 책의 원서를 출판사로부터 받았을 때 얼마나 기뻤던지. 그렇다. 이 책은 순전히 팬심(心)으로 번역한 책이다. 이 책에 수록된 단편 중에는 문화적 차이에 의해 우리나라 독자들이 풀 수 없는 문제도 있고, '이건 페어플레이 규칙을 어긴 게 아닌가' 하고 갸웃거리게 되는 작품도 있다. 그러나 엘러리와 퀸 경감이 주고받는 만담과 벨리 경사까지 포함해 세 남자가 티격태격하는 장면이 자아내는 유쾌한 분위기에 푹 빠지거나, 엘러리가 사는 동네를 구글 지도와 로드뷰로 띄워놓고 사생팬처럼(!) 혼자 좋아하면서 골목 하나하나를 손으로 짚어가며 번역하다 보니 어느새 트릭과 퍼즐은 까맣게 잊어버리고 말았다. 미스터리 독자로서 참으로 부끄러운 고백이지만, 아마도 나는 엘러리 퀸에 대해서만큼은 객관적으로 평가할 수 있는 능력을 상실해버린 모양이다.

개인적으로는 그동안 내내 어렵고 복잡한 책들을 번역하다가(바로 직전에 번역한 책은 일반인을 위한 양자역학 소개서였다) 이 책을 만난 것이어서, 고된 노동 중에 찾아온 '힐링의 시간'을 보낼 수 있었다. 독자 여러분도 지금껏 줄기차게 이어진 걸작의 향연 가운데 주어진 오후의 티타임 같은 책으로 이 작품을 즐기시면 좋을 것 같다. 장편에서는 찾아보기 힘든 서민적이고 친근한 모습의 '엘러리의 사생활'은 덤이다.

2016년 1월

배지은

옮긴이 배지은

서강대학교 물리학과와 동대학원을 졸업하고, 휴대전화를 만드는 엔지니어로 일했다. 그 후 이화여자대학교 통역번역대학원을 졸업하고, 장르문학과 과학기술서적을 번역하는 프리랜서 번역가로 일하고 있다. 엘러리 퀸의 《샴쌍둥이 미스터리》《열흘간의 불가사의》《최후의 일격》을 비롯하여, 《밤의 새가 말하다 1, 2》《Make: 아두이노 DIY 프로젝트》《전자부품 백과사전 1, 2》《무니의 희귀본과 중고책 서점》《맹인 탐정 맥스 캐러도스》 등을 우리말로 옮겼다.

QUEEN'S BUREAU OF INVESTIGATION

퀸수사국

2016년 1월 25일 초판 1쇄 발행
2016년 7월 15일 초판 2쇄 발행

지은이 | 엘러리 퀸
옮긴이 | 배지은
발행인 | 이원주

책임편집 | 박고운
책임마케팅 | 임슬기

발행처 | (주)시공사
출판등록 | 1989년 5월 10일(제3-248호)
브랜드 | 검은숲

주소 | 서울 서초구 사임당로 82(우편번호 06641)
전화 | 편집 (02)2046-2817 · 영업 (02)2046-2800
팩스 | 편집 (02)585-1755 · 영업 (02)588-0835
홈페이지 | www.sigongsa.com

ISBN 978-89-527-7565-8 04840
978-89-527-6337-2(set)

검은숲은 (주)시공사의 브랜드입니다.

로마 모자 미스터리 The Roman Hat Mystery

로마 극장, 가장 인기 있던 연극의 2막이 끝나갈 무렵 발견된 한 남자의 시체.
두 사촌 형제의 역사적인 첫 공동 작업.

프랑스 파우더 미스터리 The French Powder Mystery

프렌치 백화점 전시실에서 튀어나온 시체. 용의자를 모으고 소거한 후
범인을 지적하다. 미스터리 역사상 가장 멋진 결말.

네덜란드 구두 미스터리 The Dutch Shoe Mystery

네덜란드 기념 병원, 이동식 침대에서 발견된 시체. 흰색 바지와 흰색 신발
한 켤레를 바탕으로 펼쳐지는 놀라운 추리.

그리스 관 미스터리 The Greek Coffin Mystery

미술품 중개업자의 죽음, 사라진 유언장. 최강의 적과 맞닥뜨린
엘러리 퀸의 당혹. 미국 미스터리를 대표하는 걸작.

이집트 십자가 미스터리 The Egyptian Cross Mystery

T자형 십자가에 매달린 목이 잘린 시체. 희생자는 더 늘어날 수 있는 상황.
엘러리 퀸의 치열한 추적이 시작되다.

미국 총 미스터리 The American Gun Mystery
2만 명이 모인 로데오 경기장에서 발생한 죽음. 25구경 자동권총의 행방은?
두 번째 살인 사건 이후 마침내 도달한 진상은?

샴쌍둥이 미스터리 The Siamese Twin Mystery
화재에 쫓겨 산 정상에 있는 은퇴한 의사의 집에 도착한 퀸 부자.
다음 날 발생한 기이한 살인. 피해자의 손에 쥐어진 스페이드 6 카드의 비밀은?

중국 오렌지 미스터리 The Chinese Orange Mystery
모든 것이 뒤집어진 이상한 사무실에서 뒤집어진 차림새의 시체가 발견된다.
신원을 알 수 없는 이 시체는 왜 이상한 차림으로 죽어 있는가?

스페인 곶 미스터리 The Spanish Cape Mystery
대서양을 향한 반도, 월스트리트 약탈자의 거대한 저택에서 발견된
목 졸린 시체. 그는 왜 망토로 온몸을 감싸고 있었을까?

X의 비극 The Tragedy of X

전차 안에서 서서히 쓰러지는 한 남자. 수십 개의 독바늘이 박힌 코르크 공.
은퇴한 셰익스피어 극 명배우 드루리 레인의 인상적인 첫 등장.

Y의 비극 The Tragedy of Y

미치광이 집안이라 불리는 해터가의 주인이 바다에서 시체로 발견된다.
끊임없이 이어지는 죽음의 징조들. 진실에 다가갈수록 드루리 레인은
고민 속으로 빠져든다.

Z의 비극 The Tragedy of Z

두 번의 비극으로부터 10년 후. 은퇴한 섬 경감은 딸 페이션스와 함께
사건을 조사하던 중, 상원의원의 시체와 마주하게 된다.
드루리 레인이 펼치는 아름다운 소거법과 놀라운 진실.

드루리 레인 최후의 사건 Drury Lane's Last Case

변장을 한 수수께끼의 남자, 그가 남긴 의문의 봉투, 도난당한 셰익스피어의
희귀본. 숨겨져야만 했던 역사의 진실은 과연 무엇일까?
드루리 레인 최후의 사건.

재앙의 거리 Calamity Town

사라진 지 3년 만에 돌아온 약혼자 짐과 행복한 결혼식을 올리는 노라.
그러나 그의 필체로 쓰여진 의문의 편지들은 사랑하는
아내의 죽음을 예고하고 있는데…….

폭스가의 살인 The Murderer is a Fox

전쟁 영웅이 되어 고향 라이츠빌로 돌아온 데이비 폭스.
하지만 내면이 부서져버린 그는 자기 손으로 사랑하는 아내를
죽일 것이라는 강박에 시달리는데…….

열흘간의 불가사의 Ten days' Wonder

모든 것을 다 가진 듯했던 한 가족을 파국으로 몰아간 치명적 비밀.
역사상 가장 정교하고 거대한 '악'에 맞닥뜨린 엘러리의 운명은?

더블, 더블 Double, Double

〈마더 구스〉의 노랫말을 따라 사람들이 연이은 죽음을
맞이하면서 공포에 휩싸인 라이츠빌!
불길한 노래가 가리키는 마지막 희생자는 누구인가?

킹은 죽었다 The King is Dead

군수업계의 거물 킹 벤디고에게 연이어 날아든 살인 예고장.
수사에 나선 엘러리와 퀸 경감은 범인의 정체를 밝히고 그를 가둬두는데…….
불가능한 살인에 도전하는 범인과 그에 맞서는 엘러리. 과연 최후의 승자는?